달섬 이야기

달섬 이야기 하근찬 전집 10

초판 1쇄 발행 2025년 10월 24일

지은이 하근찬
펴낸이 강수걸
편집 오해은 강나래 이선화 이소영 이혜정 한수예 유정의
디자인 권문경 조은비
펴낸곳 산지니
등록 2005년 2월 7일 제333-3370000251002005000001호
주소 부산시 해운대구 수영강변대로 140 BCC 626호
전화 051-504-7070 | 팩스 051-507-7543
홈페이지 www.sanzinibook.com
전자우편 sanzini@sanzinibook.com
블로그 http://sanzinibook.tistory.com

ISBN 979-11-6861-525-0 04810
ISBN 978-89-6545-749-7 (세트)

* 책값은 뒤표지에 있습니다.
* 잘못 만들어진 책은 구입처에서 교환해드립니다.
* 본 전집은 백신애기념사업회가 영천시의 지원을 받아 제작되었습니다.

하근찬 전집 10
달섬 이야기

산지니

발간사
밑바닥을 향한 진실한 시선

    세상은 속도에 차이는 있겠지만 늘 변해왔다. 그 변화에 사람들은 순응하기도 하고 저항하기도 하면서 발걸음을 맞춰왔다. 좋은 작가에게 우리가 거는 기대가 있다면, '새로운 눈'으로 세상의 변화를 보여주는 것이다. 작가가 보여주는 세계는 새로운 세상의 창조와 같다. 작가가 개성적으로 바라보는 창조적 관점은 세계에 새로운 옷을 입히는 것과 같기 때문이다.

    하근찬은 한국전쟁 이후의 상처를 민중의 관점에서 어루만지면서 '치유의 서사'를 펼쳐 보인 좋은 작가다. 그는 전쟁 이후의 혼란한 세계 속에서 '새로운 눈'으로 창조적 소설 작품을 써낸 존재다. 진실을 향한 집념을 가진 작가는 좋은 작품들을 남긴다. 하근찬은 '새로운 눈'과 '진실을 향한 집념'으로 사실의 기록자에 머물지 않고 진정한 창작자가 되었다.

    작가는 맑고 정상적인 눈을 가져야 한다. 건강한 눈으로 항상 세상을 골고루 넓게, 그리고 똑바로 바라보아야 한다. 똑바로 바라본다는 것은 바꾸어 말하면 어떤 현상의 밑바닥에 흐르는 진실을 꿰뚫어 보아야 한다는 뜻이다.

　세상을 골고루 넓게 바라보는 것도 중요하지만, 똑바로 바라보는, 즉 꿰뚫어 보는 안광이 작가에게는 더욱 중요하다. 그렇지 않고서는 세상이 빚어내는 갖가지 일들의 의미를 파악할 수가 없는 것이다.(하근찬,「진실을 꿰뚫어야 하는 안광(眼光)」,『내 안에 내가 있다』, 엔터, 1997, 274쪽.)

　하근찬은 세상을 바라보는 '눈'에는 두 가지가 있다고 보았다. 하나는 '세상을 골고루 넓게' 바라보는 눈이고, 또 하나는 '세상을 똑바로' 바라보는 눈이다. 그렇다면 작가가 강조하는 '똑바로 바라보는 눈'이란 무엇일까? 그것은 나타나는 현상에만 머물지 않고, 그 현상의 밑바닥에 있는 원인을 꿰뚫는 혜안을 말한다. '사건이 있었네!'에서, '왜 이 사건이 일어났을까?'라고 질문하는 탐구정신이기도 하다. 하근찬은 '바로 본다는 것'은 보이는 것에만 시선을 두지 않고, "밑바닥에 흐르는 진실"을 밝히는 것이라고 했다. 진실을 위해서는 깊이, 그리고 많이 생각해야 하고, 현상 이면에 담긴 원리와 작용하는 힘을 밝혀내는 노력을 해야 한다.

　하근찬은 밑바닥에 흐르는 진실을 탐구한 작가였다. 웅숭깊은 그의 이 시선과 거룩한 문학적 성취는 한국문단에서 보기 드문 문학적 자산이다. 그럼에도 그의 문학세계를 전체적으로 살필 수 있는 전집이 없었으며, 참고할 만한 좋은 선집도 간행되지 못했다는 것은 참으로 안타까운 일이었다.

　하근찬 탄생 90주년을 맞아 구성된 '하근찬 문학전집' 간행위원회는 다음과 같은 목표를 설정하였다.

첫째, 하근찬 작품 세계 전체를 충실히 복원하고자 했다. 그간 하근찬의 소설세계는 단편적으로만 알려져 있었다. 하근찬의 등단작「수난이대」는 일제강점기와 한국전쟁으로 이어져온 민중의 상처를 상징적으로 치유한 수작이다. 그러나 그의 문학세계는「수난이대」로만 수렴되는 경향이 있었다. 하근찬은「수난이대」이후에도 2002년까지 집필 활동을 하면서, 단편집 6권과 장편소설 12편을 창작했고 미완의 장편소설 3편을 남겼다. 문업(文業)만으로도 45년을 이어온 큰 작가였다. '하근찬 문학전집' 간행위원회는 하근찬의 작품 세계를 '중단편 전집' 8권과 '장편 전집' 13권으로 나눠 총 21권을 간행함으로써, 초기의 하근찬 문학에 국한되지 않는 전체적 복원을 기획했다.

둘째, 하근찬 문학세계의 체계적 정리, 원본에 충실한 편집, 발굴 작품 수록을 통해 자료적 가치를 확보하려고 노력했다. 하근찬 문학전집은 '중단편 전집'과 '장편 전집'으로 구분하여 간행했다. 먼저 '중단편 전집'은 단행본 발표 순서인『수난이대』,『흰 종이수염』,『일본도』,『서울 개구리』,『화가 남궁 씨의 수염』을 저본으로 삼았다. 이때 각 작품집에 중복 수록된 작품은 제외하여 편집하였다. 또한 단행본에 수록되지 않은 알려지지 않은 하근찬의 작품들도 발굴하여 별도로 엮어냈다. 이를 통해 전집의 자료적 가치를 높였다. 다음으로, 장편의 경우 하근찬 작가의 대표작인『야호』,『달섬 이야기』,『월례소전』,『산에 들에』뿐만 아니라, 미완으로 남아 있는『직녀기』,『산중 눈보라』,『은장도 이야기』까지 간행하여 전체 문학세계를 조망할 수 있도록 했다.

셋째, 젊은 세대들의 감각과 해석을 반영하여 그의 문학에 새로운 생명력을 불어넣고자 했다. 하근찬의 작품세계가 펼쳐 보이고 있는 한국현대사의 진실한 풍경들도 젊은 세대들에 의해 읽히지 않으면 의미가 반감될 수밖에 없다. 하근찬 문학의 새로운 해석의 발판을 마련하기 위해, 젊은 연구자들의 충실하고 의미 있는 해설을 덧붙였다. 또한, 개작, 제목 바뀜, 재수록 등을 작품 연보에서 제시하여 실증적 가치를 높이기 위해서도 노력했다.

한 작가의 문학적 평가는 전집이 간행되었을 때 비로소 그 발판이 마련된다고 한다. 1957년에 등단, 집필기간만도 45년의 문업을 이루어온 장인적 작가에 대한 본격적 연구의 발판이 60여 년이 지난 이제야 비로소 마련되었다는 것은 안타까운 일이다. 하근찬의 문학세계에 대한 새로운 조명이 2021년 문학전집 간행과 함께 활기를 띨 수 있기를 기대한다.

2021. 10.
『하근찬 문학전집』 간행위원회
송주현 · 오창은 · 이정숙 · 이중기 · 장수희

일러두기

1) 『하근찬 중단편전집』과 『하근찬 장편전집』은 하근찬의 소설세계를 일반 독자들에게 널리 소개하고, 그 문학적 의미가 현대적으로 재해석되도록 하는 데 목적이 있다.

2) 이 책의 작품 수록 순서는 단행본으로 발표된 순서에 따랐으며, 출전을 작품의 끝부분에 밝혀두었다.

3) 작가가 지문에서 사용한 방언과 비표준어는 작품을 훼손하지 않는 범위 내에서 현대어로 바꾸었으며, 작가가 의도적으로 구분해서 사용한 '목덜미'와 '목줄기'는 그대로 살렸다.

4) 작가 고유의 표현은 그대로 살렸다.
예 : 오리막(오르막), 고깃전(어물전), 변솟간(변소), 동넷방(동네 방), 생각키는/생각히는(생각나는) 등.

5) 한 작품에서 같은 뜻의 단어를 표준어와 비표준어 또는 방언을 혼용해서 사용한 경우 하나로 통일했다.
예 : 뒤안/뒤란 → 뒤안, 복받치는/북받치는 → 복받치는, 무신/무슨 → 무슨, 잘몬/잘못 → 잘못, 부스스/부스스 → 부스스, 돋우다/돋구다 → 돋우다 등.

6) 다음과 같은 표현은 어법에 맞게 수정했다.
예 : 소중스리 → 소중하게, 뭐라고든지 → 뭐라든지, 칭칭하게 감은 → 칭칭 감은, 그리고 나서 → 그러고 나서

7) 영어 표현의 경우 현행 '외래어표기법'에 따르는 것을 원칙으로 했다.

차례

발간사　　4

제1장　　11
제2장　　61
제3장　　132
제4장　　206
제5장　　260

해설 | '새마을소설'에 나타난 하근찬 소설의 특질 - 정홍섭　　301

제1장

1

 육지에서 멀리 떨어진 바다 가운데에 버려진 듯 둥둥 떠 있는 섬이 있다. 달섬이다.
 이 조그마한 섬에 언제부터 사람이 와서 살게 되었는지는 아무도 모른다. 그저 언제부터인지 이 섬을 달섬이라고 부르며, 섬의 둘레에 게딱지처럼 몇 개의 어촌을 이루어 살아가고 있다.
 달섬— 바다에서 솟아오르는 달을 이 섬에서 바라보면 유난히 그 달이 크게 보인다고 해서 이렇게 부르게 되었다고 한다. 그럴 까닭이 없지만, 섬사람들은 그렇게 믿고, 즐겨 그렇게 부르며 살아가고 있다.
 달이나 바라보며 살아야 하는 외로운 처지가 잘 나타난 것이라고나 할까.

아무튼 그러니까 지도에는 '월도'라고 적혀 있다. 물론 어느 지도에나 이 섬이 나타나 있는 것은 아니다. 행정용의 아주 세밀한 지적도 같은 것에나 그렇게 표시되어 있는 것이다.

월도— 그러나 섬사람들은 아무도 자기네 섬을 이렇게 부르려고 하지 않는다. 어쩐지 그 이름이 생소하게 느껴져 입에 잘 익질 않는 것이다.

그런 섬의 한쪽 언덕배기에 학교가 있다. 성냥갑을 두 개 옆으로 붙여 세워놓은 것 같은 그런 학교다.

월도 분교장— 두 사람의 교사가 이백 명 가까운 학생들을 가르치고 있다. 정식 티오*(규정에 따라 정해진 구성원 수)는 세 사람인데, 늘 한 사람은 결원이다. 그리고 사환이 한 사람 있다. 그러니까 전 직원이 세 사람인 셈이다.

2

우리 분교장에 여선생이 한 사람쯤 있어 보았으면…… 늘 이런 안타까운 생각을 지니고 있는 것은 비단 이십을 조금 넘은 백남기 선생뿐이 아니다.

삼십을 넘은 신영갑 선생 역시 마찬가지 심정이다.

그럴 수밖에 없는 것이, 두 사람은 비록 나이는 10세 가까이 차이가 있지만, 다 같이 독신자인 것이다.

둘이 다 독신자이긴 하나 정확하게 말하면 차이가 현저하다. 하나는 총각이고, 하나는 홀아비인 것이다.

여선생이라도 예쁜 처녀 선생이라면 얼마나, 그 얼마나 좋을까……. 총각인 백 선생의 심정이 이렇다면, 홀아비인 신 선생은 한서른 넘은, 혼자된 여선생이라도 부임해 온다면 썩 좋을 텐데……. 이런 심정인 것이다. 그런 차이일 뿐, 좌우간 치마를 입은 선생을 바라는 것은 매일반이다.

그러나 비단 그런 알록달록한 생각에서뿐 아니라, 아무래도 여교사가 아니면 제대로 해낼 수 없는 분야가 있는 법이다. 가령 운동회 때의 메스게임이 그렇고, 학예회 때의 무용 지도가 그러하며, 특히 고학년 여학생들의 가사나 재봉은 남선생으로서는 도저히 제대로 감당해낼 수가 없는 분야인 것이다. 중학교에 진학하는 아이가 거의 없다고 할 수 있는 이런 섬 학교에서는 실상 그런 가사니 재봉이니 하는 것이 다른 교과보다도 월등히 요긴한 것인데 말이다.

이렇게 두 선생만이 여교사를 바라는 것도 아니다. 사환인 봉식도 거기 한몫 낀다고 할 수 있다. 어쩌다가 두 선생이, 호박이나 버크셔*(버크셔산 돼지)처럼 생겼어도 상관없으니 치마 두른 선생 하나 안 보내주나 하고 교육구청을 욕해대며 웃을 것 같으면, 그도 덩달아서 여드름이 지금 한창인 얼굴에 웃음을 활짝 띠며 입을 함박같이 벌리는 것이다.

학생들 역시 여선생을 동경하고 있다. 아직까지 한 번도 여선생을 대해본 적이 없는 그들은 막연히 여선생이란 참 마음씨가 좋아서 절대로 화를 내거나 때리는 일이 없을 것이며, 노래도 잘 부르고, 무용도 잘하고, 예쁘며, 날씬하고, 정말 근사할 것이라고 제각기 머리에 그리면서, 그런 여선생이 우리 학교에도 한번 와보았으면 얼마나 좋을까 하고 아련한 그리움 같은 것에 젖어보기도 한다.

말하자면 거교적인 셈이다. 이렇게 학교 전체가 여선생을 아쉬워하는 것은 그만큼 생활이 단조롭고 지루하기 때문이다. 도대체 변화라는 것이 없고, 판에 박은 듯해서 따분하기 짝이 없는 것이다.

바다란 처음 보면 한없이 신기하고 가슴이 설레는 법이다. 뼁뼁하게 부풀어 오른 수평선, 그 위에서 눈부시게 부서지는 햇빛, 나부끼는 갈매기, 한가롭게 떠 있는 고기잡이배들……. 그러나 이런 것들도 얼마동안의 일이지, 그 속에 묻혀서 살게 되면 그저 평범하고 심상해지고 만다.

육지에 살던 사람은 섬에 가면 열흘이 못 가서 하품이 나오고 곧장 뭍 쪽이 바라보여지는 것이다. 알고 보면 바다처럼 단조롭고 싱거운 것도 없는 것이다.

그런 단조롭고 싱거운 바다에 갇혀서 한 달 두 달도 아니고, 몇 해씩을 견뎌야 하는 교직원들의 고달픔은 이루 말할 수가 없다.

더구나 독신의 몸으로 자취나 하면서 지내는 터이고 보면 더욱 따분한 노릇이다. 호박이나 버크셔 같아도 좋으니 치마 두른 선생 하나 안 보내주나 하는 것도 무리가 아닌 것이다.

3

어느 날, 참으로 꿈같은 일이 일어났다. 거짓말 같은 사실이었다.

육지의 교육구청에 갔다가 돌아온 사환 봉식이 교무실로 들어서기가 바쁘게,

"여선생이 오게 됐어요! 여선생!"

대뜸 이렇게 소리쳤던 것이다.

"뭐? 여선생이 오게 돼?"

"정말이가?"

백 선생과 신 선생은 거의 동시에 눈을 번쩍 떴다.

"봉식아, 아니 그게 정말이가?"

총각인 백 선생은 자기도 모르게 활짝 웃음을 띠며 자리에서 궁둥이를 벌떡 들기까지 한다.

"정말이고말고요. 백 선생님 어지간히 좋으신 모양이지예? 와 그렇게 좋아하시능교?"

봉식의 말에 신 선생은,

"헛헛헛허……."

커다랗게 입을 벌리며 웃음을 터뜨린다.

"신 선생님은 또 와 그렇게 입이 찢어지게 웃으시능교?"

그리고 그만 봉식이 저도,

"핫핫핫하……."

크게 웃어 버린다.

물론 백 선생도 웃는다.

한바탕 교무실 안이 웃음바다가 된다.

기분 좋게 웃고 나서,

"어디 공문 좀 보자."

백 선생이 봉식이 손에 쥐어진 공문서를 얼른 받아 펴본다.

여느 때 같으면 공문서란 별로 반가운 것이 못 된다. 틀림없이 또 일거리일 터이니 말이다. 아이들을 가르치랴, 공문서 내용을 실천하랴, 보고서를 작성하랴, 몸이 두 개라도 모자랄 지경이니 그럴 수밖에.

그러나 오늘은 그게 아닌 것이다.

"야—"

백 선생은 뭣이 그렇게 좋은지 곧장 싱글벙글하며 소칠판*(작은 찰판) 앞으로 가서 분필을 쥔다. 그리고 새로 올 여선생의 성명을 커다랗게 쓴다.

―宋 仁 順

"야, 송 씨로구나, 송 씨 같으면 양반인데……."

신 선생도 입이 헤 벌어진다. 그리고 계속해서,

"인순이라…… 어질 인 자에 순할 순 자…… 어질고 순하면 여자는 최고 앙이가."

혼자 감탄을 하며 지껄여댄다.

"송인순, 송인순…… 어감도 부드럽고 좋은데……."

백 선생도 한마디 거든다.

그리고 백 선생은 송인순이라는 세 글자 밑에다가 '초임'이라고 적어놓는다.

"초임이구나, 그럼 과부는 아니겠는데…… 아, 그것 참, 같은 값이면 과부 선생이 안 오고……."

신 선생은 히죽 웃는다.

봉식은 우스워서 못 참겠다는 듯,

"앗핫핫하……."

사정없이 터뜨린다.

"홀애비 선생이라 과부밖에 모르는 모양이죠?"

백 선생은 키들키들 웃는다.

"여선생도 나이가 좀 지긋해야 선생 맛이 나지."

"아니구마. 요즘은 젊어야 되느마. 선생도 젊을수록 일을 잘 한단 말입니더."

"헛헛허…… 웃기네. 그래서 백 선생 그렇게 일을 잘 하느만."

"와요? 내가 뭐 못하는 건 또 어디 있던교?"

"하기사 그래. 잘은 못해도 아주 못하는 건 아니지. 허허허……."

"인제 여선생만 와 봐요. 아주 실력을 발휘할 끼니까. 하하하……."

"햇병아리 처녀 선생이 오면 햇병아리 총각 선생이 실력을 발휘하신다…… 어, 그것 참, 많이 기대해 봐야겠는데……."

"와 내가 햇병아린교? 이래 뵈도 벌써 교단생활 만 일 년이란 말이구마."

"교단생활 만 일 년이라…… 그것 참, 경험이 아주 많으신데……."

"하하하……."

"허허허……."

좁은 교무실 안에 별안간 활짝 봄이 찾아든 것 같다. 어쩐지 지금까지의 따분하고 으슬으슬 춥기만 하던 공기가 부드럽고 생기에 넘치는 공기로 일신한 것 같은 느낌이다.

송인순이라…… 자아, 어떤 여선생이 부임해 오는 것일까. 두 선생뿐 아니라, 봉식도 호기심과 기대에 부푼 것은 말할 것도 없다.

그 소식을 들은 학생들 역시,

"야— 우리 학교에 여선생님 오신다—"

"야— 신난다!"

"아이고 좋아라!"
"여선생님은 치마 입은 선생님이제?"
"그래, 히히히……."
좋아서 야단들이다.
더러는,
"여선생님이 우리 반 맡았으면 좋겠다."
"앙이다. 우리 반 맡았으면 좋겠어."
"보래, 우리 반 맡을 끼니까."
"앙이여, 우리 반 맡을 끼여."
"뭐 우째?"
"와?"
"짜식 건방지게……."
이렇게 공연히 주먹을 쥐고 서로 노려보는 아이들도 있었다.

4

사흘 만에 한 번씩 육지에서 배가 온다. 배가 오는 날이 되면 섬은 아침부터 어딘지 모르게 조금씩 술렁거리기 시작한다.
삼일마다 일회씩 정기적으로 육지에서 객선이 오기로 되어 있긴 하지만, 반드시 그렇게 이행된다고 할 수는 없다. 날씨에 달렸다. 비가 심하게 쏟아지거나, 바람이 세어서 바닷길이 험할 것 같으면 배는 나타나지 않는 것이다. 객선이라 해야 고작 이삼십 명 정도의 승객을 태울 수 있는 통통배에 지나지 않기 때문에 육지에서 사십

마일 이상이나 떨어져 있는 이 외딴섬까지 험한 뱃길을 무릅쓸 수가 없는 것이다.

그래서 섬사람들은 배가 오는 날이 되면 절로 신경이 쓰이게 된다.

배가 오기로 되어 있는 날, 하늘이 맑게 개고 수평선이 은빛으로 반짝거리며 조용히 펼쳐질 것 같으면 섬사람들은 마음이 놓이고, 어쩐지 아침부터 조금씩 기분이 들뜨게 마련이다. 오늘은 어떤 손님이 찾아올 것인지, 어떤 물건을 싣고 행상이 나타날 것인지, 그리고 뭍에서 어떤 새로운 소식이 묻어올 것인지, 자못 기대들이 크지 않을 수 없다.

육지와의 유일한 연결이 이 여객선이기 때문에 그럴 수밖에 없는 것이다.

그리고 이 섬에도 장이 서는데, 이 섬의 장날은 바로 객선이 오는 그날인 것이다. 그러니까 사흘마다 한 번씩 장이 서는 셈이다. 날씨 때문에 객선이 나타나지 않으면 절로 장도 서지 않게 된다.

장이래야 장소도 따로 없고, 그저 배가 닿는 선창 근처가 그대로 장터 구실을 하는 것이다.

그러나 제법 흥성거린다. 팔 물건도 살 물건도 없는 사람들까지 모두 기어와서 육지 냄새라도 좀 맡아보자는 듯이 괜히 이리 기웃 저리 기웃하기 때문이다.

어른들뿐 아니라, 아이들도 학교가 파하기 바쁘게 몰려와서 입에 손가락을 물기도 하며 어른들 사이를 누빈다. 마을의 개들까지도 몰려들어 꼬리를 흔들어대는 것이다.

몇 시간 동안 이렇게 흥성거리다가 뚜— 하고 객선이 뜨게 되면 절로 장은 걷히고 만다. 동그란 연기를 퐁퐁퐁…… 하늘로 날리며 차츰 멀어져가는 객선의 뒷모습을 섬사람들은 허전하고 안타까운 표정으로 멀뚱히 바라보고 서 있는 것이다.

그리고 반드시 이 날은 몇 사람의 술주정과 싸움으로 끝난다.

그리고 또 사흘 후를 기다리는 것이다.

배 오는 날이 기다려지는 것은 학교 선생들도 마찬가지다. 우선 그날이면 그동안 밀린 신문이 오는 것이다. 그리고 편지도 온다. 교육구청의 공문도 온다. 봉식이 특별히 볼일이 있어 교육구청을 찾아가 공문을 가지고 오는 수도 일 년에 두어 번은 있지만 말이다.

말하자면 그날은 잠잠하게 가라앉은 수면에 조그마한 파문이 이는 것 같은 날이라고나 할까. 판에 박힌 듯한 지루한 생활에 약간의 활기를 가져다주는 날인 것이다.

여선생이 오게 된다는 것을 안 뒤로, 백 선생과 신 선생은 배 오는 날을 여느 때보다 십 배 정도나 더 간절한 심정으로 기다리게 되었다.

그런데 벌써 배가 두 번이나 왔는데, 아직 우리 송인순 선생은 부임해 오질 않는 것이다.

설마 자기가 이번에는 오겠지……. 세 번째 배 오는 날을 목마르게 기다리던 백 선생과 신 선생은 드디어 그날 아침, 날씨가 여느 때보다 더욱 청명한 것을 보고,

"야— 날씨 좋은데…….”

"오늘은 오겠지. 설마 설마…….”

"하하하…….”

"허허허……."

기분 좋게 웃어댔다.

수평선에 배가 나타나는 것은 으레 점심때가 가까워서였다. 처음엔 실낱같은 연기가 보이고, 잠시 후 깨알만 한 점이 나타난다. 그것이 제법 형체를 갖추어 보이기까지는 꽤 시간이 걸리고, 그러고도 지루하도록 기다려야 비로소 배는 통통통…… 소리를 내며 섬으로 가까워져 오는 것이다.

세 시간 수업을 마치자 백 선생은 교실 창문을 활짝 열었다. 창문을 열면 바로 벙벙한 바다가 눈에 들어온다.

백 선생은 은빛으로 반짝이는 먼 수평선을 바라본다.

"아, 오는구나!"

무수한 은비늘이 흩어졌다 모였다 하는 것 같은 눈부신 바다 물결 위로 벌써 배는 뚜렷한 형체를 보이며 오고 있다.

객선이 오는 모습을 보면 언제나 반갑지만, 오늘처럼 이렇게 가슴이 울렁거리기까지 하기는 처음이다.

옆 교실의 신 선생도 어느새 창문을 열고,

"백 선생, 너무 그렇게 감격하지 말라니까."

하면서 빙그레 웃는다.

배가 통통통…… 소리를 내며 점점 가까워오자, 넷째 시간은 그만 흐지부지되고 만다.

"여선생님 오실 게다—"

"여선생님—"

"야—"

"야—"

아이들은 앞을 다투어 선창을 향해 달려가는 것이다.

봉식이도 달려 나가고, 백 선생 신 선생도 천천히 뒤를 따른다.

퐁퐁퐁…… 동그란 연기를 몇 개 하늘로 날려 올리고 배의 발동이 멎는다. 그리고 배는 스르르 선창으로 미끄러져 들어온다.

선창가에는 학교패들뿐 아니라, 마을 사람들도 수없이 쏟아져 나와 있다. 장을 보기 위해서이기도 했지만, 그들도 학교에 여선생이 새로 오게 되었다는 것을 알고 있기 때문에 오늘은 혹시…… 하고 구경들을 나온 것이다.

여선생이 어떻게 생겼는지, 선생이라면 으레 남자인 것으로만 알고 있는 터이라, 여선생에 대한 호기심은 오히려 그들이 더 크다고 할 수도 있다.

배가 선창에 닿자, 승객들이 한 사람 한 사람 내리기 시작한다. 둥실둥실한 짐을 지고 내리는 사람, 보따리를 이고 내리는 사람…… 거의가 장사꾼들이다.

맨 꼴찌로 큼직한 백을 든 여자 하나가 내린다.

"아, 저 여자로구나."

백 선생은 눈이 번쩍한다.

"응, 그런 모양인데……."

신 선생도 바짝 긴장이 되는 모양이다.

곤색 투피스에 까만 구두를 신은 젊은 여자다. 아직 소녀티가 가시지 않아 보인다. 호리호리한 몸매와 머리 때문에 그렇게 보이는 것 같다. 머리는 어깨에 닿을 듯 말 듯 나풀거리고 있다. 긴 단발머리인 셈이다.

"야—"

백 선생은 자기도 모르게 나직한 감탄사를 내뱉는다. 신 선생은 백 선생을 힐끔 돌아보며 히죽 웃는다.
 선창을 걸어 나오며 그녀는 언덕 위의 분교장을 곧장 바라본다. 그리고 선창가에 모여 서 있는 학생들을 보자 멋쩍은 듯 잠시 머뭇거리다가 약간 얼굴을 붉히며 다가온다.
 틀림없이 부임해오는 여선생인 것이다.
 그러자 신 선생이 선수라도 쓰듯이 얼른 앞으로 나가서,
 "송인순 선생이지요?"
 묻는다.
 "예."
 그녀는 그 자리에 멈추어서더니 가볍게 머리를 숙여 인사를 한다. 어딘지 모르게 순진해 보이고, 소녀티가 흐른다.
 어느새 백 선생도 다가와서,
 "선생님, 얼마나 기다렸는지 아십니꺼?"
하고 낯을 붉히며 웃는다.
 "예, 빨리 온다는 것이 그만……."
 그녀도 살짝 낯을 붉히며 미소를 짓는다.
 "저 백남기입니더."
 "저는 송인순이에요."
 두 사람이 통성명을 하자, 신 선생도 가만히 있을 수가 없다는 듯이,
 "난 신영갑이라고 합니다."
 살짝 머리를 숙인다.
 그러자 봉식도,

"전 봉식입니더."

하고는 얼른 여선생의 큼직한 백을 받아든다.

　학생들과 마을 사람들이 빙 둘러서서 수군거리며 웃고 있다. 섬에 처음으로 온 여선생이 신기하기만 한 듯…….

　개들도 사람들 틈에 섞여 서서 여선생을 반기는 듯 꼬리를 치고 있다.

　이렇게 드디어 송인순 여선생은 달섬에 온 것이다.

5

　땡땡땡땡 땡땡땡땡…….

　분교장의 종이 울린다. 전교생 집합의 신호다.

　교무실 주위에 벌떼처럼 모여서 새로 온 여선생을 구경하느라고 정신이 없던 아이들이 우루루 운동장으로 달려가 정렬을 한다. 여느 때보다 월등히 정렬하는 동작이 빠르다. 어딘지 모르게 아이들에게 생기가 감돌아 보인다. 조금 전에 여선생이 도착을 해서 그런 모양이다.

　아이들이 정렬을 마치자 교무실에서 먼저 백 선생이 뛰어나온다. 백 선생의 동작 역시 여느 때와는 달리 생기가 넘친다.

　그리고 신 선생이 나오고, 그 뒤를 따라 새로 온 여선생이 모습을 나타낸다.

　운동장에 정렬을 하고 있는 아이들의 시선은 말할 것도 없이 교무실에서 모습을 나타낸 여선생에게로 쏠리고 있다.

학생들 앞으로 먼저 뛰어온 백 선생이,
"차려엇!"
냅다 구령을 부른다. 여느 때의 구령보다 월등히 쩡쩡한 목소리다.
그러나 구령대가 있어서 그 위에 올라서서 구령을 부르는 게 아니다. 맨땅이다. 맨땅에 그냥 서서 구령을 부르는 것이다. 그래도 전교생이 한눈에 잘 들어온다. 백 선생의 키가 학생들보다 크기 때문만이 아니다. 운동장이 비스듬히 경사가 져 있는 것이다. 15도 가량 경사가 져 있어서 구령대가 없어도 학생들이 한눈에 잘 들어오는 것이다.
"앞으로오 나란히!"
손을 올리는 학생들의 동작도 아주 절도가 있다. 그리고 열도 여느 때보다 월등히 똑바르다. 참 여선생이 좋기는 좋은 모양이다.
"바로옷!"
"열주웅쉬엇!"
열중쉬어를 하고 있는 학생들 앞에 신 선생과 여선생이 와서 선다. 여선생은 신 선생 곁에 약간 비켜서서 좀 멋쩍은 듯한 표정을 하고 있다.
신 선생은 학생들의 정면으로 나아간다. 그런데 재미있는 것은 몇 걸음 뒤로 물러가 서는 것이다. 경사가 진 운동장이라 몇 걸음 뒤로 물러서면 그만큼 위치가 높아진다. 말하자면 구령대 위에 오르는 것과 마찬가지 효과인 셈이다. 전교생에게 이야기를 할 때는 으레 그렇게 하고 있는 것이다. 편리한 구령대라고나 할까.
신 선생이 편리한 구령대에 서자,

"차려—"

6학년 반장이 구령을 지른다.

"경례—"

전교생이 일제히 경례를 한다.

신 선생은 답례를 하고 나서,

"에— 너희들도 이미 다 잘 알고 있겠지만……."

하고 새로 온 여선생 소개를 한다.

"오늘 우리 학교에 새로 여선생님이 한 분 오셨다. 우리 학교가 개교한 이래 여선생님이 오시기는 처음이다. 그러니까 에— 오늘은 우리 학교가 개교한 이래 가장 기쁜 날이라고 할 수 있다."

그러자, 학생들 가운데서,

"그렇심더—"

하고 소리를 지른다.

"맞심더—"

"맞심더—"

"하하하……."

"헤헤헤……."

"히히히……."

학생들이 와그르르 떠들며 웃어댄다.

"조용히 해라!"

6학년 학생이 빽 소리를 지른다.

그러나 신 선생은 그저 싱그레 웃고만 있다. 개교 이래 가장 기쁜 날이니 좀 떠들어도 상관없다는 듯이.

"조용히 해! 조용히!"

오히려 백 선생이 눈을 부릅뜬다.
학생들이 조용해지자 신 선생은 다시 말을 계속한다.
"에— 오늘 새로 오신 여선생님은 송인순 선생님이시다."
그러자 또 학생들은 수군거린다.
"송 무슨 선생님이라?"
"송 무슨 순이라 카는데······."
"송인순 선생님이라 안 카나."
"송인순, 송인순······ 이름도 좋다 그지?"
"응, 히히히······."
또 백 선생이 눈을 부릅뜨며 말한다.
"조용히 하라니까. 새로 여선생님도 오셨는데······."
송인순은 그만 웃음이 나온다. 섬의 조그마한 분교장다운 분위기라고나 할까.
신 선생의 소개말은 계속된다.
"송인순 선생님은 어디서 오셨는가 하면, 서울에서 오셨다. 금년에 서울교육대학을 우수한 성적으로 졸업하시고, 이번 우리 섬 학교에 오신 것이다."
우수한 성적으로 졸업했는지 어쨌는지, 마치 성적표라도 본 것처럼 말한다.
송인순은 또 힉 웃는다.
서울이라는 말에 아이들의 눈이 휘둥그레진다. 어떤 아이들은 입이 딱 벌어지기도 한다.
"햐— 서울!"
"서울에서 오시다니, 햐—"

"서울 무슨 대학이라 카제?"

"교육대학이라 안 카나."

"햐— 서울교육대학."

그저 놀랄 따름이다. 그럴 수밖에 없다. 이 섬의 어린이들에게는 서울이라면 그저 뭐든지 최고인 것이다. 꿈에나 그릴 수 있는, 아득히 먼 거리에 놓인 신기루 같은 것이니 말이다. 뭍에 가본 일도 없는 아이가 대부분인 것이다.

"서울의 좋은 학교를 다 마다하시고 일부러 이 먼 우리 섬을 찾아오신 송 선생님이시니 에— 너희들은 특히 송 선생님 말씀을 잘 듣고 더욱 열심히 공부해야 한다. 알겠나?"

"예—"

학생들의 대답 소리도 물론 여느 때보다 월등히 힘차다.

"그럼, 송인순 선생님의 인사 말씀이 계실 터이니 모두 조용히 들어야 한다. 알겠나?"

"예—"

신 선생의 소개말이 끝나자, 송인순의 인사 차례다.

송인순은 약간 멋쩍기도 하고 좀 우습기도 한 듯 고개를 살짝 숙이고 웃으며 신 선생이 섰던 자리로 간다. 말하자면 구령대에 서는 셈이다.

"차려—"

6학년 반장은 있는 힘을 다해 목청을 뽑는다.

"경례—"

학생들은 여느 때보다 훨씬 깊숙이 머리를 숙인다.

송인순도 나붓이 고개를 숙여 답례를 하고는 인사말을 하기 시작한다.

"방금 신 선생님께서 소개 말씀이 계신 송인순입니다. 오늘 이렇게 여러분들을 대하니 뭐라 말할 수 없는 기쁨이 가슴에 가득하군요. 학교도 마음에 들고, 섬도 마음에 들고…… 참 잘 왔다는 생각이 듭니다."

학교도 마음에 들고, 섬도 마음에 든다는 말에 학생들은 물론 백 선생, 신 선생도 기분이 매우 좋다. 그러나 한편 불안한 생각이 없는 게 아니다. 송인순 선생의 그 마음이 언제까지 계속될지 의문인 것이다.

누구나 처음엔 기분이 괜찮은 법이다. 육지에서만 살다가 처음으로 섬에 와 보면 어쩐지 낭만적으로 느껴지고, 언덕 위에 있는 분교장도 어쩐지 동화에나 나오는 학교처럼 생각되는 것이다.

그러나 머지않아 섬 생활의 단조로움에 지치고 만다. 두 어깨가 축 늘어져버리고 마는 것이다. 그래서 어떻게 하면 뭍의 학교로 전근을 갈 것인가 그 궁리만 하게 되기 마련이다.

"앞으로 여러분들을 위해 있는 힘을 다해 일하겠으니, 여러분들도 나를 선생님이라 생각하지 말고, 누나나 언니처럼 혹은 친구처럼 생각하고 잘 따라주기 바랍니다."

그러자 누군가가,

"예—"

하고 큰소리로 대답한다.

와— 웃음이 터진다.

"그럼 간단하나마 이것으로 그치겠어요.

운동장가에서는 몇몇 마을 사람들이 서서 빙그레 웃으면서 구경을 하고 있다.

6

그날 방과 후, 교무실에서 송인순 선생의 환영회가 베풀어졌다.
마을에 있는 구멍가게에서 사이다 두 병, 콜라 두 병, 이홉짜리 소주 한 병, 그리고 과자와 사과 몇 알을 사온 것이다.
책상 위에 그것들을 차려놓고 송인순 선생을 중심으로 신 선생, 백 선생, 그리고 봉식이까지 둘러앉았다.
보잘것없는 음식이다. 그러나 그 어떤 환영 파티보다도 진정이 담긴 환영회라고 할 수 있다.
"아무것도 없심더. 자, 송 선생님 많이 드이소."
형식적인 환영사가 따로 있는 것도 아니다. 분교장의 주임교사인 신 선생이 그저 많이 먹기를 권할 따름이다.
송인순은 흐뭇하고 기쁘기만 하다. 무뚝뚝한 경상도 사투리의 가식 없는 말, 진정으로 반기는 표정들, 그리고 한 가족 같은 분위기…… 정말 잘 왔다는 생각이 든다.
신 선생은 사이다를 송 선생 컵에 가득 따르면서,
"우리 섬의 사이다 맛이 어떤가 보이소."
하고 웃는다.
그러자 백 선생도 가만히 있질 않는다. 콜라를 자기 컵에 가득 따라서 그녀에게 권하면서 말한다.
"우리 섬의 콜라 맛도 좀 보이소."

"호호호호……."

송인순은 유쾌하게 웃는다.

"섬에 콜라가 다 있군요."

"있고말고요. 얼마든지 있심더. 섬엔 콜라가 없는 줄 알았능교?"

백 선생의 말에 송인순은,

"호호호……."

또 웃고 나서,

"섬사람들도 콜라를 마시는 모양이죠?"

하고 묻는다.

"많이 마신다기보다도……."

하다가 백 선생은 불쑥 내뱉듯이 말한다.

"섬사람들은 와 콜라를 마시면 안 되능교?"

"안 되는 게 아니라…… 섬사람들 생활이 그처럼 넉넉한가 해서……."

송인순은 약간 당황하는 기색이다.

그런 그녀의 표정을 보자 백 선생은 얼른 말투를 누그린다.

"넉넉하긴요, 아주 형편없심더."

"글쎄, 그럴 것 같아서 말이에요. 형편없는 생활에 콜라란 잘 어울리지 않잖아요?"

"그럼, 사이다는 어울리능교?"

"호호호…… 사이다도 마찬가지죠."

소주를 홀짝홀짝 마시면서 가만히 듣고 있던 신 선생이 입을 연다.

"정말 섬사람들에게는 이런 콜라니 사이다 같은 것은 필요 없심더. 묵고살기도 조급한데 이런 기 무슨 소용이 있능교."
 "맞습니다."
 그 말이 옳다는 듯이 송인순은 기분 좋게 오도독오도독 과자를 씹는다.
 "그래도 사 묵는 사람이 있으니까 안 파능교."
 백 선생의 말이다.
 "넋 빠진 놈들이 안 사묵나. 술이나 마시고 놀음이나 하는 그런 자들이……."
 "사이다나 콜라 사 묵으면 다 넋 빠진 사람인교?"
 "그렇다고 볼 수 있제."
 "그럼 우선 신 선생님부터 넋 빠진 사람 아닝교. 와 사이다와 콜라를 사오라 카능교?"
 "우린 섬사람들하고는 안 다르나. 그리고 오늘은 특별히 송 선생님이 부임하신 날이고……."
 그러자 봉식도,
 "맞심더. 특별한 날은 콜라도 마시는 기 좋심더."
하면서 맛좋다는 듯이 콜라를 꿀꺽 마신다.
 "술이나 마시고 놀음이나 하는 그런 사람들은 어디서 돈이 나서 그러나요?"
 송인순은 이해가 안 간다는 듯이 묻는다.
 "섬사람들이라고 해서 어디 전혀 돈이 없기사 합니꼬. 술 마시고 노름이나 하는 사람들은 주로 선금을 받아서 그것으로……."
 "선금이 뭔데요?"
 "먼저 돈을 받는 걸 선금 받는다 안 캅니꼬. 남의 배를 타게 되면 보통 선금이라고 해서 배 타기 전에 미리 몇만 원씩 받심더. 선주로부터."

"말하자면 가불이군요."

"그렇심더. 가불을 해가지고 그것으로 술을 퍼묵고 노름을 안 합니꺼."

"정신들이 어떻게 됐군요. 가불을 해가지고 그것으로 노름을 하다니……."

그러자 백 선생이,

"그런 사람들은 돈이 손에 들어오기만 하면 근질근질해서 못 참는답니다."

하고 웃는다.

"노름하는 사람들 심리를 알 수가 없어요. 노름하다가 돈이 떨어지면 집에 가서 쌀을 다 퍼내온다죠."

"쌀만 퍼내면 괜찮게요. 어떤 사람은 이불까지 들고 나온답디더."

"하하하…… 이불을요?"

"농 속의 마느래 옷까지 꺼내오고……."

"눈이 뒤집힌 모양이죠?"

"환장을 한 기지요. 환장을 안 하고사 어디 그럴 수가 있습니꺼. 대번에 팔자를 고칠라 카다가 오히려 팔자를 조진 셈이니 환장을 할 만도 하지요."

송인순은 과자를 먹던 손을 멈추고 신 선생에게 묻는다.

"무지해서 그런 게 아니에요?"

"그런 점도 있심더."

"좀 계몽을 하면 안 될까요?"

"계몽요? 허—"

어림도 없는 소리라는 듯이 신 선생은 웃는다.

"그란해도 계몽을 한다고 해본 일도 있심더. 그러나 그때뿐이지, 돌아앉으면 그만입니더. 마이동풍인 기라요. 짐승들을 계몽했으면 했지, 노름꾼은 계몽 못 합니더."

"그래요……?"

송인순은 가만히 고개를 끄덕인다.

'짐승을 계몽했으면 했지 노름꾼은 계몽 못 한다'는 말이 퍽 재미있는 말이라고 생각된다. 어쩌면 그럴지도 모른다. 노름을 해서 돈을 따 부자가 됐다는 말은 들어 본 적이 없는데, 다시 말하면 노름이란 하면 으레 잃게 마련인 것으로 되어 있는데, 그래도 그 노름이라는 것이 없어지질 않는 것을 보면 노름 그 자체에 무슨 마력 같은 것이 있지 않나 싶다. 말하자면 노름꾼이란 그 마력에 중독된 사람들이라고 할 수 있다. 그렇다면 그 마력에서 벗어나도록 한다는 것은 아편 중독에서 벗어나도록 하는 만큼이나 어려운 문제인지도 모르는 것이다. 계몽 정도로는 거의 불가능할지도 모른다.

"우짜다가 노름 이야기가 나왔능교? 재미없구마. 화제를 돌립시더."

별로 마시지도 못하는 술을 홀짝홀짝 마시고는 눈언저리부터 시작해서 귀밑까지 발그레 물든 백 선생이 혀까지 좀 이상해진 듯한 소리로 말한다.

"백 선생이 화제를 돌려보소."

신 선생의 말에,

"에— 송 선생님요."

하고 백 선생은 송 선생을 똑바로 바라본다.

"예?"

"지금부터 송 선생님에게 한 가지 물어보겠심더."

"예."

백 선생의 발그레 물든 얼굴과 그 말하는 투가 재미있어서 송인순은 미소를 짓는다.

"저— 다름이 아니라, 송 선생님, 서울 같은 좋은 곳을 놓아두고 뭐 하로 이런 섬으로 왔습니꾜? 도저히 알 수가 없심더."

그러자 신 선생이 핀잔을 주듯이 말한다.

"와? 송 선생님 우리 학교에 오신 기 싫으나?"

"싫다니요. 천만의 말씀입니다. 너무너무 좋심더. 꿈같심더."

"그럼 와?"

"너무너무 좋고, 꿈같기 때문에 안 물어보능교."

백 선생은 술기 탓인지 쑥스러운 줄도 모르고 벙글벙글 웃어 댄다.

송인순은 그저 가만히 미소만 짓고 있다.

"예? 송 선생님, 와 하필 이런 섬 구석을 찾아왔느냐 말입니다. 서울교대 출신이 이런 문딩이 같은 섬 구석으로 오다니……. 난 부산교대 출신이니까 눈물을 머금고 이런 문딩이 같은 섬에 왔지만……."

"허허허, 와 우리 섬이 문딩이 같소?"

그런 소리 말라는 듯이 신 선생이 말한다.

"문딩이 안 같고 뭐꼬?"

"내사 따뜻한 보금자리 같다.

"따뜻한 보금자리 좋아하십니더. 오죽하면 이런 데가 따뜻한 보금자리 같을까……."

그러자 송인순은,

"호호호호……."

웃어버린다.

"송 선생님, 웃지 말고, 어서 내 질문에 대답해 보이소."

"오고 싶어 왔죠."

"이런 문둥이 같은 섬에 오고 싶다니…… 얄궂심더."

"왜요? 좋지 않아요? 이런 곳이라야 정말 일을 해도 보람이 있을 것 같아요."

"야— 우리 학교에 페스탈로찌 선생님이 오셨심더그려."

"호호호…… 그게 아니라, 작년에 한번 농촌봉사대로 나가 봤어요. 여름방학에……."

"그래서요?"

"참 좋던데요. 농촌 사람들과 땀을 흘리며 일하는 것이……."

"그래서 우리 섬에 땀 흘리로 왔다, 그 말입니꺼?"

"……."

송인순은 말없이 웃어버린다.

하고 싶은 이야기, 물어보고 싶은 말이 많았으나, 첫날부터 지절지절 입을 놀릴 게 아니라는 생각이 들어 그만둔다.

신 선생은 말없이 고개를 끄덕인다. 여선생이 와도 아주 단단한 여선생이 왔구나 싶은 것이다.

7

 송인순이 학교를 졸업하면 자원해서 낙도의 조그마한 분교장 같은 데로 발령을 받아 가기로 결심을 한 것은 지난 해 여름방학 농촌봉사대에 갔다 돌아온 뒤의 일이었다. 보름 동안의 농촌봉사활동은 그만큼 그녀에게 큰 의의와 감동을 안겨다 준 것이다.
 송인순은 서울이 고향이다. 서울에서 나서 서울에서 자랐으니 서울이 고향이라고 할 수밖에 없다. 그러나 굳이 따지자면 경북 영천이 고향이라고 할 수 있다. 부모들의 고향이 그곳이니 말이다. 그리고 아직도 호적이 그곳에 있어서 본적이 그곳으로 되어 있는 것이다. 할아버지 댁도 아직 그곳에 있고.
 그래서 송인순은 국민학교 시절부터 방학이 되면 으레 그곳으로 내려가 열흘이나 보름씩 놀다가 오곤 했다.
 먼지와 소음에 뒤섞인 서울의 복잡한 환경에서 훌쩍 벗어나 시골로 가서 자연을 벗 삼아 방학을 즐긴다는 것은 참으로 즐거운 일이었다.
 할아버지 댁은 영천읍에서 포항 쪽으로 이십 리가량 나간 곳에 있다. 그러니까 완전히 농촌인 것이다. 그곳에서 할아버지는 조그마한 과수원을 경영하고 있다.
 과수원 앞으로는 냇물이 흐르고, 뒤에는 산이 있다. 그리고 산골짜기로 한참 올라가면 조그마한 못이 있다. 저수지다. 어찌나 물이 맑은지, 마치 거울을 들여다보는 느낌이다.
 국민학교 시절, 송인순은 여름방학에 그곳에 내려가면 마을 아이들과 어울려 곧잘 그 저수지를 찾아가곤 했다. 저수지가의 바위 위에 앉아 호면(湖面)에 어리는 하늘·구름·산 그림자 같은 것을 바라보며 시골 아이들에게 여러 가지 서울 이야기를 들려주기도 했고, 『백설공주』니 『신데렐라』니 하는 동화를 이야기해 주기도 했고, 때로는 가지고 간 안데르센 동화집 같은 것을 읽어주기도 했다. 그러면 시골 아이들은 신기하고 재미가 나는 듯 두 눈을 반짝거리며 조용히 귀를 기울이는 것이었다. 그리고 그들도 우리나라의 옛날이야기 같은 것을 들려주기도 했다.

냇물에서 철벙거리면서 물놀이를 하는 것도 여간 재미있는 일이 아니었고, 산에 올라가서 식물 채집 같은 것을 하는 것도 즐거웠다.

그리고 과수원에서 일하는 걸 거드는 재미도 괜찮았다. 말하자면 그것은 땀 흘리는 재미였다.

겨울방학에 와도 역시 심심치가 않았다. 냇가에 나가 스케이트를 타기도 했고, 방 안에서 마을 아이들을 모아놓고 학교놀이를 하기도 했다. 그럴 때면 물론 송인순이 선생님이 되었다. 서울의 친구들과는 달리 시골 아이들은 자기의 말이면 뭣이든지 고분고분 잘 따라주어서 더 기분이 좋고 재미가 나는지도 몰랐다.

국민학교 시절부터 그처럼 시골에 정이 든 탓인지 중학생, 고등학생, 그리고 대학생이 된 뒤에도 송인순은 늘 시골을 그리워했고, 방학 때면 으레 그곳을 찾곤 했다.

그러다가 지난 해 여름방학엔 농촌봉사대의 일원으로 참가했던 것이다.

봉사대가 찾아간 곳은 전남 순천 쪽이었다. 순천시에서 멀리 떨어진 벽촌이었다.

그런데 송인순이 놀란 것은 열댓 가호밖에 안 되는 보잘것없는 마을이고, 또 시에서 멀리 떨어진 벽촌인데도 새마을운동의 바람이 일고 있다는 사실이었다. 아직 눈에 띌 만한 성과는 거두지 못한 것 같았으나, 좌우간 꿈틀거리는 무엇을 느낄 수가 있었다.

이야기를 들으니 그 마을은 '기초 마을'이라는 것이었다. 새마을 운동의 첫 단계로, 기초적인 환경을 개선하는 데 주력을 한다는 것이다. 마을 안길 넓히기, 소하천(小河川) 가꾸기, 공동빨래터 만들기, 변소 개량 같은 것이 당면의 목표라고 했다.

봉사대가 도착했을 때는 마을 안길 넓히기 사업을 하고 있는 모양이었다. 저녁 무렵이 되자 마을 사람들이 여남은 명 연장을 가지고 나와 마을로 들어서는 좁은 길을 넓히기 시작하는 것이었다. 낮에는 각자 농사일을 하고, 저녁 무렵을 이용해서 한두 시간 마을 공동 작업을 하는 것이었다.

그 일에 봉사대가 가담을 한 것은 말할 것도 없다. 십여 명의 봉사대가 합세를 하자, 열흘 걸릴 일이 닷새 만에 끝났다.

보름 동안 그 기초 마을의 사업을 돕고, 농사일을 거들면서 송인순이 느낀 점은, 함께 땀 흘려 일하는 것이 곧 계몽이라는 사실이었다. 함께 땀 흘려 일하면서 조금씩 계몽을 해야 먹혀들어가지, 그렇지 않고 입으로만 이래야 된다, 저래야 된다, 위생이 어떠니, 영양가가 어떠니 하고 계몽이랍시고 떠들어대면 마이동풍 격으로 별로 먹혀들어가지가 않는 것이다. 다시 말하면 계몽은 입으로 하는 것이 아니라, 손과 발로 해야 한다는 사실이다.

그리고 농촌 사람들이 싫어하는 것이 무엇인가도 알았다. 그것은 요즘 도시의 일부 젊은이들에게서 볼 수 있는, 남잔지 여잔지

분간할 수 없는 그런 장발, 구질구질한 청바지, 통기타, 엉덩이춤, 괴상한 곡조의 가요 등등의 서구풍조였다. 그런 것에 대하여 이맛살을 찌푸리고 있었다. 물론 봉사대원 중에는 그런 유별난 사람은 없었으나, 한 사람이 통기타를 가지고 있었다. 그리고 여학생 중에 한 사람은, 구질구질한 것은 아니었지만 좌우간 남자용 청바지를 입고 있었다. 그런데 그 남자용 청바지를 입은 여학생을 볼 때면 마을 사람들은 언제나 별로 좋은 기색이 아니었다. 여자는 바지를 입더라도 여자용 바지를 입어야지, 남자가 입는 바지를 입고 조금도 부끄럼 없이 예사로 남의 앞을 활보하다니, 꼴불견이 아닐 수 없는 모양이었다. 말 같은 계집애가 말이다.

그 곧 터질 듯이 탱탱하게 부풀어 오른 궁둥이가 민망스럽고 못마땅하기만 한 듯, 어떤 사람은 이맛살을 찌푸리며 얼른 고개를 돌려버리기도 했다.

그리고 한번은 밤에 정자나무 밑에서 술을 조금 마시고 여흥으로 통기타에 맞추어 몇몇 대원이 엉덩이춤으로 기분을 낸 일이 있었다.

그런 일이 있은 이튿날 마을 사람들의 표정은 눈에 띄게 달랐다. 특히 노인네들은 봉사대원들을 무슨 잡것들처럼 생각하는 모양이었다.

한 노인은 이마에 거꾸로 여덟팔자를 그리면서,

"여보게 학생들, 봉사고 뭐고 싫응께 그 엉뎅이춤 또 출라거든 우리 둘레를 떠나 달랑께."

서슴없이 이렇게까지 나오는 것이었다.

그 노인의 말에 의하면, 그런 괴상한 춤은 우리 동네에 아무 보탬이 안 될 뿐 아니라, 오히려 동네 젊은이들, 특히 처녀들 허파에 바람만 넣어준다는 것이었다. 그런 괴상한 곡조와 괴상한 춤은 서울 같은 데서는 필요할지 모르지만, 우리 농촌에는 아무 소용이 없으니 부디 그만두든지, 아니면 썩 물러가 달라는 것이었다.

그리고 그 노인은 제법 이렇게까지 말했다.

"우리는 지금 잘 살아보자고 새마을운동을 시작하는 판인디, 그런 도깨비춤 같은 것이 보급되면 큰일이랑께, 새마을운동 망친당께."

그 말에 대원들은 모두 할 말이 없었다.

송인순은 절로 고개가 숙여지는 것을 어쩌지 못했다. 뭐 자기 자신이 그런 춤을 춘 것은 아니었지만 말이다. 정말 느끼는 바가 있었고, 숙연한 기분이었다.

말하자면 계몽을 하러 온 게 아니라, 오히려 계몽을 받으러 온 셈이 되었다.

그런 일이 있자, 통기타와 엉덩이춤이 쑥 들어가버린 것은 말할 것도 없고, 대원들은 모든 행동거지를 조심하게 되었다.

농촌도 이제 옛날 농촌이 아닌 것이었다.

그런 일이 있긴 했지만, 아무튼 보름 동안의 봉사활동은 보람 있고 즐거웠다.

송인순은 그만큼 많은 땀을 흘려보기는 난생처음이었다. 그것도 흙과 더불어서 말이다.

지금까지는 그저 막연히 향수처럼 시골을 그리워하고, 농촌을 동경하기만 했었는데, 실제로 그 현장에 들어가 실컷 흙냄새에 젖으며 실컷 땀을 흘려본 것이다. 흙의 향기가 어떤 것인지 알게 된 것 같고, 땀의 진가를 실감하게 된 것 같았다.
　송인순에게 있어서 그 보름 동안의 봉사활동은 참으로 중요한 의미를 지니게 되었다고 아니할 수가 없다. 그녀의 인생관이라 할까 그런 것이 크게 방향을 바꾸었으니 말이다.
　그전까지는 그녀 역시 다른 학생들과 마찬가지로 학교를 졸업하면 서울 시내의 국민학교에 발령을 받아서 남이 하는 대로 그저 좀 열심히 교편을 잡다가 적당한 상대가 생기면 교직을 그만두고 결혼이나 해야지, 이렇게 생각하고 있었다. 그런데 그 보름 동안의 뜨겁고 진한 땀을 경험한 뒤로는 안일하고 평범한 생각이 싹 없어지고, 좀더 보람 있는 교편생활이 어떤 것일까, 진짜 즐겁고 가치 있는 교단생활이 어떤 것일까 생각하게 된 것이다.
　그래서 얻은 결론이 낙도의 조그마한 학교에 가서 땀을 흘리자는 것이었다. 다른 교사들이 다 가기를 꺼리는 그런 곳에 스스로 뛰어 들어가서 한번 밀고 나가보자는 것이었다. 말하자면 도전의 길을 택한 것이다.
　그녀에게 그런 용기와 결단을 준 것은 보름 동안의 봉사활동 그것만이 아니었다. 어쩌면 그것보다 더 크게 작용을 한 것이 있었다.
　그것은 '금촌'이라는 마을의 기적 같은 현실이었다.
　금촌 마을은 순천 시내에서 십 리가량 떨어진 곳에 있는, 삼십호가량 되는 부락이다. 그런데 그 마을은 박토에서 부를 이룩한, 전국적으로도 이름난 새마을인 것이다.
　귀로에 꼭 그 마을을 한번 구경해 보라는 이야기를 듣고, 봉사대원들은 그 금촌 부락을 찾았던 것이다.
　겉으로 보기에는 뭐 그다지 대단한 것이 아닌 것 같아 보였다.

그저 모든 집이 기와를 이어 빨강·파랑·녹색 등의 페인트를 칠했고, 마을로 들어가는 길이 넓혀졌고, 동구 앞에 새마을회관이 아담하게 세워졌으며, 마을 안 골목들이 다 잘 가꾸어져 있는 정도였다. 골고루 알뜰한 손길이 간 것은 알 수 있었으나, 그 정도를 가지고 전국적으로 이름난 새마을이라니 약간 실망이 되기도 했다.

그러나 그 부락의 새마을 지도자 이야기를 들으니 그게 아니었다. 그때에야 비로소 여러 대원들의 입에서

"야—"

"햐—"

"하하—"

하는 감탄의 소리가 흘러나왔다.

그 마을은 환경 미화, 즉 마을의 외형 가꾸기에는 별로 힘을 기울이지 않는다는 것이었다. 그저 남이 보기에 깨끗하고 아늑한 맛이 나 보이면 된다고 했다.

주로 힘을 집중하는 것은 소득 증대 쪽이었다. 어떻게 하면 마을 사람들의 살림을 좀더 늘릴 수 있을까, 좀더 생활을 향상시킬 수 있을까, 가난에서 벗어나게 할 수가 있을까 하는 문제에 온 정력을 기울이는 것이었다. 외식(外飾)보다도 내실을 기하고 있었다.

찾아간 그때가 여름이어서 논에는 벼가 자라고 있고, 밭에는 콩이니 팥이니 고추·고구마 같은, 어디서나 흔히 볼 수 있는 그런 것이 심겨 있었다. 그러니까 그 마을이라고 해서 여느 농촌과 조금도 다를 바가 없었다.

그러나 그 마을의 진면목은 겨울에 나타난다는 것이었다.

흔히 겨울이면 농한기가 되는데, 그 마을은 반대로 겨울이 농번

기고, 오히려 여름철이 농한기라고 했다.

겨울이 농번기라니 잘 납득이 가지 않았으나, 이야기를 들으니 그럴 만했다.

추수를 끝내고 나면 보통 농가에서는 보리나 뿌려놓으면 그만인 것인데, 그 마을은 그게 아니라, 벼를 베어낸 자리에 비닐하우스를 만들어서 겨울 내내 그 속에서 갖가지 고등소채(高等蔬菜)를 가꾼다는 것이다. 오이·가지·호박·캐비지, 심지어 파인애플 같은 것까지 재배한다는 것이다.

그러니까 여름철의 야채류가 그 마을에서는 겨울철에 쏟아져 나오는 것이다.

그것을 순천 시내에 내다 파는 것은 물론이고, 멀리 서울에서까지 업자들이 차를 가지고 실러 온다고 했다. 겨울철 아침이면 마을 앞 도로변은 마치 시장이 선 것 같은 느낌이라는 것이다.

그렇게 추운 겨울에 여름철의 물건을 만들어내자니 고생도 물론 이만저만이 아니다. 비닐하우스 속에서 노상 살아야 한다는 것이다. 난로를 피워 일정한 온도를 노상 유지하기 위해서 밤에도 그 속에서 교대로 지키기 마련이라는 것이다.

그러나 그런 고생도 쏟아져 들어오는 지폐 앞에는 아무것도 아닌 것이다. 한 마지기의 논에 보리를 심으면 겨우 두어 섬, 그러니까 만 원 내외의 수입을 올리지만, 한 마지기의 넓이에 비닐하우스를 지어서 고등소채를 재배하면 그 십 배, 이십 배의 수입이 오른다는 것이니, 고생이 오히려 기쁨일 수밖에.

그 말을 듣고,

"야—"

"하—"
"하하—"
하고 놀라지 않는 봉사대원은 한 사람도 없었다.
황금은 바로 겨울 땅 속에 묻혀 있구나 싶은 것이었다.
새마을 지도자 K씨의 말에 의하면 그렇게 하라고 시키지 않아도 서로 다투어 발 벗고 나선다는 것이다. 처음에는 회의의 눈으로 자기가 재배하는 것을 지켜보더니 그 결과의 엄청남에 놀라서 그 다음부터는 너도나도 팔을 걷어붙이더라는 것이다.
K씨는 새마을 지도 전반을 다 그런 식으로 한다고 했다. 본래 사람이란 이래라저래라 시키면 오히려 하기 싫어하는 습성이 있는 터이라, 이래라저래라 계몽부터 하는 게 아니라, 몸소 실천을 해 보인다는 것이다. 그러면 그 결과를 눈으로 보고 자발적으로 나서게 된다는 것이다.
물론 그 마을에는 도박을 하는 사람이나 술로 세월을 보내는 그런 사람은 없었다. 새마을 수칙을 정해서 도박을 안 하기로 결의를 했지만, 그런 결의를 안 했다 하더라도 자기네 마을에는 그런 사람이 생길 수가 없다는 것이다. 술이나 마시고 도박이나 하고 있을 그런 시간적 여유가 없으니 말이다.
"사람은 늘 바빠야 된당께요. 바쁘면 그런 잡념이 생길래야 생길 수가 없단 말이라우."
흔히 듣는 말이지만, 그때 K씨가 하던 말은 정말 실감 있게 들렸다.
그리고 한 가지 참으로 놀라운 사실은, 금순이라는 처녀 이야기였다.

금순이 그 마을에 이사를 온 것은 사오 년 전의 일이었다. 순천 시내에서 장사를 하던 어머니가 실패를 하여 빚만 몇십만 원 짊어지고, 하는 수 없이 그 마을에 셋방을 하나 얻어 품팔이 하려고 옮겨 온 것이었다. 식구래야 단 모녀뿐이었다.

그들 모녀가 그 마을로 온 까닭은, 겨울철에도 그 마을에는 품팔이를 할 일거리가 있기 때문이었다.

이사 온 첫해 겨울은 남의 비닐하우스에서 품팔이를 해서 연명을 했다. 그리고 이듬해 봄, 여름, 가을에도 물론 이 집 저 집 농사일 품팔이를 했고.

그러다가 겨울이 되자, 이번에는 금순이도 자기 손으로 비닐하우스를 만들어 고등소채 재배를 해보기로 마음먹었다.

자기 땅이 없으니 남의 땅을 비는 수밖에 없었다. 임차료를 주기로 하고 논 한 마지기가량을 빌려고 했더니, 평소에 근면하고 착실한 그 사람됨을 좋게 본 새마을 지도자 K씨가 선뜻 자기 논 한 마지기를 빌려주었다. 물론 임대료 같은 건 안 받기로 하고.

그래서 금순은 더욱 분발하여 처녀의 몸으로 손수 비닐하우스를 짓고, 어머니와 함께 한겨울을 비닐하우스에서 살면서 고등소채를 재배했다.

말이 한겨울이지, 이만저만한 고생이 아닌 것이다. 남자들도 해내기 어려운 고역을 그들 모녀는 해냈던 것이다.

한겨울의 고생은 장사해서 빚진 어머니의 부채를 거의 갚을 수 있는 기쁨을 안겨주었고, 하면 된다는 신념을 금순의 가슴에 심어주었던 것이다.

그런 식으로 시작된 금순의 고등소채 재배는 해가 갈수록 성적이 좋아, 불과 삼사 년이 지난 지금은 빚을 깨끗이 청산한 것은 말할 것도 없고, 자기 논을 세 마지기 갖게 되었고, 팔십여만 원이라는 돈을 저금하게 된 것이다.

"명년 봄에는 집도 한 채 짓는대라우. 집터는 이미 사놓았다우. 저기 저 반반한 터가 바로 그 집터랑께요."

K씨가 가리키는 집터를 바라보며 봉사대원들은 그저 거짓말 같은 사실에 입을 벌리고 고개를 끄덕일 따름이었다.

"집을 새로 지으면 아마 결혼을 할 모양이죠?"

누군가가 농담조로 말했다.

"내가 입후보를 할까?"

"너 같은 게으름뱅이는 낙제야 낙제……."

"하하하……."

"호호호……."

그러자 K씨도,

"왜요. 여러분들은 대학생이라도 농촌봉사를 하는 대학생이라 자격이 충분하당께요."

하고 웃었다.

금순이라는 그 또순이 같은 처녀 이야기를 한 다음, K씨는, 새마을운동은 바로 그렇게 개개인의 소득 증대에 직결돼야 된다는 점을 강조했다.

그러면서 자기가 본 타도(他道)의 어떤 새마을의 예를 들어 비판까지 하는 것이었다.

타도의 어떤 새마을에 가보았더니, 그 농촌 부락의 대문들이 전부 철문으로 개조되어 있더라는 것이다.

제1장 47

그 부락의 새마을 지도자가 대학 출신의 젊은 사람인데, 반강제적으로 전 부락의 대문을 철문으로 바꾸어놓았다는 것이다.

대문 한 가지 예만 보아도 짐작할 수 있듯이, 그 마을의 환경미화는 정말 잘 되어 있더라는 것이다. 정말 얼른 보면 모범적인 새마을 같더라는 것이다.

그러나 실상을 알고 보면 그게 아니라는 것이다. 그렇게 일시에 억지로 전 부락의 겉 면모를 바꾸자면 부작용이 안 생기려야 안 생길 도리가 없다는 것이다. 지붕을 개량한다, 페인트를 칠한다, 담을 고친다, 변소를 고친다, 심지어 대문까지 일제히 철문으로 바꾸자니 없는 살림에 빚만 더 짊어지게 되었다는 것이다.

새마을운동이란 잘 살아 보자는 운동인데, 다시 말하면 가난에서 벗어나 보자는 운동인데, 가난에서 벗어나기는커녕 오히려 가난한 살림에 빚만 더 짊어지게 하는 결과가 된 셈이니 그 마을이 어떻게 새마을이라고 할 수 있느냐고 K씨는 열을 올리기까지 했다.

그게 다 마을의 현실을 모르기 때문에 그런 식으로 된다면서, 그저 책상 위에서 책으로만 익힌 머리로는 참다운 새마을 지도자가 되기 힘들다는 것이었다.

그러니 여러분들은 나중에 혹시 새마을 지도자가 되더라도 그런 식으로 하지 말고, 무엇보다도 소득 증대에 힘써달라고 당부까지 했다. 소득이 증대되면 다른 것은 절로 된다는 것이었다.

"안 그렁기라우? 농촌 부락에 당장 철문이 무슨 소용인기라우."

K씨의 말에,

"맞습니다. 그 마을에는 아마 도둑이 워낙 많았던 모양이죠?"

하고 또 누군가가 농담을 해서 모두 웃었다.

K씨가 그처럼 소득 증대, 소득 증대하고 무엇보다도 소득 증대를 중시하게 된 데에는 그럴 만한 까닭이 있다면 있었다.

K씨는 국민학교밖에 다니지 못했다. 일제 말엽에 국민학교나마 졸업을 했다는 것은 그 마을로서는 보통 일이 아니었다.

그만큼 그 마을은 빈촌이었던 것이다.

K씨는 자기의 과거와 함께 마을의 지난날이라 할까, 부락사(部落史)라 할까, 그런 것까지 들려주었다.

그 마을 주변의 논밭은 본래 박토여서 그 논밭만을 의지해가지고는 살아가기가 힘들었다. 게다가 그 박토나마 전부 마을 사람들의 소유였다면 모르지만, K씨의 소년 시절인 일제 때는 대부분이 일본인 소유였다.

'나카무라(中村)'라는 일본인 한 사람이 마을 주변의 삼분의 이가량의 농토를 점유하고 있어서 마을 사람들은 거의가 그의 소작인 노릇을 했다. 물론 K씨네도 그 '나카무라'의 소작인이었다.

그리고 '나카무라'는 마을 근처에 커다란 과수원을 만들기도 했다. 배나무 밭이었다.

그러니까 마을 사람들은 '나카무라'의 소작인 노릇을 하면서 과수원 품팔이꾼 노릇도 겸했다.

국민학교 시절 K씨는 마을 아이들과 함께 그 과수원에 몰래 들어가 배를 따먹다가 붙들려서 '나카무라'에게 경을 친 일도 있었다. 그리고 국민학교를 졸업하고는 그 과수원의 품팔이꾼 노릇을 했다.

지금도 그 과수원은, 그 고장에서는 이름 있는 배나무 밭으로, 해마다 좋은 수확을 올리고 있는 것이다.

지금은 이 고장의 농업학교 소유가 되어 있는데, 그 과수원을 마을에서 구입하여 부락의 공동 재산으로 만드는 게 K씨의 새마을 사업이 궁극적인 목표라는 것이었다.

"꿈이 아니랑께요. 가능성이 있어라우. 빠른 시일 내에는 어렵겠지만, 기어이 그렇게 하고야 말 작정이라우. 이미 그런 계획을 추진하고 있어라우."

K씨는 웃으면서, 그러나 힘주어 말하였다.

말하자면 지난날의 가난한 소작인 촌이 대과수원을 가진, 부유한 새마을로 발돋움을 하려하고 있는 것이었다.

그 과수원만 마을 공동재산이 되는 날은 정말 선진국의 일류 농촌에 못지않은 이상촌이 될 거라면서,

"그때 한번 또 찾아들 오시랑께요. 그러면 그때는 자가용으로 모실 텡게. 하하하……."

K씨는 기분 좋게 웃었다.

그때가 아니라도, 지금 현재도 지난날의 메마르고 찌들었던 모습은 보이지가 않고, 어느 다른 부촌에도 못지않은 윤기가 흘러 보였다.

지난날은 중학교에 다닌 사람이 한 사람도 없었지만, 지금은 중학교, 고등학교뿐 아니라, 더러는 대학까지 진학을 하고 있다는 사실 한 가지만 가지고도, 마을의 생활 형편이 얼마나 향상되었는가를 능히 알 수가 있는 것이었다.

그리고 지난날은 박토였던 땅이 지금은 황금이 묻힌 땅으로 변해서 논밭의 시세가 이웃 마을보다 월등히 높아졌다는 것이다.

뿐만 아니라, 이웃 마을이 옛날에는 부촌이랍시고 뽐냈었는데,

지금은 완전히 처지가 뒤바뀌어 버렸다는 것이다. 말하자면 음지가 양지되고, 양지가 음지로 바뀐 셈이었다.

그 금촌 마을의 기적 같은 현실을 눈으로 보고 돌아오면서 송인순은 정말 가슴이 야릇한 감격에 부풀어 올라 어쩔 줄을 몰랐다. 정말 그것은 형언할 수 없는 감동인 것이었다. 지금까지 한 번도 느껴본 적이 없는, 벅차고 뜨거운 놀라움이었다.

가난을 운명처럼 알고, 체념과 한숨 속에 그저 인고를 미덕으로 살아가는 것이 농민들의 현실이라고만 막연히 생각해 오던 송인순에게 있어서 그 금촌 마을의 현실은 참으로 놀라운 것이 아닐 수 없었다. 과거의 농민이 아니라 새로운 농민, 과거의 농촌이 아니라 새로운 농촌을 눈으로 똑똑히 본 것이었다.

새마을운동이라는 말도 그때까지는 그저 막연히, 정부에서 하고 있는 농촌정책의 일환이겠지…… 지붕을 고친다, 길을 넓힌다, 어쩐다 하는데, 결국 일종의 전시효과를 노리는 게 아닐까…… 그 운동 때문에 오히려 농민들이 빚을 진다는 소문도 있는데, 그렇다면 그 운동이 과연 계속되어 나갈 수가 있을까…… 용두사미가 되어 버리는 것이나 아닐까…… 하고 대수롭지 않게, 피안의 불처럼 생각하고 있었는데, 금촌 마을의 기적 같은 현실을 눈으로 보고는 새마을운동에 대한 인식이 확연히 달라지는 것이었다.

먼 거리에 있던 것이 확 앞으로 뚜렷하게, 그리고 뜨겁게 다가들었다고나 할까.

농촌에도 길이 있구나, 농민들에게도 잘 살 수 있는 길이 있구나 하는 생각이 든 것이다. 새마을운동이야말로 그 길이라는 인식을 가지게 된 것이다.

그런 확고한 인식은 자연히 송인순의 인생관이라 할까, 가치관이라 할까, 그런 것에 영향을 주기 마련이다.

그때까지는, 학교를 졸업하면 서울 시내의 국민학교에 발령을 받아서 남이 하는 대로 그저 좀 열심히 교편을 잡다가 적당한 상대가 생기면 교직을 그만두고 결혼이나 해야지, 이렇게 생각하고 있었는데, 그 평범하고 안일하기만 한 생각이 어디론지 사라지고, 교단생활을 하더라도 좀 의의 있고, 남들과 다른 길을 택해야지 하는 생각이 들었던 것이었다.

자기가 직접 새마을 지도자로까지 나설 수는 없다 하더라도, 적어도 뭔가 그런 개척자적인 정신으로 한번 덤벼봐야겠다는 생각이 머리를 쳐든 것이다.

낙도로 가리라고 결심을 한 데에는 다분히 바다라는 것에 대한 낭만적인 생각이 깃들여 있기도 했지만, 좌우간 메마르고 찌든 그런 섬에 가서 가난한 사람들을 위해서, 불행한 아이들을 위해서 한번 땀 흘려 일 해봐야지, 싶었던 것이다.

경상도 쪽의 섬을 택한 것은, 같은 값이면 고향 쪽으로 가야겠다는, 인간의 본능 같은 것 때문이었다.

송인순의 그런 결심의 이야기를 들은 가족들은 대개가 반대였다.

학교에서 성적이 아주 우수한 편이니, 발령이 나도 서울 시내의 중심지 일류학교에 날 것인데, 그런 횡재를 마다하고, 낙도에 가려고 하다니…… 고생을 사서 하고 싶으냐, 남자 같으면 혹 모르지만 여자가, 더구나 처녀의 몸으로 그런 데에 가다니, 겁도 안 나느냐, 간이 부었느냐…… 이런 식으로 가장 반대를 하는 것은 어머니였다. 어쩌면 당연한 모성애인 셈이었다.

아버지 역시 찬성이 아니었다. 이상은 좋지만, 현실이란 그런 게 아니라는 것이었다. 이상과 현실 사이에는 커다란 간격이 있다고 했다. 공연히 잘 되지도 않을 것인데, 사서 고생을 하지 말고, 그저 남들 하는 대로 하다가 적당한 시기에 좋은 신랑을 물색해서 결혼을 하는 것이 여자로서 가장 행복한 길이라는 것이었다.

평범한 생활 속에 진리가 있고, 인생의 행복이 있는 것이지 그런 유별난 생활은, 일시적으로는 의의가 있을지 모르지만, 곧 싫증이 나고 환멸이 있는 것이었다.

일리가 없는 말은 아니었다.

그러나 어머니의 반대는 으레 그러려니 각오를 한 터이지만, 아버지만은 어쩌면 이해해 주고 격려를 해주리라 싶었는데, 아버지 역시 마찬가지여서 송인순은 실망을 느끼지 않을 수 없었다.

아버지는, 지금은 회사의 일개 과장으로 월급쟁이에 불과하지만, 젊었을 때는 제법 글 같은 것을 써서 활자화도 한 분으로, 그런 데 대해서 이해가 있으리라 생각했는데, 역시 전세대(前世代)라 소용이 없는 것이었다. 전세대여서 그런 게 아니라, 그것이 부성애라는 것인지는 모르지만.

가족 가운데 한 사람 꼭 자기편을 들어주는 사람이 있었다. 바로 밑의 동생 인주였다.

여고 2학년인 인주만은,

"나는 찬성이야. 얼마나 멋있어. 여자도 좀 그런 용기가 있어야 돼. 그런 용기가 정말 멋있고 값있는 거야. 만날 서울 서울 하지 말고, 좀 그렇게 바다로 산으로 뛰어 들어가야 돼. 그래야 우리나라도 좀 뭐가 되는 거야."

제법 이렇게 나오는 것이었다.

낙도의 학교로 가는 것이 마치 무슨 바닷가 해수욕장에나 가는 것으로 착각하고 있는지는 모르지만, 좌우간 안일무사주의적인 어른들의 생각에 비하면 얼마나 발랄한 젊은 같은 것이 느껴지는 말인지 몰랐다.

"언니, 가서 한번 잘 해봐, 방학 때 나도 가서 도와줄 테니……."

고마운 격려의 말이 아닐 수 없었다.

그 밑의 동생들은,

"그런 데 가지 마."

"서울에서 선생질 해."

이런 식이었다.

맨 밑의 국민학교 2학년짜리 남동생은,

"누나, 섬에 가지 말고, 우리 학교 선생님으로 와, 응? 그래서 우리 반 가르쳐. 헤헤헤……."

이렇게 웃었다.

아무튼 부모가 반대를 한다고 해서, 동생들이 만류를 한다고 해서 물러설 송인순이 아니었다. 이미 그녀는 그런 반대쯤 뿌리칠 수 있는 확고한 신념의 소유자인 것이었다.

그래서 결국 소신대로 이번에 이 월도의 분교장에 발령을 받아 오게 된 것이다.

그렇다고 송인순이 섬에 와서 교육을 어떤 식으로 해보겠다, 혹은 섬사람들을 위해서 어떤 일을 해 보겠다 하는 그런 구체적인 복안 같은 것을 가지고 온 것은 아니다. 섬의 생활상, 섬 학교의 실정을 모르고는 미리 그런 계획을 구체적으로 세울 수 없었던 것이다.

그리고 한 번도 그런 일에 대한 경험이 없는 터이라, 뭣부터 어떻게 시작해야 되는 것인지, 계획을 세우려야 세울 수도 실은 없었다.

그저 막연히 한번 해보리라, 어떠한 역경도 이기고 끝까지 밀고 나가보리라, 하는 신념과 의지만을 굳게 가지고, 큼직한 백 하나를 들고 섬을 찾아온 것이다.

8

송인순은 봉식이네 집 아랫방에 짐을 풀었다.

여선생이 오면 숙소를 어디로 할 것인가, 신 선생과 백 선생이 의논을 해서 미리 결정을 해놓았던 것이다. 대강 도배도 새로 해놓고.

처음에는 자기들이 쓰고 있는 방 하나를 비울까 했으나, 그러면 세 선생이 한 지붕 밑에 있게 되는 터이라, 아무래도 좋지 않을 것 같았다.

신 선생과 백 선생은 학교 사택의 방 하나씩을 각각 차지하고 함께 자취생활을 하고 있는 것이었다.

남선생 자기들이야 상관이 없고, 오히려 기분 좋을지 모르지만, 여선생 쪽에서 어떻게 생각할지 알 수가 없고, 또 여선생과 남선생이 한 지붕 밑에 벽 하나를 사이에 두고 기거를 하고 있다면, 결코 섬사람들의 여론이 좋지 않을 것 같아 결국 사환 봉식이네 집 아랫방으로 낙착이 된 것이다.

학교 바로 곁이고, 방문을 열면 방 안에서도 바다가 바라보이는 그런 위치여서 마음에 들었다.

방은 좀 작은 편이고, 벽도 어쩐지 반듯하지가 못하고 약간 비스듬한 것 같고, 천장도 곧 이마가 닿을 듯 나지막하기는 하지만, 그런 게 어쩌면 더, 낙도에 왔구나 하는 실감을 주는 듯해서 괜찮았다.

편안한 것을 찾아서 온 게 아니니까 말이다.

그녀도 그 방에서 자취생활을 할 생각이다.

그러나 당장 어떻게 자취는 할 수는 없는 일이어서 대강 준비가 될 때까지 얼마동안은 봉식이네 집에서 식사를 함께 하기로 했다.

오늘 서울에서 여선생이 왔다는 소문이 퍼지고, 그 여선생이 봉식이네 집 아랫방에 있게 되었다는 말이 퍼지자, 마을 아낙네들이 슬금슬금 구경을 하러 봉식이네 집으로 모여들었다.

여선생이라는 말은 들었지만, 실제로 여선생을 본 일은 없는 터이라, 여자 선생은 도대체 어떻게 생겼는가 싶은 듯, 모두 호기심이 가득 찬 얼굴로 모여들어 방 안을 기웃거린다.

"우야꼬, 큰애기*('처녀'의 방언) 앙이가?"

"맞다. 큰애기 선상이다."

"아이고— 곱게도 생겼네. 저 살결 흰 것 좀 보소."

"서울 큰애기 앙이가. 살결이 곱을 수밖에······."

"선상이 꼭 학상 같제?"

"글씨."

"금년에 대학을 졸업했다는 기라."

"대학을? 어메— 대학을 졸업한 선상이 이런 섬에 오다니······."

"얄궂제?"

"글씨, 얄궂네."

이렇게 서로 수군수군 주고받기에 여념이 없다. 마치 무슨, 서울에서 온 진귀한 물건이라도 감상을 하듯이.
 어떤 아낙네는 찐 고구마를 한 뚝배기 가득 담아 가지고 와서,
 "선상님요, 이거 맛은 없지만 잡사 보이소."
하고 내밀기도 한다.
 "어머, 고구마군요. 웬 고구마를 이렇게 많이……."
 송인순이 미안하고 고마운 표정을 지으며 뚝배기를 받자,
 "고구마는 우리 집에 아직 두 가마니나 있심더, 좋아하시면 더 갖다 드리지예."
 아낙네는 좋아서 싱글벙글이다.
 그러자 어떤 싱거운 아낙네는,
 "서울 큰애기 선상님인데, 무신 고구마를 그렇게 좋아할까 봐."
하고 히들히들 웃는다.
 모두 웃는다.
 "맞다. 서울에는 고구마가 없을 끼 앙이가."
 "와, 서울에도 고구마가 있을 끼다."
 "없을 걸……. 그럼 서울에도 고구마 밭이 있다 말이가?"
 "고구마 밭이사 없겠지만, 시장에서 고구마를 안 팔까바?"
 "그럴까……? 선상님요, 서울에도 고구마 있능게?"
 서울 사람들도 고구마를 먹느냐는 듯이 묻자, 송인순은 절로,
 "하하하……"
 웃음부터 나왔다.
 "서울에도 고구마가 있고말고요. 고구마 밭은 없지만, 시골에서 상인들이 차에 싣고 팔러 안 오나요."

"어메— 고구마를 차에 싣고……?"

"그럼요. 고구마뿐이 아니죠, 쌀·보리·배추·무우…… 뭐든지 다 차에 싣고 오죠."

"하하— 그렇구나. 난 서울에는 고구마 같은 것은 없는 줄 알았제. 헤헤헤……"

송인순은 속으로, 참 순박한 사람들이구나 싶으며, 어쩌면 앞으로 이 아낙네들을 이끌어나가기는 그다지 어려운 일이 아닐 것 같은 생각이 들기도 한다.

"선상님요, 자 하나 까 잡사보이소. 우리 섬은 고구마로 유명하구마."

"그래요?"

그러면서 송인순은 찐 고구마를 한 개 집어 든다.

껍질을 벗기는 그녀의 하얗고 가느다란 손가락을 아낙네들은 무슨 진귀한 구경이나 되는 것처럼 바라보고 있다.

송인순은 여러 아낙네들이 지켜보는 앞에서 고구마를 먹기가 좀 쑥스럽고, 어쩐지 무슨 동물원의 원숭이처럼 구경거리가 된 것 같아 언짢은 생각이 들기도 했으나, 그러나 그런 내색을 조금도 얼굴에 나타내지 않는다. 아낙네들이 그렇게 열심히 자기를 지켜보고 있는 것은, 어디까지나 서울에서 온 여선생, 처음으로 보는 여선생에 대한 순박한 호기심과 호감의 발로인 것이지, 결코 어떤 악의 같은 것은 조금도 없을 터이니 말이다.

이런 경우, 언짢은 표정을 짓는다는 것은 이미 낙도 교사로서 실격을 의미하는 것이다. 더구나 학교 교육뿐만 아니라, 지역사회 개발의 뜻까지 품고 있는 교사로서는 말이다.

말하자면 첫 시험인 셈이다.

송인순은 그런 생각이 들자 일부러 얼굴에 웃음을 띠며 서슴없이 고구마를 베어 먹는다.

"참 맛이 좋군요."

하면서.

"맛이 좋은게?"

"예."

"밤고구마라 맛이 괜찮을 끼구마."

"밤고구마라뇨?"

"밤같이 딴딴하다고 밤고구마라 안 카능게, 물고구마는 물렁물렁해서 맛이 없구마."

"아, 그렇군요."

송인순은 그 밤고구마를 맛있게 한 개 다 먹는다.

그러자 어떤 노파가,

"서울 큰애기 선상님이라 역시 밤고구마가 뭔동 그런 건 모르제? 헤헤헤…… 관셈보살—"

한다.

저녁을 먹고 송인순은 바람을 쐬러 학교 운동장 쪽으로 나갔다.

음력 보름이 가까운 듯 마침 달이 뜨고 있었다.

벙벙하게 부풀어 오른 듯한 수평선 너머에서 달이 둥글게 모습을 나타내더니, 점점 크게 솟아나오는 게 아닌가. 한쪽이 약간 이지러지긴 했으나, 좌우간 덩실하게 큰 달이었다.

육지에서 보던 달보다 어쩐지 더 커 보이고, 싱싱해 보였다. 방금 물에서 솟아오르는 터이라 그럴 수밖에.

"햐—"

송인순은 절로 환성이 나온다.

바다에서 돋는 달, 물에 씻은 듯 싱싱해 보이는, 거창한 과실 같은 달, 그런 달을 보기는 처음인 것이다.

더구나 그런 달을 섬에서 보다니…….

이색적이고 낭만적이 아닐 수 없다.

바다에서 돋는 달이 유난히 크게 보인다는 섬, 달섬…….

역시 잘 왔구나 하는 생각이 그녀의 가슴에 뿌듯하게 넘친다.

제2장

1

　송인순은 2학년과 5학년을 맡게 되었다.
　1학년과 4학년은 신 선생, 3학년과 6학년은 백 선생이 담임을 하고.
　지금까지는 1, 3, 5와 2, 4, 6 두 학급으로 나누어 두 선생이 가르치던 것을 송인순 선생이 부임해오자 세 학급으로 새로 편성을 한 것이다.
　분교장의 정식 학급 티오가 3학급이어서, 애초에 교사를 지을 때도 교실 세 개에 교무실 하나, 이렇게 지었던 것이다.
　그런데 늘 교사가 한 사람 결원이어서 두 학급으로 편성이 되어 교실 두 개만을 사용해 오고 있는 것이다.
　교실 하나는 창고처럼 지저분하게 이것저것 집어넣어두고 있었다.

 그러던 것을 이번에 말끔히 치워서 제대로 세 개의 교실을 다 사용하게 된 것이다.

 그동안 늘 교사가 한 사람 결원이었던 것은 뭐 교육구청에서 발령을 안 해주어서 그런 것이 아니라, 학년 초에 언제나 티오대로 발령이 되지만, 으레 한 사람은 발령을 받고도 부임을 안 하거나 부임을 했다가도 몇 달이 못 가서 사표를 내고 육지로 가버리기 일쑤였던 것이다.

 그러니까 지금 새로 세 학급으로 편성을 하고, 교실을 세 개 다 쓰기 시작하기는 했지만, 언제 또 학급을 두 개로 줄이고, 교실 하나를 다시 폐쇄해야 할지 모르는 것이다.

 세 사람의 교사 중에 누가 언제 훌쩍 사표를 내던지고 육지로 떠나버릴지 알 수가 없다. 신 선생과 백 선생은 지금 현재로는 그럴 가능성이 적다 하더라도 아무래도 송인순 선생이 시원찮은 것이다.

 서울교대를 나온 여선생이 이런 섬의 분교장에서 과연 몇 달이나 견디어낼지 의문이 아닐 수 없다.

 그러나 처음으로 교단에 서는 송인순은 즐겁고 가슴이 뛴다.

 "여러분, 자 그럼 지금부터 출석을 부르겠어요. 2학년부터 부르겠으니 힘차게 대답을 하세요."

 "예—"

 쩌렁 교실이 울리도록 큰소리로 대답을 한다.

 선생만 즐거운 것이 아니라, 학생들도 마냥 즐겁기만 한 것이다.

 2학년생과 5학년생들은 새로 오신 여선생님이 자기들을 맡게 되어 좋아서 어쩔 줄을 모른다. 마치 무슨 자기들이 큰 횡재나 한 것 같은 기분이다.

　조회 때, 새로 담임 발표가 있자, 2학년생과 5학년생들은,

"야―"

"야―"

하고 냅다 그만 환성을 올렸다.

　그 대신 다른 학년들은 그들이 부러워 못 견디는 그런 표정이었다.

　송인순이 민망스러울 지경이었다.

　첫 시간부터 벌써 학생들은 여선생님이 과연 다르구나 싶었다. 남선생님 같으면 '출석을 부르겠어요', '대답을 하세요' 이런 경어를 쓰지 않는다. '출석을 부르겠다', '대답을 해라' 이렇게 나오는 것이다.

　그리고 송인순 여선생님은 말씨도 부드럽고 듣기 좋은 서울말이 아닌가.

　교실이 쩌렁 울리도록 학생들의 목소리가 힘찰 수밖에 없다.

　한 사람 한 사람 출석을 불러나가는 송인순은 어쩐지 자꾸 웃음이 나오려 한다.

　아무개 하고 부르면,

"예!"

하고 벌떡 일어서는 것이 어찌나 기운찬지 오히려 좀 어색해서 우스운 것이다.

　마치 여선생님이 자기를 불러주어 대단히 영광이라는 듯이 말이다. 특히 남학생들이 여학생들보다 더 그런 모양이다.

　그리고 또 우스운 것은 아이들의 이름이다. 아이들의 이름에 재

미있는 것이 많은 것이다. '박태방구(朴太方九)'니, '김우돌이(金又乭伊)', '이삼출이(李三出伊)'니, '최개동세(崔開東世)'니…… 석 자 이름이 많다.

낳아서 그냥 집에서 아무렇게나 부르던 대로 한자로 호적에 올렸기 때문이 그런 것이다.

이런 점에서도 역시 낙도라는 실감이 든다. 아마 서울의 국민학교에는 이런 이름을 가진 학생은 한 사람도 없을 것이다. '김마리아(金馬利亞)'니, '이주리애(李周利愛)'니, '박애리사(朴愛利思)'니 하는 그런 서양식 석 자 이름은 있겠지만…….

"최개동세."

"예!"

송인순은 절로 미소가 지어진다.

'개동세'는 틀림없이 '개똥쇠'인 것이다. '개똥쇠'가 한자로 호적에 올려지면서 그렇게 조금 음이 달라지고, 뜻은 아주 그럴듯하게 바뀐 것이다.

'開東世'면 세상 동쪽이 열린다는 뜻이 아닌가, 얼마나 좋은가.

그런데 출석을 불러나가는 송인순은 이따금 얼굴에서 미소가 사라지고, 고개가 기울어지곤 한다.

결석이 많은 것이다. 장기결석도 많다.

새 학기가 시작된 지 어느덧 보름 가까이 지났는데, 학기 초에 하루 이틀 출석을 하고는 내리 결석인 학생도 꽤 되는 것이다.

이런 점도 어쩌면 낙도의 현실을 말해주는 것이 아닌가 하고 송인순은 생각한다. 결석이 많다는 것은 섬사람들의 교육에 대한 인식이 부족하다는 것을 의미할 것이고, 장기결석이 많다는 것은 어쩌면 생활의 어려움을 뜻하는 것이 아니겠는가.

　5학년 여학생들의 출석을 불러나가던 송인순은 뜻밖의 이름에 부딪친다.

　"강세래나(姜世來那)."

　"……"

　대답이 없다.

　'강세레나'라니. 지금까지의 석 자 이름과는 딴판인 것이다. 역시 석 자 이름이긴 하지만, '개동세' 류가 아닌 것이다.

　지금까지의 석 자 이름이 재래적이면서 토속적이고, 그리고 미개적이기도 한 이름들이라면, 이건 그와 정반대의 대조적인 이름이 아닌가.

　'강세레나'— 서울에나 있을 그런 식의 이름을 가진 학생이 이런 섬 구석에도 있다니…….

　송인순은 바짝 호기심이 동할 수밖에 없다.

　그런데 그 강세레나도 장기결석인 것이다.

　"강세레나가 어느 마을에 사나요?"

　송인순이 묻는 말에,

　"외수리 삽니더—"

하고 너도나도 큰소리로 대답한다.

　"외수리?"

　"예—"

　"외수리가 학교서 머나요?"

　"별로 안 멉니더— 오 리쯤 됩니더—"

　그리고 장난꾸러기처럼 생긴 남학생 하나가 벌떡 자리에서 일

어나,

"선생님, 강세레나 깜둥입니더."

하고 헤헤헤…… 웃는다.

"뭐? 깜둥이?"

"예."

"깜둥이라니요?"

"깜둥이도 모르십니꺼? 서울에는 깜둥이 없습니꺼?"

"그럼 혼혈아란 말이에요?"

"혼혈아가 뭡꺼? 선생님."

"우리나라 사람하고 딴 나라 사람하고 결혼해서 낳은 아이를 혼혈아라 그러는 거예요."

"맞심더, 맞심더, 혼혈압니더. 저거 엄마는 우리나라 사람이고, 저거 아부지는 깜둥이랍니더. 결혼해서 낳았답니더, 헤헤헤…….."

"하하하…… 그래요? 음—"

"저거 엄마도 없고, 저거 아부지도 없심더."

"그럼, 누구 집에 사나요?"

"저거 외할부지 집에 삽니더, 바로 우리 집 옆입니더."

"아, 그래요?"

"저거 엄마는 서울보다 더 먼데, 어디라 카더라…… 똥도천이라 카던가…… 거기 가 있고…….."

"하하하…… 똥도천이 아니라, 동두천이겠지요?"

"모르겠심더, 좌우간 거기 가 있고, 저거 아부지는 미국 갔답니더."

"응—"

송인순은 고개를 끄덕인다. 그만하면 훤히 다 알겠다는 듯이. 그리고,

"학생 이름 뭐지요?"

묻는다.

"최개동셉니더. 아까 안 불렀습니꼬."

"그래그래. 최개동세, 아까 불렀어요. 하하하하……."

송인순은 까르르 웃는다. 참 재미있는 아이다.

"최개동세."

"예?"

"며칠 뒤에 선생님하고 같이 강세레나 집에 한번 가 볼까요?"

"예, 예. 야— 신난다!"

개동세는 좋아서 어쩔 줄을 모른다.

다른 학생들은 그가 무척 부러운 듯한 표정이다.

출석을 다 부르고 난 송인순은 학생들에게 몇 가지 질문을 해 본다. 말하자면 학생 실태 파악인 셈이다.

"집에 라디오가 있는 사람 손들어 봐요."

꼭 한 아이가 손을 든다.

2학년생 삼십사 명, 5학년생 이십칠 명, 도합 육십일 명 중에서 집에 라디오가 있는 학생이 꼭 한 사람뿐인 것이다. 그 흔한 라디오가 말이다.

너무나 예상외다. 적어도 댓 사람은 되리라 싶었는데…….

"집에서 신문을 보는 사람?"

역시 한 아이다. 집에 라디오가 있다는 아이가 이번에도 손을 든다.

2학년생인, 내수리 이장 아들 황윤수인 것이다.

섬에 전기가 없으니 텔레비전은 물론 없을 것이고…….

그렇다면 결국 육십일 명 가운데서 한 명의 가정에서만이 세상 돌아가는 소식에 접할 수 있다는 이야기다. 여타는 모두 귀를 막고 살아가고 있는 셈이다. 한심한 노릇이 아닐 수 없다.

육십 대 일— 이 섬의 문명도를 이렇게 표시할 수가 있겠다. 어두운 쪽이 육십이라면 밝은 쪽은 일에 불과한 것이다.

"아버지가 글을 읽을 줄 아는 사람?"

이 질문에 대한 반응은 재미있다.

자기 아버지가 글을 읽을 줄 아는지, 모르는지, 그것도 알지 못하는 아이들이 대부분인 듯, 손을 들까 말까 망설이는 아이, 들었다가는 슬그머니 내리는 아이, 곧장 주위를 돌아보며,

"너거 아부지 글 읽을 줄 아나? 학교 댕깄나?"

하고 빈정거리는 아이, 공연히 히히히 헤헤헤…… 웃는 아이…… 가지각색이다.

자신 있게 손을 들고 있는 아이는 불과 서넛밖에 안 된다.

아예 이런 조사는 포기하는 편이 옳겠다고 송인순은 생각한다. 그 정도로도 섬사람들의 문맹의 정도를 능히 알겠다는 것이다.

그래서 어머니에 대해서 물어보려다가 그만두었다. 그 대신,

"육지에 가본 일이 있는 사람?"

하고 질문을 돌렸다.

여섯 아이가 손을 들었다.

2학년생이 한 아이, 5학년생이 다섯 아이였다.

2학년생은 조금 전에 라디오와 신문의 질문에서 손을 든 그 윤

수였다.

육십일 명 중에서 겨우 육 명이 육지에 가본 것이다. 열 명 중에서 한 명인 셈이다.

그러니까 거의 대부분의 아이들은 태어나서 이때까지 이 섬 밖엘 나가보지 못한 것이다. 섬에서 바다만 바라보고 자라온 것이다.

"혹시 서울에 가본 사람 있어요?"

아무도 없다.

아무도 없으니 자기들도 좀 쑥스러운 듯 웃는다.

그러자 아까 그 개동세가,

"선생님!"

하고 벌떡 일어나더니,

"서울에는 창경원이 있지예?"

냅다 큰소리로 묻는다.

와— 교실 안은 웃음바다가 된다.

"그래그래. 창경원이 있어요. 창경원뿐 아니라, 어린이대공원도 새로 생겼어요."

"어린이대공원에도 원싱이 있습니꺼?"

"원싱이라니요?"

송인순은 '원싱이'라는 말을 얼른 못 알아듣는다.

"선생님, 원싱이 모름니꺼? 사람같이 생긴 동물 말입니다. 궁딩이가 뻘겋고……."

"아, 원숭이 말이군요. 하하하……. 원숭이 본 일 있어요?"

"없심더. 보고 싶심더."

"하하하……."

아이들은 역시 원숭이가 제일인 모양이다. 서울이라고 하니 대뜸 창경원의 원숭이 생각이 떠오르는 것이다.

"나중에 서울로 수학여행을 가도록 한번 노력해 볼까요?"

"예—"

그야말로 교실이 떠나갈 듯한 대답이다.

"그래요. 선생님과 여러분이 함께 노력하면 안 되는 일이 없을 거예요."

"야— 신난다— 서울 수학여행 간다—"

아이들은 벌써 서울 수학여행이 결정이라도 된 듯 좋아서 야단이다.

"자— 조용히 해요. 그럼 지금부터 공부를 해 볼까요?"

2학년은 국어고, 5학년은 산수다. 학년이 다르고, 교과가 다른 두 학급을 한 교실에서 같은 시간에 지도해야 하는 것이다. 2학년을 가르칠 때는 5학년은 문제를 풀게 하거나 자습을 시켜놓고, 5학년을 가르칠 때는 반대로 2학년을 그렇게 해놓고…….

말하자면 복식학급 지도란 한 교사가 두 교사 몫을 하는 셈이다. 기술적으로도 월등히 힘이 든다.

갓 학교를 나온 햇병아리 교사로서는 감당하기 어렵다.

그러나 송인순 교사는 자신이 만만한 것이다. 기술적으로는 아직 미숙할지 모르지만, 열의는 누구에게도 뒤지고 싶지가 않은 것이다.

문제는 기술이 아니라, 열의인 것이다. 열의만 있으면 기술은 절로 따라오게 마련인 것이다.

"자, 5학년 반장, 오늘 배울 데가 몇 페이진가 말해 봐요."

송인순은 약간 긴장이 된다. 첫 수업이니 그럴 수밖에 없다.

2학년부터 가르칠 셈으로, 5학년에게는 자습 과제를 내주려는 것이다.

2

밤이다.
남포등 밑에서 송인순은 편지를 쓰고 있다.
섬에 무사히 도착했다는 것과, 분교장이 마음에 든다는 것을 우선 서울의 가족들에게 알리는 것이다.
학교 사환 집 아랫방에 숙소를 정했는데, 우선은 주인집에 밥을 시켜 먹고 있지만, 앞으로 자취생활을 할 생각이라고, 섬사람들 인심이 순박해서 자취생활을 하는 데 별로 고생이 없을 것 같다는 말을 쓰고, 다음과 같이 끝을 맺었다.

> 바다 위로 뜨는 달은 정말 크고 아름답군요. 어제 저녁에 달 뜨는 광경을 보았는데, 혼자 보기가 안타까울 지경이었어요. 마치 물에서 커다란 황금빛 수박이 솟아오르는 것 같았어요.
> 바다에서 뜨는 달을 이 섬에서 보면 유난히 크고 아름답게 보인다고 해서 이 섬을 달섬이라고 부른다는 거예요. 얼마나 멋있어요.
> 그럼 또 달섬 소식 종종 드리겠어요. 아버지, 어머니, 그리고 동생들 모두 안녕!
>
> 달섬에서 인순 드림

편지를 쓰고 나서 송인순은 자리에 들었다. 그러나 아직 초저녁이다. 잠이 올 턱이 없다.

지금까지 전깃불 밑에서 생활해 온 터이라, 남포등 불빛은 답답하기만 하다. 앞으로 이 답답한 불빛 밑에서 지내야 한다는 생각을 하니 좀 맥이 빠지는 듯한 느낌이다.

이 섬에도 전깃불이 있으면 얼마나 좋을까 하는 생각이 든다. 그러나 그것은 꿈같은 생각이다.

이 섬에 전깃불이 켜지려면 자가발전 시설을 하는 수밖에 없는 것이다. 자가발전 시설이 그렇게 쉬운 일인가 말이다.

자가발전 시설을 하려면 비용이 얼마나 드는 것일까? 전혀 알 길이 없다. 그런 데 대해서는 아주 먹통인 것이다.

십만 원? 이십만 원? 어림도 없을 것이다.

십만 원, 이십만 원으로 되는 일이라면 한번 나서서 추진해볼 만한 일인 것이다. 그러나 십만 원, 이십만 원이 아니라 그 십 배, 이십 배도 넘을 것만 같다. 발전 시설뿐 아니라, 집집마다 전깃불이 들어가도록 하려면 전신주를 세우고, 전선을 잇고, 전등을 달아야 하는 것이다.

"하하하하……"

송인순은 혼잣소리를 내어 웃어버린다.

자기가 마치 이 섬의 지도자라도 된 듯 섬에 발전 시설을 할 공상을 열심히 하고 있다니, 우습지 않을 수 없는 것이다.

그런 공상은 집어치우고, 송인순은 자리에서 도로 일어나 앉는다. 『새마을운동』이라는 책이나 한번 읽어볼까 싶은 것이다.

『새마을운동』이라는 책이 교무실 책장 한쪽 구석에 꽂혀 있었던 것이다.

책에 먼지만 보얗게 앉았을 뿐 전혀 손때가 묻질 않은 걸 보니 아마 이 책에 대해서 관심을 가진 교사가 별로 없었던 것 같다. 그저 교육구청에서 배부를 해주니까 받아다가 책장에 꽂아놓았을 뿐인 모양이다.

그러나 그 책이 눈에 띄었을 때 송인순은 두 눈이 반짝 빛났다. 그 책의『새마을운동』이라는 표제가 금박으로 곱게 찍혀 있어서 그런 것은 물론 아니다.

새마을운동이라는 말은 많이 들었고, 실제로 금촌 마을에서 감동적인 새마을운동의 실제를 보기는 했지만, 새마을운동이라는 것이 과연 어떤 것인지, 그 이론이라 할까, 정신이라 할까 하는 것에 대해서는 별로 아는 바가 없는 것이다.

정신이라 할까, 이론이라 할까, 그 밑바탕이 되는 것을 모르고는 실천을 하기가 어려운 것이다. 밑바탕이란 곧 원동력인 것이다. 밑바탕 없는 실천은 어쩌면 사상누각과도 다름이 없다.

그래서 우선 그 밑바탕부터 좀 알아야겠다고 송인순은 그 책을 뽑았던 것이다.

뭐 자기가 당장 새마을 지도자가 되려는 것은 아니지만, 그러나 이 낙후된 벽도로 자원해서 올 때는 무엇인가 그런 보람 있는 일을 해야겠다고 마음먹었던 것이 아닌가 말이다. 분교장 아이들을 위해서든, 섬사람들을 위해서든…….

그리고 그 책 옆에 꽂혀 있는 조그마한 팸플릿이 하나 눈에 띄었다.『진뱀이섬의 신화』라는 책이었다.

목차를 보니, '진뱀이섬의 신화'라는 것과 '내일에 산다'라는 두 개의 수기였다.
　송인순은 그 팸플릿이 『새마을운동』이라는 책 못지않게 반가웠다. 그 팸플릿은 국민학교 교사 두 사람이 쓴 수기인데, 두 교사가 다 섬의 분교장 선생이 아닌가. 섬의 분교장에서 새마을운동을 실천한 수기인 모양이다.
　"됐어, 됐어."
　송인순은 속으로 쾌재를 부르면서 그 팸플릿도 함께 집으로 가져온 것이다.
　송인순은 남포등의 불을 약간 더 돋운다. 그리고 『새마을운동』이라는 책부터 펼쳐 읽기 시작한다.

　　새마을운동은 글자 그대로 새마을을 만드는 운동이다.
　　새마을은 어떤 마을인가?
　　첫째로, 살기 좋은 마을이 새마을이다.
　　따라서 새마을운동은 살기 좋은 마을을 만드는 운동인 것이다. 새마을 노래와 같이 '초가집도 없애고, 마을길도 넓히고, 푸른 동산 만들어 알뜰살뜰 다듬'는 운동이 바로 새마을운동이다.
　　자기가 살고 있는 마을을 아름답고 깨끗하게 가꾸어 살기 좋은 환경을 만들자는 생활환경 개선운동이 새마을운동인 것이다.
　　둘째로, 새마을은 잘 사는 마을이다. 잘 사는 마을, 부자 마을을 만드는 운동이 바로 새마을운동인 것이다.

나와 마을 사람들이 다 함께 잘 사는 마을을 만들자는 것이다. 즉 소득과 생산을 늘리는 소득 증대 운동, 경제개발운동을 새마을운동이라고 할 수 있다.

이처럼 새마을운동은 살기 좋고, 잘 사는 마을을 만다는 운동이다.

마을이란 무엇인가?

마을은 여러 사람이 모여 사는 지역사회의 가장 기초적인 집단이다. 마을은 예부터 우리 사회의 가장 기본이 되는 자치단위였다. 마을은 가족이나 주민이 서로 인접하여 생활하는 지역으로서의 인보집단(隣保集團)인 동시에 공동생활을 하고 있는 공동체인 것이다.

따라서 새마을운동의 '마을'은 비단 농어촌의 부락뿐 아니라, 도시의 동(洞)도 마을이며, 도시의 직장도 공동체의 하나이기 때문에 마을 속에 들어간다.

즉 새마을운동은 도시의 동에서도, 직장에서도 다 같이 전개되어야 한다.

이런 뜻에서 새마을운동은 새 사회 운동과 같다.

새 사회 역시 살기 좋은 사회, 잘 사는 사회를 뜻한다.

새마을운동은 그늘과 불안이 없는 밝고 명랑한 사회를 만들자는 것이다. 부정・부조리・불합리・사치・낭비・퇴폐……이런 것들은 모르는 바르고 성실한 사회를 만들자는 것이다. 도의가 바로 서고, 사회 기강이 바로 잡힌 사회를 만들자는 것이다. 사회의 구성원들로 하여금 다 함께 잘 사는 복지사회를 만들자는 것이다.

그리하여 활기차게 뻗어가는 위대한 사회를 만드는 운동이 바로 새마을운동인 것이다.

송인순은 가슴이 뿌듯해지는 느낌이다. 새마을운동이라는 것이 그처럼 원대한 목표를 가지고 있는 운동인 줄은 미처 몰랐던 것이다.
새마을운동이라고 하면 기껏 농촌 사람들의 생활수준을 조금 높이려는 그런 운동인 줄 알았는데, 그게 아니라 사회 전반에 걸친 운동이라니 말이다.
그늘과 불안이 없는 사회, 부정·부조리·불합리·사치·낭비·퇴폐…… 이런 것들은 모르는 사회, 다 함께 잘 사는 복지사회, 위대한 새 사회를 만들자는 운동이라니…… 가슴이 뿌듯해질 수밖에 없다.
말하자면 새마을운동이란 일종의 사회개조운동이 아닌가.
그늘과 불안이 없는 사회, 부정·부조리·불합리·사치·낭비·퇴폐가 없는 사회, 다 함께 잘사는 복지사회…… 얼마나 좋은가.
그런 이상사회 건설이 새마을운동의 목표인 줄은 정말 미처 몰랐다는 듯이 송인순은 큰 숨을 한번 쉬고는 다음 장을 계속 읽어 나간다.

새마을운동은 새마을 만드는 새 사람이 되자는 운동이다. 즉, 새사람 운동이 새마을운동이다.
살기 좋은 마을, 잘 사는 마을은 저절로 이룩되는 것이 아니다.

남이 만들어주는 것도 아니다.

만드는 것이다.

누가 만들어야 하는가?

그것은 바로 마을에 살고 있는 주민들이 만들어야 하는 것이다.

너무도 오랜 가난 속에서 살아온 주민들이기에 예전과 같은 정신이나 생활 자세를 가지고서는 새마을은 만들 수 없다. 새마을을 만들기 위해서는 마을에 사는 사람들의 마음과 생활이 새로워져야 한다. 다시 말해서 새사람이 되어야 한다.

새사람은 어떠한 사람인가?

첫째로 부지런한 사람이 새사람이다.

땀 흘려 일하는 사람이다. 남들이 놀고 있을 때 묵묵히 일하는 사람이며, 말보다 실천을 앞세우는 사람이다.

부지런하게 일해야만 새마을을 건설할 수 있는 것이다.

부지런한 사람은 성실하다. 사치와 낭비를 모르고, 절약하고 저축하는 검소한 생활을 한다. 부지런해야만 잘 살 수 있고, 또 보람 있게 살 수 있는 것이다.

둘째로, 스스로 돕는 사람이 새사람이다.

자기 일은 자기 힘으로, 자기의 책임 아래 해내는 사람을 말한다.

자기 일을 남에게 의탁하거나, 남이 해주기를 바라고 앉아 있는 사람은 스스로 돕는 정신이 없는 사람이다.

스스로 돕는 정신— 이것이 바로 자조 정신이다.

자조 정신을 가진 새사람은 의타심이 없다. 아무리 어려운 고난과 역경에 부딪치더라도 자기 힘으로 헤쳐 나가는 용기와 지혜와 힘이 있다.

이런 사람은 결코 남에게 책임을 전가하는 일이 없다. 사회와 국가에 대하여 책임을 지고, 의무를 성실하게 이행한다. 자기를 키우면서 나라를 키우고, 자기를 지키면서 나라를 지킨다.

스스로 도울 수 있게 되자면 힘이 있어야 한다. 자기를 지키는 자위의 힘이 있어야 하며, 자기를 일으켜 세우는 자립의 힘이 있어야 한다.

하늘은 스스로 돕는 사람을 돕는다.

스스로 일어서려는 자조의 정신을 가진 새사람만이 자기를 잘 살게 할 뿐 아니라, 새마을을 만들 수 있는 것이다.

셋째로, 서로 돕는 사람이 새사람이다.

협동할 줄 아는 사람이 새사람이다. 이웃을 돕고 사랑하며, 이웃과 함께 힘을 모아 일한다. 모든 일을 이웃과 함께 상의하여 결정하고, 함께 추진한다.

자기 혼자 힘으로 새마을을 만들 수는 없다. 마을 안에 살고 있는 모든 사람이 힘을 모아야만 새마을을 만들 수 있는 것이다.

협동할 줄 아는 사람은 항상 '우리' 속에서 '나'를 찾고, '우리' 속에 있는 '나'를 깨닫고 행동한다.

국가 속에서 '자기'를, 민족과 함께 있는 '나'를 알고 행동한다. 따라서 사회를 구성하는 한 사람으로서의, 그리고 국민의 한 사람으로서의 공동의식을 느끼고, 연대책임을 질 줄 안다.

마을과 나라와 민족을 위해 땀 흘리고 정열을 바칠 수 있다.

마을을 살기 좋고 잘 사는 마을로 만들자면 이처럼 협동할 줄 아는 새 사람이 되어야 하는 것이다.

　이와 같이 새마을운동은 근면·자조·협동의 정신을 갖고 실천하는 사람이 되자는 새사람 운동인 것이다.

　새마을운동은 사회를 개조하는 운동일 뿐 아니라, 인간개조 운동이기도 하다는 것을 말해 주고 있다. 사회를 개조해서 이상적인 복지사회를 건설하기 위해서는 먼저 사회의 구성원인 인간 하나하나부터 개조되지 않으면 안 된다는 것이다.

　옳은 말이다.

　사회란 어떤 가공의 것이 아니라, 사람 하나하나가 모여서 구성된 것이니까 말이다.

　부지런한 사람, 스스로 돕는 사람, 그리고 협동하는 사람, 그런 사람으로 사회의 구성원 하나하나가 개조되어야 비로소 새 마을을 만들 수가 있고, 나아가서는 새 사회를 이룩할 수가 있는 것이다.

　근면·자조·협동— 이 세 가지 정신이 강조되어 있다.

　그런데 송인순은 어쩐지 좀 도덕 교과서를 읽는 느낌이다. 하나부터 열까지 다 옳은 말이지만, 어쩐지 몸에 잘 스며들지 않는 것이 도덕 교과서다.

　그와 마찬가지로 정말 옳고 좋은 말인데, 그게 쉬울 것 같지가 않은 것이다. 인간을 개조한다는 것이 얼마나 어려운 일인가 말이다.

　그러나 가능한 대로 좌우간 그런 방향으로 밀고 나가야 하는 것이다. 그래야 뭐가 돼도 될 게 아닌가.

　다음 장으로 넘어간다.

모든 마을이 깨끗해지고, 잘 살게 되면 나라도 깨끗해지고, 잘 살게 된다.

국민 전체가 새사람이 되고, 사회 전체가 새로운 사회로 바뀌면 나라도 새로워진다.

결국 새마을운동은 새 나라를 만들자는 운동이다. 살기 좋고, 아름다운 나라로 가꾸자는 운동이다.

전 국토가 알뜰하게 가꾸어진 나라, 가뭄과 홍수를 모르는 울창한 나라, 능률 있고 기름지게 다듬어진 나라, 이런 나라로 가꾸자는 운동이다.

따라서 새마을운동은 국토개발운동이며, 국토보존운동인 것이다.

또 새마을운동은 잘 사는 나라를 만들자는 운동이다. 남부끄럽지 않게 잘 사는 나라를 만들자는 운동이 바로 새마을운동이다.

남으로부터 도움 받던 나라에서 남을 도와주는 나라를 만들자는 것이다.

새마을운동은 이처럼 살기 좋고 부강한 나라, 위대한 한국을 건설하자는 국민운동이다.

송인순은 남포등 불빛을 바라보며 잠시 생각에 잠긴다.

우리나라의 장래는 어쩌면 새마을운동의 성패에 달렸다고 해도 과언이 아니구나 하는 생각이 든다. 새마을운동은 곧 새 나라 운동이요, 위대한 한국을 건설하자는 국민운동이니 말이다.

남으로부터 도움 받던 나라에서 남을 도와주는 나라를 만들자는 말은 정말 가슴에 와 닿는 말이다.

노상 강대국에게 도움을 받아오는 나라 처지가 안타깝기 짝이 없는 것이다. 약소민족, 약소국가의 설움을 벗고, 남의 도움을 안 받는 확고한 자립을, 그리고 오히려 남을 도와주는 그런 부강한 나라를 건설하는 것이 새마을운동의 궁극적인 목표라니, 전적으로 찬동일 수밖에 없다.

남포등 불빛을 바라보고 있던 송인순은 가만히 두 주먹을 쥔다. 자기도 미력하나마 한번 앞장서 봐야겠다는 생각이 드는 것이다. 이 나라 이 민족의 한 사람으로서 어찌 그냥 방관만 하고 있겠는가 말이다.

송인순이 그렇게 두 주먹을 쥐며 마음을 다지고 있는데,

"선생님예, 주무십니꺼?"

방문 밖에서 나직한 목소리가 들린다.

"누구세요?"

방문을 연다.

주인집 딸 분님이다. 그러니까 봉식이 누나다. 나이는 열아홉, 무척 얌전하고 수줍음이 많은 큰애기다.

"선생님 공부하시느만예."

상그레 웃는다.

"심심해서 책 좀 읽고 있어요. 들어와요."

"공부하시는데 안 들어갈랍니더, 이거 잡사 보이소."

불쑥 그릇을 내민다.

"이게 뭐예요?"

"히히…… 고구마 말린 깁니더. 잡사 보이소. 심심하신데……."
"아이 고마와요. 좀 들어와요."
"공부 안 하실 때 놀러 올께예."
"괜찮다니까……."
"아니라예."

상긋이 웃으며 돌아서 버린다. 무척 체면도 많다.

송인순은 방문을 닫고, 그릇에 담긴 고구마말림을 한 개 집어 든다.

쫄깃쫄깃한 것이 맛이 괜찮다. 고구마를 쪄가지고 엷게 썰어서 말린 모양이다. 입이 궁금할 때 씹으면 십상이겠다.

쫄깃쫄깃하고 고소한 그 고구마말림을 씹으면서 송인순은 계속 그 책을 읽어볼까 하다가 그만둔다.

하나부터 열까지 다 옳은 말이지만, 도덕 교과서는 도무지 재미가 없듯이, 이 책도 별로 재미는 없는 것이다. 재미로 읽는 책이 아니니까 그럴 수밖에.

재미로 읽는 것이 아니라, 공부하듯이 읽는 책은 한꺼번에 많이 읽어서는 효과가 적다. 그리고 많이 읽혀지지도 않는 것이다.

그래서 오늘 밤은 그 정도로 하고, 매일 밤 조금씩 정독을 할 생각이다.

그 대신 이번에는 얄팍한 팸플릿을 펼친다.

'진뱀이섬의 신화'라는 수기가 먼저 실려 있다. 경남 통영군 한산면 장사도 분교의 '옥미조'라는 교사가 쓴 것이다.

어쩌면 이 수기는 재미도 있을 것 같다. 섬의 분교장에서 실제로 땀을 흘린 수기이니 말이다. 그리고 직접적으로 도움이 될 것도 같다.

송인순은 입안의 것을 꿀꺽 삼킨다. 그리고 수기를 읽기 시작한다.

장사도는 섬 모양이 마치 뱀처럼 남북으로 길게 뻗어 있어 '진뱀이섬'이라 부른다. 긴 뱀의 섬이라는 뜻이다.

예부터 뱀처럼 생긴 섬엔 가난이 없다고 하지만, 이곳 십사 세대, 팔십삼 명의 주민은 마치 가난과 무지와 비능률의 표본 같았다.

행정상으로 죽도리에 속해 있지만, 죽도와는 노를 저어 한 시간 반이 걸리고, 일 년에 한두 번 정도 이장이 다녀가는 곳이다.

그러나 장사도의 자연 환경은 그림에 담아두고 싶고, 절경의 천연색 사진을 들여다보듯 매우 아름답다.

십오만 그루의 삼사십 년생 동백나무가 온 섬을 뒤덮고, 그 사이로 방목하는 염소가 뛰놀고 있는 광경이라든지, 3.2킬로 해안선에 접해 있는 천연수족관은 대자연의 보화요, 남해의 자랑이 아닐 수 없다.

이 섬에 학교가 세워지기는 오 년 전이었고, 학교가 세워지기까지는 국민학교를 졸업하려면 친척집이 있는 거제나 충무 등지로 나가야 했다. 그래서 나이 많은 사람들은 물론이고, 젊은 이들까지도 교육받을 기회를 갖지 못했다.

학교가 세워진다니까 십사 세대의 전 주민들은 내 집의 경사처럼 기뻐서 힘에 겹도록 학교 짓는 일에 협력했다. 그러나 학교가 지어진 후부터는 남남과 다름없이 되고 말았다.

이 섬에 내가 부임한 것은 1972년 3월이었다.

수기는 이렇게 시작되고 있다.
그러니까 이 수기의 필자인 옥미조라는 선생이 그 섬 분교장에 부임한 것은 불과 이 년 전의 일이다.
송인순은 또 고구마말림을 잘근잘근 씹는다.

학교는 조용했다.
산꼭대기에 위치한 학교에 들어서니 운동장에는 방목 염소가 뛰놀고 있었고, 전 주민이 환영 나와 새로 부임하는 나를 반가이 맞이해 주었다.
학교는 동백 울타리로 싸여 있었다. 그런데 학생들이나 부락민들은 마음 내키는 대로 아무 데로나 학교를 드나들었고, 용변도 아무 데나 제멋대로 하는 형편이었다.
학교에 부임을 한 나는 여러 가지 할 일을 계획 세웠지만, 우선 눈앞에 있는 가까운 일부터, 그리고 쉽게 돈 들지 않는 것부터 해보기로 했다.
학생들의 학교생활이 말이 아니었다. 나는 우선 학생들의 생활 태도부터 지도했다.
교실 문을 바로 여닫는 일이라든지, 신발을 제자리에 벗어두는 버릇이라든지, 변소 문을 열 때 노크하는 일, 담임인 나에게 아침에 만났을 때 인사하는 일 등등…… 하나하나 바로잡아 나가는 데 꽤 오랜 시일이 걸렸다.
오랜 시일이 걸려도 나는 그 일을 끈기 있게 지도했다.

나는 환경 정화 계획을 수립하고, 틈틈이 정리 작업을 해 나가는 한편, 밤으로 집집마다 다니면서 내 계획을 설명하고, 협조해 줄 것을 부탁했다.

나는 운동장을 고르기 위해서 봉급을 타오면서 팔천오백 원을 주고 손수레 한 대를 사왔다.

손수레 한 대는 몇 달 걸려야 해낼 일을 한 달도 걸리지 못해서 십오 도 경사의 좁은 운동장을 넓힐 수 있는 한계선까지 축담을 쌓고, 높은 곳의 흙을 운반하여 평평하게 만들었다.

손수레를 처음 보는 부락민들이나 학생들은 호기심에서 손수레에 가득 흙을 퍼 담는 일을 즐겁게 해냈다. 달이 있는 밤은 저녁을 먹고 나와서까지 운동장을 골라주어서, 학교가 세워지고 3년을 그대로 둔 운동장이 고르게 되고, 또 넓혀진 것이다.

뿐만 아니라, 손수레를 이용해서 마을로 가는 길도 넓혔다. 사람이 겨우 다닐 수 있던 삼사십 센티 정도의 폭을 가진 옛길은 1.5미터의 넓은 길로 닦아진 것이다.

팔천오백 원짜리 손수레는 새것을 사온 지 불과 삼 개월 만에 더 쓸 수 없는 폐품이 되고 말았지만, 손수레 하나가 해낸 일은 엄청난 것이었다.

동네 사람들이 감히 생각조차 못한 일을 연약한 학생의 힘으로, 그것도 틈틈이 해냈고, 섬 안의 모든 길이 그 후로 차차 넓혀져 가기 시작했으니, 그 보람은 대단한 것이었다.

어느덧 부임한 지 몇 달이 흘러갔다.

연구학교에만 줄곧 있으면서 글이나 책으로만 씨름하던 내 연약한 팔뚝이 굵어지는 것 같았고, 얼굴도 갯바람을 쐬어 검게

타들어갔다.

내 친근한 동료들이 교육계의 여론이라면서, 너 때문에 일하지 않고는 견딜 수 없게 되었다고 농담조로 불평을 털어놓기도 했다. 나 때문에 이웃 섬들과 군내 여러 곳의 동료들이 부지런히 노력하게 되었다는 것이었다.

나는 내가 해야 할 일을 할 뿐이고, 내 능력이나 지혜가 부족해서 섬을 위해 더욱 유익한 일을 하지 못하는 것이 늘 죄송스럽게 여겨질 뿐인 것이다. 처음부터 내가 마음먹었던 일, 내가 할 수 있는 일을 지혜를 짜내고 땀을 흘려 성실히 해나갈 뿐이다. 말하자면 나의 신념대로 밀고나갈 따름인 것이다.

비가 오면 질퍽거려서 잘 다닐 수 없는 길을 전천후 도로로 열심히 개조했고, 온 섬이 동백나무 천지인데, 화단까지 동백 일색으로 꾸며져 있어서 화단을 개축하여 교재(敎材) 식물을 구입해다 심었다. 그리고 꽃나무마다 작지만 예쁘게 이름을 달아 주었다.

내가 부임할 때 가지고 온 꽃씨를 뿌려 모종이 나는 대로 학생들 집집마다 꽃밭을 만들게 하여 나누어주기도 했다.

해군 홍보단이 집집마다 배부해 준 국기를 국기 보관 상자에 담아 잘 보관하도록 계몽을 했고, 또 국기대*(국기게양대)를 만들도록 했다. 페인트칠은 학교에서 책임을 졌다.

집집마다 가훈을 정하도록 했고, 문패를 만들어 달아주기도 했다.

섬에 파리가 많았다. 그래서 나는 파라치온과 엘산을 여러 병 사다가 일주일에 한두 번 가정을 방문해서 변소 소독을 해주었다.

송인순은 여기서 잠시 수기 읽기를 멈추었다. 그냥 읽어 넘어가기만 해서는 안 될 것 같았던 것이다.
만년필과 메모지를 꺼낸다.
앞으로 자기가 본받아 나가기 위해서 요점을 적어두려는 것이다.
지금까지 읽어 넘긴 데를 다시 펼쳐보며 적어 본다.

    1. 학생들의 생활 태도 바로잡기.
    2. 운동장 고르기와 넓히기(손수레).
    3. 마을 길 넓히기(전천후 도로 만들기).
    4. 화단에 교재식물 심기(이름표도 달아줌).
    5. 집집마다 국기 보관 상자, 국기대 만들기.
    6. 가훈 정하기.
    7. 문패 달기.
    8. 파리 없애기(집집마다 변소 소독. 소독약-파라치온, 엘산).

이런 식으로 요점을 필기해 가며 송인순은 계속 수기를 읽어 나간다. 말하자면 실질적인 공부를 하는 셈이다.

소독약과 통을 들고 가가호호를 방문하여 변소 소독을 해주고, 점심때면 권하는 음식은*(원전에는 '식은') 깡보리밥, 혹은 고구마, 감자죽 같은 것을 마다하지 않고 곧잘 맛있게 먹었다.
그렇게 하여 작년 한 해 동안 파리 없는 마을이 되어, 고개 배를 따서 널어놓아도 파리 한 마리 달려들지 않게 되었다고 주민들이 무척 좋아했다.

일 년에 약 육백 원을 투자하여 주 일회 정도 변소 소독을 해줌으로써 십사 호 가정이 파리 없는 깨끗한 가정이 된다는 귀한 경험을 얻게 된 것이다.

섬엔 넓은 빈터가 제법 많다.

이 빈 땅에 호박을 심고, 그 호박을 따서 돼지 사료에 쓴다면 약 팔십 프로는 사료 자급이 되겠다는 생각이 들었다.

돼지호박과 돼지감자를 여러 곳에 주문했다. 돼지감자는 쉬 구할 수가 있었으나, 돼지호박은 3월이 다 가도록 종묘상에서도 구해지지 못했다. 사천농고에 있다는 소문을 들었지만, 그곳까지 가는 인편에 부탁했어도 결국 못 구했다.

그래서 이미 파놓은 호박 구덩이에다 거름까지 주었기에 하는 수 없이 서울마디호박씨 한 홉을 구입해서 심었다.

종자가 나빴던지 온 정성을 다했는데도 일 할가량이 안 나왔고, 나온 것마저도 묵은 씨인지 한두 개의 호박밖에 열리지 않았다. 첫해 호박 농사는 만족할 만한 성과를 거두지 못한 것이다.

그러나 가을이 되어 사료 채취가 가능하게 되자, 돼지새끼 네 마리를 사왔다.

졸업생 가운데 진학 못한 사람에게 주어서 새끼를 키워 살림에 보태고 자활하도록 부탁했다.

그리고 졸업생과 같이 또 호박 구덩이를 팠다.

전교생은 일 인당 이십 구덩이, 졸업생은 육십 구덩이에 퇴비까지 넣었다.

　나는 백오십 구덩이를 파서 인분을 한 통씩 넣는 데 2월 초순까지 걸렸다.

　그리고 돼지뿐 아니라, 염소 기르기에도 열을 올렸다.

　염소는 섬의 자연적 조건이 적합해서 옛날부터 많이 길러오는 터였다. 그러나 별로 큰 이익은 올리지 못하고 있었다.

　그 이유는 기르는 방법을 잘 모르고, 그 관리에 소홀하기 때문이었다.

　그래서 학교에서 길러 보려고 4월에 한 쌍을 일만삼천 원에 구입해왔고, 5월에 다시 두 마리, 8월에는 여덟 마리를 구입해와서 도합 열두 마리가 되었다.

　사온 염소를 교미시켜서 12월과 1월 중에 염소는 새끼를 낳아 꼭 배가 되었다.

　새끼를 낳은 지 꼭 한 달을 전후하여 모두 또 교미를 시켜 지금은 만삭들이 되어 적어둔 분만 예정일을 손꼽아 기다리는 실정이다.

　그래서 우리 학교는 자활학교 사업으로 일 년에 꼭 이십만 원의 순이익을 올리게 된 것이다.

　내가 오기 전엔 열 마리에서 스무 마리밖에 안 되던 섬의 염소도 지금은 일흔일곱 마리로 불어났다. 염소 기르기 붐이 일어난 것이다.

　염소뿐 아니라, 소도 두 마리에서 열세 마리로 늘어났고, 돼지·닭·개도 수없이 늘어났다.

　이렇게 가축 기르기뿐 아니라, 나는 수익성 높은 채소 가꾸기도 부락민들에게 권장했다.

마늘 대신에 양파를, 배추 대신에 당근을 심자고 처음 내가 제의를 했을 때는 아무도 귀담아 들으려고 하질 않았다. 그러나 지금은 모두 그 수익성에 놀라고 있는 실정이다.

작년 8월의 일이다. 나는 당근 씨를 사와서 여러 집의 밭에 심어주었다.

11월에 가서 보니, 배추를 심어서는 오백 원의 수익도 올리지 못할 땅에서 그 십 배인 오천 원 이상의 수익이 올랐다.

자라는 동안 마음껏 뽑아 반찬을 해 먹고도, 김장철에 팔러 갔더니 판로도 수월하고, 가격도 배추나 무에 비할 바가 아니었다.

그러자 금년 1월 파종 시는 우리 부락에서 약 네 홉의 당근 씨를 사다가 심었다.

내가 한 홉을 사다가 부녀자들에게 심는 법을 가르쳐주었더니, 며칠 뒤 이집 저집에서 당근 씨를 사왔으니 좀 와봐 달라는 것이었다.

복합비료를 뿌리고, 골을 켜고, 알맞게 흙을 고르고, 한나절씩 심어주었더니, 한 달쯤 후 발아 성적이 아주 양호했다.

2월 초순 날씨가 더워지고 건조해서 물을 뿌리도록 했더니 삼십 분이나 걸리는 먼 곳까지 물동이로 물을 날라 정성껏 뿌리는 것이었다.

2월 중순에 오히려 기온이 낮아져 실패하지 않을까, 모처럼의 의욕을 끊지 않을까 걱정이 되어 나는 새벽과 저녁 두 차례씩 기도를 드리기도 했다.

기도의 보람인지, 이제 오륙 센티쯤 자라나서 얼마의 뒷거름만 주면 실패할 염려는 없게 되었다.

그리고 나는 온상에 양배추를 심어 각 가정에 이십 내지 삼십 본씩 분양해주었다. 추치니와 춘원마디호박도 온상에 심어 모두 나누어주었다.

또 양배추는 학교에서 개간한 육십여 평의 밭 일부에 심어 점심시간마다 학생들에게 먹여보려고 한다.

작년부터 젖 짜는 양 두 마리를 사다가 거기서 얻어지는 하루 약 사 내지 오 리터의 양유를 학생들에게 무료 급식하고 있으며, 금년부터는 주 일회 분식으로 점심 한 끼를 학교에서 먹인다.

우리 학교가 자립함으로써 복지학교가 되고, 주는 학교가 되며, 학교가 지역사회의 중심체 역할을 하여 교육을 통해서 지역사회민을 무지와 가난에서 해방시키고, 근면·자조·협동하는 새마을 정신을 마음속 깊이 심어주고 싶은 것이 나의 소원이다.

장사도에 오기 전까지만 해도 내 소원은 좋은 동화를 쓰며, 글을 통해 어린이가 즐거워하고 마음들이 착하고 아름다워지도록 하는 데 있었다. 정직하고, 성실하고, 서로 도우며 바르게 살아가는 어린이를 동화를 통해 길러보려고 했던 것이다.

그러나 이곳에 와서는 그 목적은 같지만, 방법은 달라지고, 대상이 넓어졌다고 하겠다. 어린이들에 한하는 것이 아니라, 지역사회민들에게까지 그 목적을 달성하려고 마음먹었으니 말이다.

송인순은 그저 놀랄 따름이다.

학생들에게 매일 무료로 양유 급식을 하고 있으며, 주 일회 분식으로 점심 한 끼씩을 먹이고 있다니⋯⋯ 그리고 학교에서 개간한 땅에 양배추를 심어 점심시간마다 학생들에게 먹여볼 생각이라니⋯⋯ 정말 이건 한국의 학교가 아니라는 느낌이다.

서울의 일류 사립 국민학교 같은 데서도 찾아볼 수 없는 일이다. 그런 놀라운 일이 조그마한 낙도의 분교장에서 실현되고 있다니⋯⋯ 놀라지 않을 수 없다.

교성(敎聖) 페스탈로치가 무색할 지경이 아닌가 말이다.

송인순은 뿌듯한 감격에 휩싸이면서 잠시 책을 놓고 자리에서 일어난다. 소변이 마려운 것이다.

바깥으로 나간 송인순은 변소로 가려다가 그만둔다. 보름달이 중천을 향해 둥둥 떠오르고 있어서 휘영청 밝은 밤이기는 했으나, 조그마하고 나지막하고 지저분한 움막 같은 변소로 기어들어가기가 싫었던 것이다.

주인집의 그 변소에 처음으로 들어갔을 때 그녀는 변소를 개량해야겠구나 하는 생각이 절로 떠오를 지경이었다.

조용한 달밤이다.

송인순은 사립 밖으로 살금살금 기어나가 본다.

밤바다가 보인다. 바다 위에 달빛이 곱게 쏟아져 부서지고 있다. 멀리 고기잡이하는 배인 듯 점점이 불빛이 떠 있다. 아름다운 풍경이다.

송인순은 주위를 한번 돌아본다. 혹시 누가 보고 있는 사람이 없는가 해서다. 아무도 눈에 띄지 않자, 그녀는 치마를 걷어 올리고 길가 풀숲에 가만히 앉는다. 그리고 아름다운 밤바다 풍경을 바라보며 찍— 볼일을 본다.

볼일을 보고 나서 잠시 그녀는 그 자리에 서서 심호흡을 한다.

그러고 있는데, 저쪽 선창가의 마을에서 고래고래 고함소리가 일어난다. 서로 마구 욕지거리를 해대며 싸우는 소리다. 아마 주막에서 술을 마시고 노름을 하다가 서로 멱살을 잡고 밀고 당기는 모양이다.

여기저기서 개들도 짖어대기 시작한다.

밤바다의 아름다운 정적이 여지없이 깨어진다.

마구 서로 악을 써대는 소리가 이만저만 억세고 거친 게 아니다. 섬사람들의 우악스러운 기질이 여실히 느껴지는 것이다.

송인순은 이맛살을 찌푸리며 돌아선다.

섬의 현실, 인간사회의 단면에 부딪친 듯한 느낌이다. 입맛이 쓰다. 저런 사람들을 상대로 앞으로 일을 해나가야 할 것을 생각하니 지레 겁이 나기도 한다.

방에 돌아온 그녀는 그만 잘까 하다가 다시 그 수기를 읽기 시작한다.

도저히 중간에서 접어두고 잠을 잘 수가 없는 야릇한 매력에 이끌리고 있는 것이다. 아기자기하고 오락적인 매력이 아니라, 뿌듯하게 가슴이 벅차오르는 경이적인 매력이라고나 할까.

좌우간 놀라운 사실이 담긴 글인 것이다.

나는 어느 일이나 보람을 느낄 뿐이다.

학생들이 염소를 길러서 얻어진 이익금으로 부산까지 수학여행을 가게 되었고, 또 월 1회 정도 견문을 넓히기 위해 충무 등지로 현장학습을 나가는 경비로 쓰고 있는 사실은 교육자로서 더없는 보람이라 아니할 수 없다.

금년에 교재식물을 육천 원어치 구입해 왔고, 학급문고 육십 권을 구입해 오기도 했다.

그리고 매달 두 번 학교신문 〈동백동산〉을 내고 있다. 프린트 판이긴 하지만, 그 신문 속에 부락과 학교가 변해가는 소식이 실려 있고, 앞으로의 계획이 나가기 때문에 학생들뿐 아니라, 부락민들의 좋은 벗이 되고 있다.

이 신문을 통하여 학교와 부락의 유대 강화가 이루어지고, 학생들의 문예작품 등의 발표의 길을 열어 학력 신장도 꾀하고 있는 것이다.

나는 학교와 부락이 건전하게 발전하는 일이면 손해를 당하고 희생을 하면서까지 행동으로 앞장서고, 한편 부조리나 사회악이 되는 폐습은 결코 가만히 보고만 있질 않는다.

우리 마을에는 세 가지 고쳐야 될 일이 있는데, 그 첫째가 노름하는 일이고, 둘째가 술 먹는 일이고, 마지막이 폭발물을 사용해서 고기를 잡는 불법 고기 잡기다.

부락의 향약을 정할 때, 술 없는 마을을 만들기 위해서 저축하는 마을로 정했는데, 삼 개월이 못 가서 또 술집이 생겼다.

"내가 이제 술장사 하면 사람이 아니다."

하고 말한 가정에서 또 술을 가지고 와서 팔기 시작했다.

작은 마을인데도 네댓 집에서 술을 놓고 팔았다.

술을 먹으면 십중팔구가 주정을 했다. 그릇을 부수거나 싸워서 상처를 입기 일쑤였고, 다음 날은 일을 못하고 늘어져 눕는 형편이었다.

송인순은 절로 웃음이 나온다. 어디나 다 마찬가지로구나 하는 생각이 든 것이다.

술이란 도대체 어떤 물건이기에 그런 것일까. 참 이상하기도 하다.

지금도 고래고래 악을 쓰며 싸우고 있는 소리가 가물가물 들려온다.

깃새(바위를 씻어내는 작업)를 할 때면 한 집에서 평균 사오 명의 인부를 사서 일을 하는데, 인부에게 술을 안 주어서는 안 된다. 그래서 자연 술이 필요하게 되고, 술을 갖다가 파는 집이 생기게 된다.

그렇다고 술 안 먹는 인부만을 사올 수도 없는 일이고, 또 술 안 마시고는 이런 고된 작업을 할 수가 없는 모양이다.

깃새를 해가는 동안 날씨 관계로 쉬는 날은 깃새 돈으로 화투가 시작된다. 처음에는 과자나 사 먹자고 시작한 것이, 고된 일을 하는 터이니 닭이나 잡아 보신하자고 판이 커지고, 나중에는 그만 만 원, 십만 원 단위의 노름으로 변하고 마는 실정이니, 기가 막힐 노릇이 아닐 수 없다.

해마다 이런 일이 반복되어 왔지만, 그 폐단을 과감히 고치려고 나서는 사람이 없는 것이다.

폭발물로 고기잡이하는 일 역시 마찬가지다.

외딴 섬이요, 행정력이 미치지 않는 낙도가 되어서 아무도 간섭하는 사람이 없으니 그 불법 고기잡이가 없어지질 않는 것이다.

나는 부임한 이후로 이 세 가지 폐습을 제거하기 위해 지혜를 짜냈다.

가장 손쉬운 방법은 이틀이고 사흘이고 노름판이 벌어졌을 때 경찰에 알리는 일이지만, 그러나 나는 그런 방법은 좋은 방법이라고 생각하지 않는다.

노름판에 뛰어들어 판을 뒤엎어버릴 수도 있는 일이지만, 그것 역시 좋은 방법은 못 된다.

노름이 하고 싶어도 할 수 없도록 만드는 수밖에 없다고 나는 생각했다.

그래서 부락에서 공동으로 해야 할 건설적인 일을 여러 가지 추진시켜나가며 빈번히 부락민들과 대화를 나누었다.

그 결과 동네에 화투장이 한 장도 없도록 하자는 데 동의를 얻었다. 과거의 화투놀이에 대해서는 일체 불문에 붙이기로 하고.

부락에 맥(麥) 타작기*(보리 타작기계)를 구입하는 일, 자가발전기를 설치하여 전등을 가설하는 일, 상수도 시설을 하는 일, 선착장을 만드는 일 등등 건설적인 사업에 대한 의견을 나누고, 계획을 세우기 위해 회의를 자주 소집했다. 일을 분담하여 계획을 세우게 하고, 공동 의결로 그 순서와 절차를 정해서 부락 전 주민이 다 같이 관심을 가지고 추진해 나가도록 이끌었다.

요는 노름을 하려야 할 수 없는 그런 정신 상태와 분위기를 조성해 나가는 일이었다. 폐습을 없애고 새로운 마을을 건설하는 일석이조인 셈이었다.

그리고 한 달에 한 번씩 '새마을 봉사일'이라는 날을 정하여 팔십삼 명의 주민이 새마을 사업 현장에 전원 나오게 했다.

지금 이 글을 쓰고 있는 동안 부락 방송에서,

"방금 맥 타작기가 도착했습니다. 부락 사람들은 자갈밭으로 오십시오."

하는 마이크 소리가 울려나오고 있다.

상수도 공사를 위해 자갈 운반도 곧 시작할 계획이다.

작년에 두 가호만 제외하고 전 가호가 지붕을 개량했다.

또 집수광(集水框)도 거의 만들어지고 있다.

집수광이란 글자 그대로 물을 모아두는 광이다. 부락이 산 위에 위치해 있기 때문에 바닷가에 있는 우물에까지 내려가서 물을 길어 오려면 여간 힘이 들질 않는다. 그래서 빗물을 받아두기 위해서 블록으로 쌓아 만든 물 저장고인 것이다. 비올 때 지붕에서 흘러내리는 물을 한데 모아두는 것이다.

물을 길어 오는 수고를 아낄 뿐 아니라, 그 시간을 유효하게 딴 일에 돌릴 수가 있는 것이다.

변소 개량도 계획하고 있다. 모든 가정의 변소가 노천 변소인 것이다. 비가 오면 변소에 우산을 들고 가야 할 형편인 것이다.

공동 빨래터도 추진하고 있다.

그리고 나는 자활하겠다고 애쓰는 가정에 대해서 내 능력의 범위 안에서 지원해 주기로 마음먹고 있다.

작년엔 두 가정에 삼십만 원과 이십만 원의 돈을 일 년 동안 무이자로 빌려주었다.

이 두 가정이 일 년 동안에 자활 가정으로서의 기틀을 잡아야만 다른 가정들도 그 뒤를 따르게 될 것이고, 그래서 몇 년 후면 우리 섬의 전 가정은 충무로부터 월 오부의 비싼 이자를 빌려 쓰지 않아도 되는 것이다.

지금 현재는 우리 섬의 전 가정이 충무로부터 돈을 빌려 쓰고 있는 실정이다. 그 이자로 나가는 돈이 일 년에 무려 육십삼만 원이나 된다. 그러니까 모든 가정이 자활가정이 되어 빚에서 벗어나게 되면 그 육십삼만 원이라는 돈이 섬에 떨어지고, 섬의 발전을 위해 쓰이게 되는 것이다.

현재 빚이 많은 집은 오십만 원까지 된다. 오십만 원의 일 년 이자는 무려 삼십만 원인 것이다. 일 년 내내 일을 해서 이자를 무는 데 급급한 실정이다.

빚이 적은 집이라 해도 십만 원 내외가 된다. 그러니까 일 년에 적어도 육만 원 내외의 이자를 뭍에 바치고 있는 것이다.

주로 미역을 팔아 빚을 갚는데, 다른 상회에 가서 팔면 더 받을 수 있는 미역을 꼭 채권자 집에 갖다 팔아야 하기 때문에 값을 제대로 받지 못하고 넘기게 된다. 그래야 쉽게 또 빚을 얻을 수가 있는 것이다.

이런 생활의 연속인 데다가 술 먹고 노름까지 하는 판이니 가난을 벗어던질 수가 없는 사람들이 되었고, 실의와 체념 속에 미래를 모르고 살아온 것이다.

미래가 없는 국민, 미래가 없는 나라는 흥할 수가 없다.

가정이나 부락도 마찬가지다.

이 미래에 대한 희망을 교육을 통해서, 계몽을 통해서, 공동사업의 추진을 통해서 심어주자는 것이 나의 신념이요, 사명이다.

나는 술과 담배를 일체 하지 않고, 주일날은 쉬는 기독교 신자이다.

수기는 더 계속되고 있다.

송인순은 숨을 죽여 가며 읽어 나간다. 무슨 소설이나 아기자기한 연애소설 같아서 숨이 죽여지는 것이 아니다. 정말 한 사람의 힘이 위대하다는 것을 절실히 느끼고 있는 것이다. 더구나 한낱 국민학교 교사의 힘이 이렇게 위대할 줄이야…… 자기도 비록 여선생이긴 하지만, 발 벗고 나서면 안 될 턱이 없다는 자신감이 뿌듯하게 가슴에 차오르는 것이다. 야릇한 흥분과 긴장감에 휩싸여 절로 숨이 죽여지는 것이다.

수기의 끝 대목에 가서 그녀는 그만 입이 딱 벌어지고 만다.

우리 학교 전교생은 물론이고, 아직 학생이 없는 가정까지도 모두 저금통을 가지고 있다.

작년엔 기준 목표의 삼천오백 프로를 달성했고, 금년은 오늘 현재 이미 목표액의 사천 프로를 넘어섰다.

처음엔 저금을 하라고 하면 부락사람들은 오부 이자를 얻어 쓰는 형편인데 저금이 다 뭐냐고 마이동풍 격이더니, 내가 직접 가가호호를 방문하여 변소 소독을 해주고, 가축을 돌봐주고,

아픈 사람이 생기면 약을 가지고 가서 간단한 치료를 해주고 하며 계몽을 했더니 조금씩 성과가 나타나기 시작했던 것이다.

학생들은 혹 어머니가 과자라도 사오면,

"과자 살 돈이 있으면 저금을 해요."

하고 과자를 먹지 않을 만큼 되었고, 또 작년 5월부터는 학습장·연필·칼·지우개·색지·도화지·책받침 등 학용품 일체를 자기들의 가정에서 사지 않고 학교에서 사다가 무상으로 나누어주기 때문에, 학용품 사는 만큼의 돈을 저축하게 되어 저금통장의 액수는 더욱 불어나게 된 것이다.

자활학교 수익금이 높아지는 대로 기금 마련을 위해 학교 자체 적금도 불입할 생각이다.

그리고 한 달에 염소 한 마리 정도 판매한 금액으로 학생들에 대한 모든 시상을 저금으로 해주고 있다. 다른 학교에서는 교내 행사의 상품이 대개 학용품으로 되어 있지만, 우리 학교는 학용품 일체를 무상 지급하므로, 그 대신 저금으로 시상을 해주고 있는 것이다.

처음엔 '우리들의 저금으로 중학 진학금을!'이라는 캐치프레이즈를 내걸었지만, 중학 진학금이 지급되는 이상으로 계속 적립하여 부락 동력선도 꼭 마련해야겠다고 생각하고 있다.

불행하게도 장사도엔 선착장이 없고, 동력선이 한 척도 없다. 그래서 많은 손해를 보고 있는 것이다. 예를 들면, 급한 환자가 생겨도 이곳에서는 어쩔 수 없고, 다른 곳의 배들이 와서 고등어·전복 등을 모조리 잡아가도 노 젓는 배로서는 어찌 할 도리가 없는 것이다.

일 년 동안 그렇게 손해를 본 금액이면 아쉬운 대로 동력선 한 척이 마련될 것인데 말이다.
아무튼 뚜렷한 목적하에 저축이 되어 나가도록 해야겠다.
지금 우리 섬에서는 백만 원, 오십만 원, 혹은 삼십만 원짜리 적금들을 적립해 나가고 있고, 학생 저금으로 매월 일만 원 가량이 저금되고 있다.
이제 머지않아 우리 진뱀이섬도 뱀섬엔 가난이 없다는 옛말 그대로 살기 좋고 잘 사는 자랑스러운 섬이 되리라 확신한다.

수기는 이렇게 끝이 났다.
송인순은 형언할 수 없는 감동에 휩싸인 채 잠시 멀뚱히 남포등 불꽃을 바라보고 있다.
책을 읽고 감동을 받은 일은 한두 번이 아니다. 세계문학전집에 들어 있는 작품 같은 것을 밤늦도록 읽고 걷잡을 수 없는 감동에 몸을 떤 일도 있다.
그러나 그런 문학 서적을 읽은 다음의 감동과는 또 다른 야릇한 감동을 송인순은 지금 느끼고 있는 것이다.
문학 서적에서 오는 감동이 심오하고 형이상학적인 감동이라면, 이 수기를 읽은 지금의 감동은 그런 심오한 것이라기보다도 생활 개조에 대한 의욕이 용솟음치는 뜨거운 감동인 것이다. 감동이라기보다도 어쩌면 감격이라고 하는 편이 옳을지도 모르겠다.
아무튼 놀라운 사실이 진뱀이섬이라는 곳에서 실현되고 있는 것이다.
송인순은 수기의 맨 첫머리를 펼쳐 본다.

―경남 통영군 한산면 장사도 분교.

그 진뱀이섬이 이 달섬에서 별로 멀지 않은, 이웃 군에 속해 있는 섬이 아닌가.

―옥미조.

이름이 꼭 여자 이름 같다.

그러나 믿음직하게 생긴 남교사인 것이다. 조그마한 사진이 수기 첫머리에 실려 있다.

송인순은 이 옥미조라는 선생을 한번 만나 보았으면 하는 생각이 든다. 그리고 진뱀이섬을 한번 구경해 보았으면 싶기도 하다.

앞으로 일을 해나가면서 난관에 부닥치면 편지로든지, 직접 찾아가든지 해서 조언을 받아야지, 생각하면서 그녀는 시계를 본다.

어느덧 열 시가 지났다.

그녀는 그 팸플릿과 그것을 읽으면서 요점을 메모한 종이를 소중히 한쪽에 치우고, 훅! 불을 끈다.

잠자리에 든 그녀는 어둠 속에서 또 진뱀이섬의 기적 같은 사실을 생각해본다.

학생 전원에게 양유를 무료로 급식하고, 주 일회 분식으로 점심을 먹이고, 그리고 학용품 일체를 학교에서 구입해서 무상으로 지급을 하고 있다니…… 정말 놀랍고, 장한 일이 아닐 수 없다.

그 섬의 학생들은 얼마나 행복한가 말이다. 어느 일류 사립 국민학교보다도 행복한 학교생활을 누리고 있는 것이 아닌가.

선생에 따라서 학생들이 그렇게 행복해지고, 지역사회도 개조가 될 수 있다는 생각이 들자 송인순은 이불 속에서 가만히 두 주먹을 쥐어본다.

'나도 한번 해봐야지. 진뱀이섬의 옥 선생처럼 그렇게까지는 못한다 하더라도, 힘 미치는 데까지 한번 해봐야지.'

이렇게 중얼거리면서.

3

이튿날 오후, 송인순은 교실 창변에 앉아 간밤에 수기를 읽으며 메모한 것을 다시 한 가지 한 가지 정리를 해나가고 있었다.

우선 세 가지 부분으로 분류를 해보는 것이다. 교내 일에 해당되는 것과 부락사업에 해당되는 것, 그리고 학교와 부락에 다 같이 해당되는 것, 이렇게 세 가지로 말이다.

먼저 학교 일에 해당되는 것을 적어 본다.

1. 학생들의 생활 태도 바로잡기.
2. 운동장 고르기와 넓히기.
3. 화단에 교재식물 심기.
4. 젖 짜는 염소 기르기와 우유 급식.
5. 학급문고 만들기.
6. 학교신문 만들기.
7. 수학여행과 현장학습 실시하기.

이렇게 일곱 가지가 된다.

다음에는 부락사업에 해당되는 것을 적어 본다.

1. 마을 길 넓히기와 전천후 도로 만들기.

2. 국기 보관 상자와 게양대 만들기.

3. 가훈 정하기.

4. 문패 달기.

5. 파리 없애기 위해 변소 소독하기.

6. 수익성 높은 양파 · 당근 · 양배추 심기.

7. 세 가지 폐습(노름 · 술 · 불법 폭발물 고기잡이) 없애기.

8. 맥 타작기 구입하기.

9. 집수광 만들기.

10. 선착장 만들기.

11. 부락 방송 시설하기.

12. 지붕 개량하기.

13. 노천변소 지붕 만들기.

14. 공동 빨래터 만들기.

15. 무이자 융자 해주기.

16. 공동판매소 설치하기.

17. 목욕탕과 이발소 경영하기.

다음은 학교와 부락에 다 같이 해당되는 일이다.

1. 빈터에 돼지호박, 돼지감자 심기.

2. 돼지 사육하기.

3. 염소 기르기.

4. 가축 예방약 먹이기.
5. 자가발전 시설하기
6. 상수도 공사하기.
7. 저금에 힘쓰기.
8. 풀베기대회 개최하기.
9. 동력선 구입하기.

이렇게 세 가지 부분으로 분류해 놓고는, 송인순은 우선 자기 힘으로 착수할 수 있는 쉬운 일을 골라 본다. 쉬운 일의 번호에다가 빨간 연필로 동그라미 표시를 해보는 것이다.

이것은 쉽게 될까, 어려울까…… 고개를 기울이기도 하며 열중하고 있는데, 백남기 선생이 들어선다.

"송 선생님, 뭘 그렇게 열심히 하고 계십니까?"

"그저 심심해서요."

송인순은 얼른 하던 일을 멈추고, 종이와 연필을 책상 빼닫이*('서랍'의 방언) 속에 넣어버린다. 어쩐지 좀 부끄러운 생각이 드는 것이다.

백 선생은 커다랗게 기지개를 한번 켜고는 학생 책상에 걸터앉는다. 그리고 묻는다.

"이제 봄이지요?"

"예."

송인순은 웃는다.

계절만 봄이 아니라, 백 선생은 이제 마음도 봄인 것이다. 이렇게 천사 같은 여선생이 서울에서 이 섬으로 홀연히 날아왔으니 말이다.

"송 선생님, 섬에 오신 소감이 어떻습니꺼?"

"정말 좋아요."

"마음에 드십니꺼?"

"예, 정말 잘 왔다고 생각해요."

"하하하…… 처음에는 누구나 그렇게 생각됩니다. 그러나 좀 있어 보이소. 정말 이건 사람 살 데가 못되는구나 싶어질 끼니까요."

"그럴 리가……. 저렇게 좋은 바다가 눈앞에 있는데……."

"모르시는 말씀입니다. 처음 보면 좋아 보이지만, 나중에 보이소. 한 달 지나고 두 달 지나면 바다처럼 싱겁고 멋대가리 없는 것도 아마 드물 낍니더."

"그럴까요? 전 안 그럴 것 같은데……."

"부디 안 그렇게 되기를 빕니더."

"호호호……."

"송 선생님이 이 섬이 싫어지시면 큰일이니까요."

"왜요?"

"어디로 훌쩍 날아가 버리실 게 아닙니꺼."

"호호호……. 제가 뭐 샌가요? 날아가게……."

송인순은 어쩐지 약간 얼굴이 붉어지는 것 같다.

백 선생도 좀 쑥스러운 듯 싱그레 웃으며 시선을 창밖으로 돌린다.

잠시 후, 송인순이,

"백 선생님."

하고 부른다.

"예?"

"저…… 한 가지 부탁드릴 게 있는데요."

"부탁요? 무슨 부탁인데요? 제가 할 수 있는 일이라면 무슨 일이든지……."

백 선생은 좋아서 어쩔 줄을 모른다. 송 선생이 자기에게 벌써부터 부탁을 하다니, 그야말로 영광이라는 듯이.

"선생님이 하실 수 있는 일이고말고요."

"무슨 일인데요? 어서 말씀해 보이소."

"저……."

송인순은 두 눈에 담뿍 웃음을 담으면서 책상 빼닫이를 연다. 그리고 팸플릿을 꺼낸다. 물론 '진뱀이섬의 신화'다.

"이걸 한번 꼭 읽어봐 주시라는 겁니다."

"뭔데요?"

백 선생은 의외의 부탁이라는 듯이 그 팸플릿을 받는다.

"아, 이거…… 우리 학교에도 있는데……."

"교무실에 꽂혀 있던 그 책이에요. 읽어보셨어요?"

"아니요. 처음 몇 장 읽다가 그만두었심더."

"왜요?"

"이런 거 뭐 재미가 있어야 읽지요."

"그래요? 전 어젯밤에 어찌나 재미가 있는지 끝까지 다 읽었어요."

"이거 새마을 수기 아닙니꺼?"

"맞아요."

"그런데 무슨 재미가 그렇게……."

"아니에요. 꼭 한번 읽어 보세요. 저는 정말 감동을 했어요. 특히 우리처럼 섬 학교에 있는 사람은 꼭 한번 읽어 봐야겠더군요."

"그래요……?"

백 선생은 뭐 별로 구미가 당기지 않는다는 듯이 코로 히죽 웃는다.

"흥미 없으세요?"

"아니요."

"꼭 읽어보시는 거죠? 제 부탁이에요."

"예, 송 선생님 부탁인데 읽어보고말고요. 오늘 밤에 꼭 읽어 보겠심더. 하하하……."

백 선생은 커다랗게 웃는다.

송인순도 결코 기분 나쁘지가 않다.

창밖으로 봄 바다가 한가롭게 출렁거리고 있다.

4

토요일 오후였다.

오전 수업으로 일과를 마친 송인순은 외수리로 가정 방문을 나갔다. 장기결석생인 강세레나의 집을 찾아가 보려는 것이다.

세레나의 집뿐 아니라, 다른 장기결석생들의 가정도 방문할 계획을 짜놓고 있다. 그러나 우선 오늘은 맨 먼저 혼혈아라는 세레나의 집을 방문해 보는 것이다.

최개동세와 함께였다. 세레나의 집이 개동세네 집 바로 옆이라니 말이다.

 개동세뿐 아니라, 외수리에 사는 학생 몇몇이 함께 송인순의 뒤를 따른다. 여선생님을 모시고 부락으로 가는 것이 학생들은 여간 즐겁고 재미나는 일이 아닌 듯 곧잘 재잘거리며 웃어댄다.

 송인순 역시 학생들과 함께 한가로운 토요일의 오후를 이렇게 훨훨 마을로 가정방문을 나가는 것이 여간 유쾌하지가 않다.

 산들산들 부는 봄바람도 상쾌하고, 눈앞에 끝없이 펼쳐진 바다도 후련하기만 하다. 여기저기 범선들이 한가롭게 떠 있고, 끄르륵 끄르륵…… 갈매기들도 날고 있다. 그리고 멀리 기선이 지나가는 듯 나부끼는 연기가 보이기도 한다.

 섬의 언덕배기를 타고 꼬불꼬불 굽어 있는 오솔길은 이따금 소나무 숲을 누비기도 한다.

 정말 멋있는 산책인 셈이다.

 서울의 그 흐리터분한 공기와 소음과 북적거리는 사람들의 틈에서만 살아온 그녀로서는 마치 선경에라도 온 것 같은 느낌이다.

 그러나 송인순은 그렇게 기분에만 취해서 걷는 걸음이 아니다. 바다와 섬의 아름다운 풍경에 넋을 잃으면서도, 아직 섬에는 공지가 얼마든지 있구나 하는 생각을 하고 있는 것이다. 개간을 하면 요긴하게 쓸 수 있는 공지가 얼마든지 눈에 띄질 않는가.

 저런 땅을 그대로 내버려두고 있는 것을 보니 아직 이 섬사람들이 정말 배가 고픈 것은 아니로구나 하는 생각이 들기도 한다.

 "얘들아."

 송인순은 뒤를 따라오는 학생들을 돌아본다.

 "예?"

"예?"

"예?"

학생들은 서로 다투어 대답을 한다.

"너희들 마을에 새마을운동 하고 있니?"

"새마을운동예?"

개동세가 혼자 가로맡아 나선다.

"그래."

"새마을운동이 뭔데요?"

"새마을운동이 뭔지도 모르니? 처음 듣니?"

"예, 첨 듣심더, 그기 무신 운동입니꺼? 새로 나온 보건체좁니꺼?"

"뭐? 하하하하……."

송인순은 그만 까르르 웃음이 나와 버린다.

새로 나온 보건체조라니…… 새마을운동이 뭔지 아직 그런 말도 들어보지 못했다니, 어이없다.

전국적으로 지금 한창 번지고 있는 새마을운동이 이 섬에는 아직 입김도 와 닿지 않은 셈이다. 겨우 학교 교무실 책꽂이에 『새마을운동』이라는 책과 '진뱀이섬의 신화'라는 팸플릿이 와서 꽂혀 있는 정도이니 말이다.

책을 책꽂이에 꽂아만 두면 무슨 소용인가. 새마을운동을 몸소 실천하지는 못할망정, 그런 운동이 지금 우리나라 방방곡곡에서 일어나고 있으며, 그게 어떤 운동이라는 것쯤은 학생들에게 가르쳐줄 만한 일인데……. 정말 낙도의 교사라고 너무하다는 생각이 든다. 진뱀이섬의 옥미조 선생 같은 분과 비교하면 너무나 어처구니가 없지 않은가 말이다.

"새마을운동이란 새로 나온 보건체조가 아니라, 우리들의 마을을 살기 좋은 마을, 잘 사는 마을로 만들어보자는 운동이야. 알겠니?"

"예."

"지붕도 고치고, 마을길도 넓히고, 빈 터가 있으면 개간해서 밭도 만들고……."

"우리 동네 빈 터 많심더."

"그래? 그런 빈 터를 그냥 내버려둘 게 아니라, 밭으로 만들어서 콩도 심고, 고추도 심고……."

"고구마를 심으면 더 좋지예. 헤헤헤……."

"그래, 고구마를 심든지, 하하하……."

"선생님, 그럼 우리도 새마을운동 합시더."

"하고 싶니?"

"예."

개동세과 함께 다른 학생들도,

"예."

"예."

"선생님, 합시더."

"합시더."

너도나도 대찬성이다.

"그래그래. 우리도 새마을운동 하기로 하자."

송인순은 흐뭇한 미소를 짓는다.

"언제부터 합니꼬?"

"빨리합시더."

"내일은 일요일이고, 모레부터 합시더."

한마디 들었다고 아이들은 곧장 떠들어댄다.

내일은 일요일이고, 모레부터 하자는 말에 송인순은,

"하하하……"

웃고 나서,

"모레부터 할 게 아니라, 당장 지금부터 시작할까?"

하고 학생들을 둘러본다.

"예."

"예."

"그래예, 그래예."

당장 지금부터 시작한다는 말에 학생들은 눈이 휘둥그레지기도 하면서 좋아서 야단이다.

"그럼 시작하기로 하지. 먼저 새마을 노래부터 배우는 거야. 너희들 새마을운동의 노래 아니?"

"모릅니더."

"모릅니더."

"가르쳐 주이소."

알 턱이 없는 것이다. 새마을운동이라는 말도 들어본 일이 없는데, 노래를 알 까닭이 없다.

학생들뿐 아니라, 학교에 들어가기 전의 어린이들, 그리고 성인들까지도 즐겨 부르고 있는 새마을운동의 노래를 이 섬의 학생들은 까마득히 모르고 있는 것이다. 참 한심한 노릇이 아닐 수 없다.

절해고도라는 느낌이 새삼스럽다.

절해고도의 탓이기도 하지만, 그러나 교사가 성의만 있다면 절대로 이런 일은 있을 수 없는 것이다. 교사의 무성의― 그것은 바로 죄악이라는 생각이 든다.

"자, 그럼 선생님이 부를 테니까 따라 불러 봐요."

"예."

"예."

"야, 신난다."

송인순은 한 소절씩 노래를 부르기 시작한다.

"새벽종이 울렸네―"

학생들이 따라서 부른다.

"새벽종이 울렸네―"

송인순,

"새아침이 밝았네―"

학생들,

"새아침이 밝았네―"

이런 식으로 새마을의 노래를 부르며 송인순과 학생들은 마치 소풍이라도 가는 기분으로 유쾌하게 길을 걷는다.

곡이 경쾌하고, 가사가 쉬워서, 학생들은 몇 번 안 불러서 새마을의 노래를 익히고 만다. 물론 아직 서툴기는 하지만.

새벽종이 울렸네.
새아침이 밝았네.
너도나도 일어나
새마을을 가꾸세.

살기 좋은 새마을
　　우리 힘으로 만드세.

　　초가집도 없애도
　　마을길도 넓히고
　　푸른 동산 만들어
　　알뜰살뜰 가꾸세.
　　살기 좋은 새마을
　　우리 힘으로 만드세.

　봄날 오후의 조용하고 한가로운 섬 기슭에 낭랑한 새마을의 노래가 울려 퍼진다.
　그때 누군가가 멀리 뒤를 쫓아오면서,
　"송 선생님— 송 선생님—"
　부른다.
　그러나 처음에는 노래 부르기에 여념이 없어서 아무도 그 소리를 듣지 못했다.
　"송 선생님— 송 선생님—"
　차츰 가까워지면서 부르는 소리에 학생 하나가 힐끗 뒤를 돌아본다.
　"선생님, 백 선생님 오십니다."
　그제야 송인순도,
　"뭐? 백 선생님이……."
하면서 뒤를 돌아본다.

백남기 선생이 싱글싱글 웃으면서,

"같이 갑시더, 같이……."

하고 뛰어온다.

숨을 헐떡이며 뛰어온 백 선생은,

"가정방문을 나가시면서 와 혼자 살짝 나가십니꼬?"

히죽 웃는다.

"어디 혼잡니까? 이렇게 동행이 많잖아요."

"첫 섬 나들이 하시는데, 소생이 안내를 해드리야지예."

"호호호……."

"외수리로 가시는 모양이지요?"

"예, 그 마을에 장기결석생이 있어서……."

"우리 학급에도 장기결석생이 많아서 골칩니다."

"왜 그러죠? 왜 장기결석을 하는 거예요?"

"주로 생활이 곤란해서 안 그럽니꼬."

"생활이 곤란하다고 집에서 놀면 먹을 것이 나오나요?"

"허허허…… 송 선생님은 아직 세상 물정을 잘 모르십니더그려. 의식이 족한 연후라야 교육이고 뭐고 생각이 나지, 당장 배가 고픈 판인데, 학교가 다 무슨 소용이겠능교. 안 그런교?"

"어머나……."

송인순은 그저 얼떨떨해질 따름이다. 말은 옳은 말이다. 배가 고파 못 견딜 지경이면 사실 공부가 다 무슨 소용이겠는가. 그런 학생들이 섬에 많다니 암담해지는 느낌이다.

우울한 기분으로 잠시 걸어가던 그녀는 문득 '진뱀이섬의 신화' 생각이 떠오른다. 그런 현실일수록 그냥 한숨만 쉬면서 보고 있을

게 아니라, 어떻게든지 조금이라도 잘 살 수 있게 되도록 깨우쳐 주고 이끌어 주어야 할 게 아닌가.

　학생들에게 새마을의 노래 하나도 가르쳐주지 않으면서 가난만을 탓하고 있대서야 말이 되는가 말이다. 팔을 걷고 나서서 가난을 물리치는 운동을 하면서 혹시 일이 뜻대로 되지 않아 불평을 한다면 모르겠지만, 무성의와 나태 속에서 그저 현실에 대해 불만만 토로한대서야 말이 아닌 것이다.

　"백 선생님, 제가 읽어 보시라는 거 읽어 보셨어요?"
　송인순은 불쑥 묻는다.
　"진 뱀인가 짧은 뱀인가 그 섬 이야기 말이지요?"
　"어머, 진 뱀인가 짧은 뱀인가라뇨? 그게 무슨 말씀이에요?"
　송인순은 자기도 모르게 그만 살짝 눈을 흘겨 버린다.
　"허허허…… 진 뱀인가 짧은 뱀인가 좌우간 읽어 봤심더."
　백 선생은 곧장 싱글싱글 웃는다.
　송인순은 약간 어이가 없었으나,
　"소감이 어때요?"
하고 추궁하듯 묻는다.
　"소감요? 한마디로 말하면 골치 아픕디더."
　"뭐요? 골치가 아파요?"
　"예, 골치 아픈 이야기 아니덩교."
　"하하하……."
　송인순도 그만 웃음이 나와 버린다. 정말 어이가 없는 것이다. 그런 글을 읽고 한마디로 골치가 아프다니…….
　그러면서도 백 선생의 사람됨이 잘 느껴지는 것 같아 재미있는 것이다. 농담을 좋아하고, 장난기가 많은 성격임에 틀림없는 것이다. 첫날 환영회 때부터 어쩐지 그렇게 느껴지더니…….

"그냥 골치 아픈 이야기로밖에 느껴지지 않았어요? 놀라운 사실이라고 생각되지 않아요?"

송인순의 말에 백 선생은 여전히 농담조로 대답한다.

"쪼매 놀랍다는 생각도 들기사 듭디더."

"쪼매가 무슨 말이에요?"

"쪼끔이라는 말 아닙니꼬."

"하하하…… 그러지 마시고 정말로 말해 보세요. 그 수기를 읽고 어떻게 생각하셨어요?"

"아 글쎄, 쪼매 놀랍기는 하지만, 골치 아픈 이야기더라니까요."

"정말 그렇게 생각하셨어요?"

"예."

"어머나— 큰일이군요."

"큰일이라니요?"

"그 수기를 읽고 골치 아픈 이야기라고 생각하셨다니, 큰일이지 뭐예요."

"허허허……."

무슨 의민지 백 선생은 껄껄 웃는다.

"왜 웃으세요? 그럼 큰일이 아니에요? 가난 때문에 장기결석생이 많은 것은 걱정을 하면서 가난을 물리치고 잘 사는 섬으로 만들어 나아가는 이야기는 골치 아프시다니, 그런 자세가 큰일 아니고 뭐예요."

"허허허……. 와 이카십니꼬. 나도 알 만큼은 알고 있심더."

제2장 117

"……?"

그제야 백 선생은 진지한 표정이 된다.

"송 선생님, 잘 들어보이소. 진뱀이섬과 우리 섬과는 근본적으로 다르단 말입니다."

"근본적으로 다르다니, 뭣이 달라요?"

"진뱀이 섬은 주민이 불과 얼마 안 되지 않습니꺼. 십사 세대에 팔십 몇 명이더라…… 그것밖에 안 되지 않습니꺼? 그러니까 학생 이래야 기껏해야 이십 명도 안 될 끼 아닙니꺼. 그런 쪼맨한 섬하고, 우리 섬하고 어떻게 비교를 합니꺼. 우리 섬은 진뱀이섬의 열 배는 된다 말입니다."

"……."

송인순은 말없이 듣고 있다.

"불과 십사 세대에 팔십 명 남짓한 주민이라면 나도 할 수 있심더. 이십 명 정도의 학생이라면 그야말로 이상적으로 할 수가 있지요. 양유도 짜 먹일 수가 있고, 학용품 같은 것도 무료로 지급해줄 수가 있어요. 있고말고요. 그런 섬에서는 교사 마음대로 된다 이깁니더. 그런 섬의 교사는 말하자면 왕이구마, 왕. 추장이라 캐도 좋고……. 허허허……. 내 말이 틀렸습니꺼?"

"……."

"그런데 우리 섬은 그기 아니다 이깁니더. 우선 세대 수가 열 배는 된다 이깁니더. 주민 수, 학생 수가 열 배나 되는 곳에서 어떻게 그런 기적을 바랄 수가 있겠습니꺼. 열 사람을 상대로 할 때와 백 사람을 상대로 할 때와는 천지 차이구마. 안 그렇겠능교? 생각해 보이소. 우선 지금 우리 학교는 학생 수가 이백 명 가까이 안 됩니죠. 그런데 진뱀이섬은 이십 명이란 말입니더. 이십 명이면 한 손으로도 주물럭주물럭할 수가 있심더."

"알겠어요. 그만두세요. 한 손으로도 주물럭주물럭하다니, 학생들이 뭐 밀가루 반죽인가요?"

"허허허……."

"하하하……."

송인순도 그만 웃음이 나와 버린다.

그러나 그녀는 곧 웃음을 거두고 역공세로 나간다.

"물론 일리가 없는 말은 아니에요. 그러나 그건 여건만을 너무 따지는 게 아니고 뭣이겠어요? 말하자면 핑계죠. 여건이 나쁘니까 일을 할 수가 없다는 핑계 아니겠어요? 여건이 좋아야만 일을 할 수가 있고, 여건이 나쁘면 일을 할 수가 없다면 세상에 되는 일이 몇 가지나 있겠어요. 여건이 나쁠수록 더 많이 일을 해야 되지 않을까요?"

"허허허……."

아직 세상을 모르는 소리라는 듯이 백 선생은 코로 히들히들 웃는다.

"안 그래요? 나쁜 여건 속에서 일을 성취해야 진짜 가치가 있고, 보람이 있는 게 아니겠어요? 덴마크나 이스라엘 같은 나라가 좋은 여건에서 일어섰나요?"

"예, 예. 알겠심더. 알겠심더."

거창하게 덴마크니 이스라엘까지 들먹거려지자, 백 선생은 자기 말마따나 골치 아프다는 듯이 그저 건성으로 고개를 끄덕거려 댄다.

그러나 송인순은 거기서 그치질 않는다. 그런 건성으로 끄덕거리는 태도가 우선 못마땅한 것이다.
 "문제는 해보겠다는 의욕이 있느냐 없느냐에 달렸다고 생각해요. 되는가 안 되는가는 그 다음 문제죠. 이런 섬에서 주는 월급이나 받으며 세월을 허송한대서야 정말 인생이 비참하지 않아요?"
 "예? 야— 인제 인생론까지 나오네요."
 "호호호…… 인생론이 나오는 게 아니라……."
 "사실 이런 섬에서 썩기가 억울합니다. 남아대장부가 말입니다."
 "어머, 그럼 여자는 이런 섬에서 썩어도 괜찮단 말이에요?"
 "아닙니더. 절대로, 절대로……."
 "백 선생님."
 "예?"
 "그러지 마시고 우리 한번 해보기로 해요."
 "뭘 말입니꺼?"
 "진뱀이섬처럼 말이에요. 여건이 나빠서 그렇게는 안 된다 하더라도, 조금은 나아질 게 아니겠어요. 진뱀이섬보다 주민이 십 배 많다니까, 그럼 십 분의 일의 성과는 있을 게 아니에요. 십 분의 일이 어디에요. 안 그래요? 호호호……."
 "야— 정말 놀랬심더. 대단하신 열의신데요."
 "대단한 열의가 아니라…… 사실, 그런 일을 한번 해보려고 일부러 자원해서 섬엘 온 거죠."
 "그러니까 놀랐단 말입니더."
 "방금 섬에서 썩기가 억울하다고 하셨는데, 저는 썩지 않기 위해서 섬엘 찾아온 거예요. 말하자면…… 호호호……."

송인순은 너무 건방진 소리를 한 것 같아 약간 얼굴을 붉히며 웃는다.

"그럼 서울에서 교편을 잡는 기 썩는 기란 말입니꺼?"

"반드시 그런 건 아니지만, 좌우간 저는 섬에서 싱싱한 공기를 마시면서 땀을 흘리고 싶어요. 그러면 오래오래 썩지 않을 것 아니에요? 호호호……."

"좌우간 놀랐심더. 놀랐어. 우리 섬에 페스탈로찌 선생님이 오셨으니……."

"페스탈로찌 선생님이 아니라, 말하자면 새마을 선생님이 되려는 거죠. 호호호……."

"새마을 선생님? 야— 어디 한번 잘해 보이소. 허허허……."

아무래도 실감으로 다가오지가 않는 듯 백 선생은 코를 하늘로 쳐들며 웃는다.

그렇게 이야기를 주고받는 동안 어느덧 외수리 부락에 도착했다.

5

외수리는 질펀하게 넓은 갯벌 가에 자리 잡고 있는 꽤 큰 마을이었다. 삼사십 호쯤 되어 보였다.

그러나 얼른 보아도 한촌(寒村)이라는 것을 알 수 있었다. 어딘지 모르게 어설퍼 보이고, 메말라 보였다.

학교 소재지 마을인 내수리와는 대조적이라고 할 수 있었다. 내수리도 결코 부촌에 속하는 것은 아니지만, 그러나 그런대로 사람이 사는 훈기 같은 것이 돌아 보이는데, 이 외수리는 도무지 그런 것이 느껴지지가 않았다. 그와 반대로 어쩐지 썰렁한 것이 마을에 감돌아 보였다.

기와집이라곤 눈을 씻고 보려도 볼 수가 없었다. 전부가 초가집인데, 그거나마 해마다 제대로 이었다면 또 모르겠는데, 그것도 아니고, 어떤 집은 지붕에 숫제 버섯 같은 것이 돋아 있기도 했다. 움푹움푹 고랑이 져서 지붕이 곧 갈라질 것 같은 그런 집도 있었다.

제대로 담을 두르고 있는 집도 몇 가호 되지 않았고, 사립문 같은 것이 달려 있는 집은 한 집도 없었다.

한마디로 말하면 심란한 마을이었다.

그런 심란한 마을 한쪽 가에 강세레나네 집이 있었다.

그런데 강세레나네 집이 바로 마을의 주막이었다.

주막이래야 말이 주막이지, 그저 방 한쪽 구석에 술 단지를 놓고 파는 그런 어설픈 주막이었다. 말하자면 마을의 형세에 잘 어울리는 주막인 셈이었다.

송인순이 백 선생과 아이들 몇과 함께 절반가량 허물어진 담장을 돌아 마당으로 들어서자, 마침 뒤란에서 소변을 보고 나오는 듯 고의춤을 여미며 육십이 훨씬 넘어 보이는 영감이 웬 사람들인가 싶은지 멀뚱히 서서 바라본다.

"학교 선생님입니더."

개동세가 재빨리 영감에게 말한다.

"핵교 선상님?"

그러면서 영감은 송인순을 곧장 멀뚱멀뚱 훑어보기만 한다. 이 여자는 대체 누구냐는 듯이.

그러자 백 선생이 얼른 앞으로 나선다.

"노인장, 첨 뵙겠심더. 학교에 있는 백남기라도 합니다."

"아, 그러싱게? 나 강성암이요."

"예, 말씀 낮추이소."

"아, 벨 말씀…… 핵교 선상님한테 말을 낮추다니……."

"이 여선생님은 이번에 우리 학교에 새로 오신 선생님입니다."

"아, 그렁게? 난 또…… 하하―"

며칠 전 학교에 여선생이 왔다는 소문은 들었지만, 그 여선생이 이렇게 자기 집을 찾아올 줄은 몰랐다는 듯이 약간 당황하는 빛도 있으나, 그러나 강 영감은 처음 보는 여선생이 신기하기만 한 듯 입을 헤― 벌리고 곧장 송인순의 위아래를 훑어본다.

그러자 송인순도 앞으로 나선다.

"저 송인순이라고 해요."

"예예. 아이고, 나 강성암이요. 이렇게 누추한 데를 다 찾아오시다니……. 아이고……."

강 영감은 곧 어쩔 줄을 모른다.

"제가 댁의 세레나를 담임하게 됐습니다. 그래서 한번 찾아뵈려고……."

"아, 예예. 그러십니꺼? 아이고, 그 인간 같잖은 것을 담임하시다니…… 자, 누추하지만 좀 들어오이소."

강 영감은 얼른 가서 큰방 문을 연다.

"이눔우 할망구는 어딜 갔노?"

당황해서 화까지 나는 모양이다.

"날씨도 따뜻한데 방에 들어갈 끼 뭐 있습니꼬. 여기 좋심더. 여기 앉지요 뭐……."
하면서 백 선생은 마루에 걸터앉는다.
 비뚜름하게 생긴 조그마한 마루다.
 송인순도 마루 한쪽에 걸터앉으며 힐끗 방 안을 살펴본다.
 방 한쪽 구석에 단지가 놓여 있고, 단지 앞에 상이 놓였다. 상보로 덮어놓아서 무엇을 차려놓은 상인지 알 수가 없다.
 그러나 송인순은 곧 속으로 하하— 싶다.
 코에 스며드는 냄새가 있는 것이다. 아무래도 틀림없다. 술 냄새다.
 그러고 보니 단지에 주루루— 흘러내린 뿌우연 자국이 묻어 있다.
 "아, 이눔우 할망구가 어딜 갔노? 선상님이 오싰는데 술이나 한잔 대접 안 하고……."
 강 영감은 미안해서 어쩔 줄을 모르겠는 모양이다.
 "아닙니더. 술 몬합니더. 괜찮심더."
 백 선생이 웃자,
 "한잔이사 안 하겠능게? 한잔도 몬하는 사람이 어디 있능게. 선상님이라고 체민하능게?"
 강 영감도 헤헤헤…… 웃는다.
 "뭐 쪼매 입에 댈 줄이사 압니더만…… 별로 좋아하질 않심더."
 "대접할 끼라곤 씹은 술밖에 없는데……."
 "댁에서 술을 파시는 모양이지요?"
 "예, 늙은 기 일을 하겠능게, 뭘 하겠능게. 목구멍이 포도청이라

벨수 없이 할망구하고 이 짓을 하고 안 있능게."
 강 영감의 말에 송인순은 어쩐지 가슴이 뭉클해지는 느낌이다. 그리고 암담한 생각이 든다. 이제 구체적인 설명을 듣지 않아도 왜 강세레나가 장기결석을 하고 있는지 다 알겠는 것이다.
 송인순은 우울해지려는 분위기를 돌리려는 듯 얼른,
 "세레나 어디 갔습니까?"
하고 묻는다.
 "갯벌에 안 나갔능게. 꼬막이라도 줏어야 묵고 살지예, 헤헤헤······."
 강 노인은 부끄러운 노릇이라는 듯이 합죽한 입으로 묘한 웃음을 웃는다.
 "아, 그렇습니까."
 "술만 조금씩 팔아 가지고는 목구멍에 풀칠하기도 힘 든다 아잉게. 그러니 벨수 있능게. 그것들한테 꼬막이라도 줏어오라 캐야지. 묵어야 핵교고 뭐고······ 헤헤헤······."
 강 영감은 말이 좀 지나쳤다는 생각이 드는 듯 또 묘하게 웃는다.
 '그것들한테······'라니, 그럼 세레나 혼자가 아니란 말인가. 송인순은 그런 생각이 문득 들긴 했으나, 좌우간 뭐라고 말이 나오질 않는다. 그저 암담한 생각이 들 따름이다.
 생활이 그처럼 어려운 형편이니 정말 학교고 뭐고 생각이 있겠는가 말이다. 충분히 이해가 간다.
 그러나 그렇다고 이렇게 가정 방문을 나와서 그냥 속으로 한숨만 쉬고 돌아갈 수는 없는 노릇이 아닌가.
 어떻게 이야기를 하면 될까 하고 잠시 궁리를 하고 있는데, 헐레

벌떡 노파가 한 사람 마당으로 들어선다. 키는 작으나, 몸집이 비대한 노파다.

세레나 외할머니 뜸실댁이다. 영감은 키는 좀 큰 편이지만 후리빼빼한데, 할미는 디룩디룩하다. 매우 대조적이다. 그래서 천생연분으로 해로를 하는 모양이다.

"아이고, 선상님이싱게? 이 누추한 데를 찾아오시당이…… 자, 방으로 좀 들어갑시더."

꽤 당황하는 눈치다.

"괜찮습니다. 저…… 세레나 외조모 되시나요?"

마루에 걸터앉았던 송인순이 일어서며 묻는다.

"야, 그렇구마."

"제가 이번에 새로 세레나를 담임한 송인순입니다."

"아, 그렁게? 서울서 오셨다는 여선상이구만. 아이고— 참 서울서 이런 헹편없는 섬까지 오시당이…… 아이고—"

"형편없긴 왜 형편없어요?"

"어디 이런 데가 사람 살 뎅게."

"하하하…… 저는 좋아서 일부러 찾아왔는데요."

"좋아서 일부러 찾아오당이…… 얄궂어라, 흐흐흐……."

노파도 누우런 앞니를 몽땅 드러내 보이며 웃는다.

송인순은 얼른 화제를 돌려 불쑥 말한다.

"세레나가 왜 계속 학교엘 안 나오는가 해서 가정방문을 나왔습니다."

"야, 야, 내일부터 보내지요. 보내지요."

"그래요? 내일은 일요일이고 모레부터……."

"야, 야, 모래부터 꼭 보낼 끼니 염려 마이소."

의외로 뜸실댁은 시원시원하게 대답한다. 디룩디룩하게 생긴 값을 하는 셈이다.

그러자 강 영감은 그만 멋쩍고 조금 기분도 틀어지는 듯 슬그머니 자리를 떠 버린다.

강 영감이 떠 버리자, 송인순은 이것저것 물어보기가 한결 수월해진다. 그래서 세레나의 어머니에 대해서 물어 보았더니, 뜸실댁은 치부라도 들먹거려진 듯,

"그년 이바구는 입에서 꺼내기 싫구마."
하고 약간 화난 표정을 지었다.

그러나 송인순이 면구스러워할까 봐 입에서 나오는 대로 욕지거리를 섞어가며 쏟아놓는다.

"더러분 년, 그년 때문에 내 속이 얼매나 썩는동⋯⋯ 아 글씨, 공장으로 돈벌이 하로 간다고 육지로 떠나더니, 어디 남자가 없어서 코쟁이하고 붙어 가지고는⋯⋯ 나 참 기가 맥혀서⋯⋯ 코쟁이하고 붙더래도 좀 보기라도 괜찮은 흰딩이(흰둥이)하고 붙질 않고서, 문딩이 같은 시커먼 놈하고 붙어가지고⋯⋯ 더러분 년⋯⋯ 아 글씨, 그런 것하고 붙어가지고 새끼는 뭐 할라고 싸지르노 말이다. 꼭 시커먼 짐승 새끼 같은 것을 두 개나 싸질러 가지고는 에미한테 갖다 안 맽기능게. 나 참 복장이 터질 노릇이지. 아― 더러분 년."

"⋯⋯."

"우짜능게. 그것도 외손자라고 키울 수밖에⋯⋯ 도리가 있능게."
"그렇죠, 그렇죠."

송인순은 가만히 고개를 끄덕인다. 가슴이 멍멍한 느낌이다.

"내가 그것들 때문에 이렇게 폭삭 늙어 버렸구마."

"세레나 어머니는 지금 어디…… 파주에 계신다구요?"

"계신다니…… 그런 년한테 계신다는 말이 당치나 하능게. 어디서 궁굴어(뒹굴어) 댕기다가 칵 엎어져 뒤졌는동……."

"소식도 없나요?"

"야, 벌써 소식 끊어진 지가 오륙 년 되느마. 후유—"

뜸실댁은 꺼질 듯이 한숨을 쉰다. 어미 마음은 역시 아픈 것이다.

송인순은 문득 한국의 비극이라는 생각이 든다. 한국이 두 개로 갈라지지만 않았더라면, 북괴 집단이 6·25의 불길을 일으키지만 않았더라면, 이런 비극은 없었을 게 아닌가. 전쟁이 남긴 상흔은 세월이 흘러도 지워지지 않고, 이렇게 외딴 섬의 구석에까지 박혀 있구나 싶으니, 송인순은 등골이 으스스해지는 느낌이다. 물론 세레나의 나이 이제 열 두엇일 테니, 전쟁 당시에 태어난 것은 아니지만, 결국 그 연장의 산물이 아니고 무엇인가 말이다.

그때,

"할무이, 우리 선생님 오싰나?"

하면서 뛰어 들어오는 아이가 있다.

물론 세레나다.

개동세가 부르러 갔던 것이다.

얼른 보아도 흑인과의 튀기라는 것을 알 수 있다. 그러나 송인순은 생각했던 것보다는 괜찮다 싶다. 아주 살결이 검고, 머리도 곱슬곱슬하고, 입도 툭 튀어나온 그런 용모를 상상하고 있었는데, 그런 건 아니다.

물론 피부가 검다. 그러나 튀기가 아니라도 그 정도 검은 사람은 흔히 있을 것이다. 머리도 단발머리가 그런지 좀 곱슬하게 물결을 이루고는 있으나, 온통 곱슬곱슬 말려들어간 것은 아니다. 입도 뭐 그다지 툭 튀어나오질 않았다. 속눈썹이 짙고, 어쩐지 눈 흰자위가 여느 아이들보다 더 하얘 보인다. 그리고 이도 하얘 보인다.

어떻게 보면 오히려 귀염성이 더 있어 보인다.

세레나는 새로 온 여선생님이 자기네 담임이 됐다는 것을 개동세에게 들어서 알고 있는 터이라, 바구니를 옆에 낀 채 두 발을 모으고,

"안녕하십니꺼?"

납죽 인사를 한다. 마치 낯익은 선생님이기나 한 것처럼.

그리고 백 선생한테도,

"안녕하십니꺼?"

인사를 한다.

손발엔 온통 뻘흙이 질퍽하게 묻었다. 갯벌에서 조개를 줍다가 오는 터이라 그럴 수밖에…….

세레나 뒤를 따라 슬금슬금 들어오는 계집애가 또 하나 있다. 역시 바구니를 옆에 끼었고, 손발은 온통 뻘흙 투성이다.

세레나의 언니 요안나다.

키가 세레나보다 좀 크고, 몇 살 더 먹어 보이기는 하나, 마치 쌍둥이처럼 닮았다. 누가 보아도 대번에 언니, 동생이라는 것을 알겠다.

"저 애는 언니군요.

송인순이 묻자, 뜸실댁은,

"야."

하고는 요안나에게 말한다.

"야야, 인사 디리라. 세레나 선상님이다."

그러자 요안나는 공연히 킥킥 웃고는, 꾸뻑 머리를 숙인다.

마루 끝에 벙어리처럼 앉아 있던 백 선생이,

"어지간히 닮았네, 허허허……."

웃는다.

송인순도 미소를 지으며,

"세레나야, 모레부터 결석하지 말고 매일 학교에 나와야 해. 할머니가 학교에 다니도록 해주신다고 약속을 하셨으니까…… 알겠지?"

하고 이른다.

실상은 세레나에게보다 뜸실댁에게 다지는 셈이다.

그러자 세레나는 얼굴에 활짝 희색을 띠며,

"할무이, 정말이가? 거짓말 앙이제?"

하고 외할머니를 바라본다.

"이놈의 가시나, 내가 언제 거짓말 하드나? 거짓말 하는 거 봤나?"

뜸실댁은 공연히 화가 치미는 모양이다.

송인순은 속으로 웃음이 나온다.

"할머니, 이만 가겠습니다. 그럼 모레부터 세레나 학교에 꼭 나오는 것으로 알겠어요."

"야, 야, 염려 마이소. 아이고— 이렇게 찾아 오싰는데 아무것도 대접을 몬하고, 미안해서 우야꼬?"

뜸실댁이는 정말 미안한 듯 어쩔 줄을 모른다.

"아이 별말씀을 다……."
그리고 송인순은 마당을 걸어 나가며,
"세레나, 모레부터 꼭 나와야 돼."
한번 더 다진다.
"예, 선상님, 꼭 나갈 끼라예."
세레나는 무척 좋은 듯 생긋생긋 웃는다.

제3장

1

 송인순 선생이 부임해 온 뒤로 학교의 분위기는 눈에 띄게 달라졌다.
 우선 교무실 분위기가 전과는 달리 현저히 밝아졌다. 전에 없던 꽃병이 놓이고, 그 꽃병에 아침마다 새 꽃이 꽂혔다.
 물론 송인순이 꺾어다 꽂는 꽃이었다.
 "송 선생님, 오늘은 개나리군요. 그 개나리 참 곱기도 하다."
 개나리가 꽂힌 날은, 신 선생은 이런 식으로 말했고,
 "어디서 이렇게 고운 개나리를 꺾었어요? 난 꽃 중에서 개나리꽃이 제일 마음에 든다니까."
 백 선생은 이런 식으로 말했다.
 진달래가 꽂힌 날은,

"아, 오늘은 진달래군요. 아무래도 꽃은 진달래가 최고야."
"수수하면서도 고운 빛깔이지. 송 선생님, 선생님도 진달래꽃이 제일 마음에 드시죠?"

이런 식으로 말하며 신 선생과 백 선생은 공연히 아침부터 기분 좋아했다.

말하자면 송인순이 꺾어다 꽂는 꽃은 무슨 꽃이든지 제일이고, 최고인 셈이었다. 실상은 그 꽃병에 꽂히는 꽃보다도 그 꽃을 꺾어다 꽂는 송인순이 제일이고 최고인 것이지만…….

두 남선생이 그렇게 농 반 진 반으로 떠들어댈 것 같으면, 송인순은,

"핫핫하……."

순진한 소녀처럼 즐겁게 웃기가 일쑤였다.

교무실의 밝은 분위기는 꽃으로부터 오는 것이 아니라, 송인순으로부터 오는 것이었다.

그리고 백 선생과 신 선생의 눈에 전과는 달리 생기가 돌기 시작한 것은 말할 것도 없다. 그리고 신수들도 전과는 달리 어쩐지 모두 훤해진 것 같았다.

그럴 수밖에 없는 것이, 한 달에 한 번이나 겨우 하던 이발을 두 번, 세 번 하게 되었고, 열흘에 한 차례나 깎을까 말까 하던 수염을 이틀이 멀다하고 밀어 대니 말이다.

그리고 머리에는 포마드까지 등장해서 항상 반질반질 윤이 흘렀다.

바지도 전에는 그저 되는 대로 입어서 홀렁홀렁하기만 했는데, 저녁으로 요 밑에 깔고 자는 방식을 열심히 실행하는 모양으로 언

제나 주름이 쪽쪽 섰다. 숙직실에서 둘이 자취를 하는 신세이면서도 말이다.

이렇게 교무실과 두 남선생의 신수만 밝아진 것이 아니다. 교실의 분위기도 한결 명랑해졌다.

우선 전과 달리 교실에서 노랫소리가 곧잘 일어난다. 전에는 기껏해야 이주일이나 삼주일에 한번 정도 마지못해 흉내만 내던 음악 시간을, 이젠 매주 빼먹지 않고 꼭꼭 이행할 뿐 아니라, 아마 음악 시간도 아닌데 걸핏하면 합창들을 해대는 모양이었다.

아무튼 이 교실 저 교실에서 노랫소리가 끊이는 날이 없었다.

그리고 다른 어떤 노래보다도 힘차고 즐겁게 곧잘 울려 퍼지는 것은,

새벽종이 울렸네.
새 아침이 밝았네…….

하는 〈새마을 노래〉였다.

물론 송인순이 가르친 것이다.

외수리로 가정방문을 나갈 때, 학생들이 〈새마을노래〉를 모르고 있다는 사실에 놀란 송인순은 당장 그 노래부터 가르쳤던 것이다.

송인순에게 그 노래를 배운 것은 비단 학생들뿐이 아니었다. 두 남선생도 웃어가며 익혔던 것이다.

"아니, 아직까지 새마을 노래도 모르시다뇨?"

하고 송인순이 핀잔을 주듯 웃으며 살짝 눈을 흘기자,

"가사야 알고 안 있었능교. 그런데 곡을 잘 알 수가 있어야 말이

지요."

　백 선생은 멋쩍은 표정으로 이렇게 말했고, 신 선생은,

　"베이비오르간이라도 있으면 문제가 없는데…… 오르간도 하나 없는 형편이니……."

하고 오르간 핑계를 대는 것이었다.

　송 선생은 속으로 픽 웃음이 나왔다.

　오르간이 있으면 문제가 없다면, 악보만 보고도 잘 연습을 하면 곡조를 알 수 있을 게 아닌가 말이다. 곡조가 복잡하거나 어려운 것도 아닌데…… 요는 성의가 없는 것이었다. 그러면서도 솔직하게 성의가 없었다는 말은 안하고, 오르간이 어쩌고 하면서 얼버무리는 그 태도가 경멸스러웠다.

　백 선생은, 가사는 알고 있었다니…… 그게 말인가 말이다. 교사라면 누구나 그 정도의 곡조는 악보만 보고도 능히 익힐 수 있어야 될 게 아닌가. 학생 시절에 그 정도 실력도 양성하지 않고서 뭘 했단 말인가. 어이가 없었다.

　아무튼 송인순은 말했었다.

　"우리 학교에도 오르간이 한 대 있기는 있어야 되겠어요."

　이 말은 즉각 반응을 일으켰다.

　"있어야 되고말고요."

　신 선생은 이렇게 말했고, 백 선생은,

　"교육구청에서 뭘 하고 있는지…… 이런 분교장은 학교도 아니란 말인동…… 오르간도 하나 안 사 주구로……."

　이렇게 교육구청을 탓했다.

　송인순은 웃으면서,

"남이 사 주길 기다릴 게 아니라, 우리 힘으로 한번 마련해 보도록 해요."

하고 제의를 했다.

"우리가 무슨 돈이 있어서요?"

백 선생은 대번에 이렇게 나왔다. 그것은 어쩌면 그의 성격에서 비롯되는 반사작용 같은 것이었다.

그러자 신 선생은,

"한번 연구해 보도록 합시다. 그럼 오늘 방과 후에 직원회의를 개최하도록 할까요?"

진지한 태도로 나왔다. 분교장 주임교사로서의 체통을 세우는 셈이었다.

그리하여 그날 방과 후, 직원회의가 열렸다.

오르간을 한 대 마련해 보자─는 것이 회의의 동기였으나, 송인순은 내심 무척 좋은 기회가 왔다고 생각했다. 오르간뿐 아니라, 학교에 좀 새바람을 일으켜 보자는 속셈인 것이다.

학교에 새바람을 일으킨다는 것은 결국 온 섬에 새바람을 일으키는 결과가 되는 것이다. 새바람, 즉 새마을운동의 도화선에 불을 붙이는 그런 회의가 되도록 하려는 것이다.

직원회의라 해야 뭐 별다른 게 아니었다. 그저 여느 때처럼 교무실의 자기 자리에 앉아 좌담 형식으로 의견을 나누는 데 불과했다. 직원이 좀 많다면 평소와 달리 약간 엄숙한 분위기도 감돌는지 모르지만, 직원이래야 고작 세 사람뿐이니, 직원회의라기보다도 '삼인협의' 혹은 '정담'이라고 하는 편이 옳을 것이다.

아무튼 가족적인 분위기 속에 더러 농담도 섞어가며 회의는 진행

되었다. 이따금은 회의라기보다도 잡담이나 무슨 언쟁을 연상시키기도 했다. 말하자면 개판이기도 한 것이었다.

세 사람이 모두 같은 평교사니, 교장이나 교감이 섞여 있는 회의와는 다를 수밖에 없다. 신 선생이 분교장의 주임교사로, '주임'이라는 두 글자가 붙었고, 또 교단 경력이나 연령이 꽤 높기는 하지만, 그러나 역시 동료 평교사임에는 다를 바가 없는 것이다.

"신 선생의 의견도 좋심더만, 내사 어디 그래 가지고는 오르간이고 뭐고 살까 싶지 않구마. 오르간을 사는 기 누구를 위해성교? 학생들을 위해서가 아닝교. 그렇다면 학생들의 보호자인 학부모들이 부담을 하는 게 뭐가 나쁘단 말잉교? 학생들에게 조개를 잡아오라, 폐품을 수집해오라 해가지고 어느 세월에…… 그리고 기왕 살라면 빨리 사는 기 안 좋은교."

백 선생은 신 선생의 의견에 정면으로 반대였다.

오르간을 마련하는 방법에 있어서, 신 선생은 학생들에게 조개를 잡아오도록 하고, 또 폐품을 수집해 오도록 하자는 의견이었다. 그것을 팔면 능히 오르간 한 대쯤 마련할 수가 있다는 것이었다.

그러나 백 선생은, 말은 쉽지만 그게 그렇게 쉽게 될 일이 아니니, 학부모들에게 부담을 시켜서, 다시 말하면 희사를 받아서 구입하는 것이 현실적으로 가장 손쉽고 빠른 방법이라는 것이었다.

"여보 백 선생, 학부모들한테서 돈 거두는 일은 쉽은 일이가? 매달 학교에 내는 육성회비도 잘 안 내는 판인데…… 오르간을 산다고 돈을 내라고 해봐. 욕을 바가지로 안 하는강. 결국 비난만 사고, 일은 일대로 안 되고, 죽도 밥도 아닐 끼니……."

신 선생의 말에 백 선생은 다시 맞섰다.

"욕을 바가지로 하는 사람한테는 안 거두면 되는 기라요. 희사를 받는 기라요. 희사를…… 우리가 학부모들을 찾아다니면서 오르간의 필요성을 이해시켜서 성의에 따라 얼마라도 좋으니 희사를 하라고 하면, 자기 자식 교육을 위해선데, 욕할 사람이 어디 있단 말잉교? 안 그렇교?"

"모르는 소리. 희산지 찬존지 그건 말뿐이고, 결국은 강제징수가 되는 기라……."

"강제징수는 와 강제징수요? 안 내겠다는 사람한텐 안 받는 기라요."

"자진해서 낼 사람이 몇이나 될동……"

"해봐야지요. 해보지도 않고 미리부터 체념을 하면 안 되는 기라요. 요는 우리의 힘에 달렸어요. 힘껏 성의껏 설득을 해보는 기라요. 뛰어보는 기라요."

"뛰는 거 좋아하네. 백 선생은 아직 섬사람들을 몰라."

"섬사람들을 모르다니요? 내가 와 섬사람들을 몰라요? 일 년이 넘었는데…… 신 선생보다 오히려 더 잘 아느마."

듣고 있던 송인순은 그만 웃음이 나왔다.

"하하하하……."

재미있다는 듯이 웃고 나서,

"저는 이렇게 생각해요."

하고 입을 열었다.

지금까지는 거의 의견 제시를 하지 않고, 두 사람의 대화를 듣고만 있었던 것이다.

아랫배에 가만히 힘을 주어가면서 차근차근 발언을 해나간다.

"저는 이 섬에 온 지 불과 얼마 안 되고, 교단에 선 지도 마찬가지 예요. 그러니까 저는 어쩌면 이런 문제에 있어서 개입할 자격이 아 직 없는지 모르겠어요."

이렇게 허두를 떼자,

"아, 천만의 말씀을 다……."

하고 백 선생이 웃는다.

"자, 농담은 나중에 하기로 하고……"

신 선생은 약간 못마땅해 한다.

송인순은 한번 미소를 짓고 나서 발언을 계속한다.

"그러나 가만히 두 분 선생님의 말씀을 듣고 있으니 저도 의견을 말하고 싶어지는군요. 오르간을 하나 마련했으면 좋겠다는 말도 제 입에서 나온 것이고 하니, 지금부터 제 의견을 말씀드리겠습니다. 아무쪼록 햇병아리 교사가 건방지다는 핀잔을 마시고 들어주시면 고맙겠습니다."

허두가 너무 장황하고, 좀 거창하기도 한 셈이다.

"예, 염려 마시고, 어서 말씀해 보라니까요."

역시 백 선생이다. 성격이 원래 장난을 좋아하고 약간 냉소적인 면도 있기 때문에 별수 없는 모양이다. 자기도 모르게 그렇게 입에 서 툭 튀어나오는 것이다.

"저는 이 학교에 부임한 지가 불과 얼마 되지 않지만, 이 학교에 는 부족한 것이 너무나 많다고 보았어요. 비단 오르간뿐이 아니에 요. 오르간 한 대를 산다고 해서 문제가 해결되는 게 아니라고 생 각해요. 그러니까 오르간 하나를 해결한다는 그런 차원에서 얘길 할 게 아니라, 이 학교의 살림살이 전체, 나아가서는 이 섬의 살림살이 전체에까지도 영향을 끼칠 수 있는 그런 좀 높고 큰 차원에서 얘길 해보는 게 바람직한 일이 아닐까 싶군요."

송인순이, 두 선생의 의향이 어떠냐는 식으로 바라보자, 두 선생은 약간 놀라고, 좀 질리기까지 한 듯 그저 멀뚱한 표정이다.

"그런 차원에서 얘길 하는 게 어떻겠어요?"

송인순이 의향을 말해 보라는 식으로 묻자,

"예, 좌우간 계속 말씀해 보이소."

하고 신 선생이 고개를 끄덕이며 대답한다.

백 선생은 벌써 그녀의 입에서 어떤 내용의 말이 나올지 뻔히 다 알겠다는 것이다. 그러나 어찌된 셈인지 이제 조금도 장난기가 동하질 않는다. 햇병아리 여선생이라고 만만하게 보았다가는 큰코다치겠구나 싶은 것이다. 말하는 게 보통이 아닌 것이다.

"그러니까 결국 두 분 선생님이 말씀하신 방법과 문제, 즉 학부모들에게 희사를 받느냐, 학생들에게 조갤 잡아오게 하고, 폐품 수집을 시키느냐 하는 문제는 백지로 돌리고, 다른 방법을 생각해 보는 수밖에 없군요. 두 분 선생님이 말씀하신 방법은 오르간 한 가지를 해결한다는 전제 아래 말씀하신 것이니까요. 오르간 한 가지의 문제가 아니라, 우선 학교 살림살이 전체가 나아지도록 고루고루 여러 가지를 갖추어 나가자면 그런 일시적인 방법이 아닌, 보다 장기적이고, 보다 타당한 방법을 생각해야 되겠죠?"

"음—"

신 선생은 햇병아리 여선생한테 한 대 보기 좋게 얻어맞은 느낌이다.

백 선생 역시 그런 기분이다. 그러나 백 선생은,

"어디 보다 장기적이고, 보다 타당한 방법이 어떤 긴가 구체적으로 말 좀 해보이소."

반발을 하듯 말했다.

송인순은 두 남선생의 표정을 얼른 본다. 그 기분을 짐작하겠다는 것이다. 자존심을 건드린 셈이니, 기분이 안 좋을 게 분명하다.

"제가 첨에 말씀드렸듯이 너무 건방진 소리가 아닌가 두렵군요."

그리고 송인순은 쑥스럽고, 좀 미안하기도 한 듯 수줍게,

"호호호……."

한번 웃는다.

여자의 웃음이란 묘한 힘이 있는 법이다. 남자들이 여자의 웃음 앞에는 무력하다고나 할까. 분위기는 대번에 부드러워진다.

"어서 계속하이소. 회의에서 의견을 말하는데 건방진 소리는 무슨…… 어떤 방법이 좋겠능교?"

신 선생의 말에 송인순은 힐끗 백 선생을 본다.

백 선생 역시 어서 계속하라는 표정이다.

송인순은 아랫니로 윗입술을 살짝 당겨 물었다가 놓으며,

"한마디로 말하면 자활학교를 만들자는 거죠 뭐."

불쑥 말한다.

"돼질 기르자는 말이구만…… 헛헛허……."

신 선생이 웃음을 터뜨린다.

"반드시 돼질 기르자는 건 아니고요. 좌우간 수익성 좋은 가축도 기르고, 밭에 고등소채도 재배하고, 빈 터를 개간도 하고…… 뽕나무를 심어서 양잠을 해도 좋을 거고, 양봉도 할 만하면 하고…… 아무튼 부지런히 일하는 학교, 생산과 직결되는 교육을 해보자는

거죠. 그러면 문제는 해결될 게 아니겠어요? 오르간뿐이겠어요?"

그러자 백 선생이,

"양봉이 좋겠심더. 꿀 좀 실컨 묵구로…… 허허허."

또 농담조로 나온다.

백 선생의 말이 우스운 듯 신 선생도,

"ㅎㅎㅎㅎ……."

코를 처들며 웃는다.

그러나 송인순은 웃지 않는다. 약간 얼굴을 붉히며 쏘아붙이듯 말한다.

"남은 열심히 말하는데, 그렇게 노상 빈정거리는 법이 어디 있어요? 발언한 사람이 무색하지 않아요?"

송인순이 이렇게 정색을 하고 기분 나쁜 표시를 하자, 백 선생은 당황한다.

"빈정거리다니요? 빈정거린 기 아닙니더. 오해하시지 마이소. 허, 그것 참……."

분위기가 어색해진다.

그러자 신 선생이,

"백 선생, 정말 회의 때는 농담 좀 하지 말어. 이거 뭐 회원동 장난인동 알 수가 있어야지…… 송 선생님, 이 백 선생은 본래 그런 사람이니까 오해는 마이소. 농담 잘하는 사람이 어디 악의야 있능교, 안 그렁교?"

주임교사답게 어색해진 분위기를 적당히 휘저어놓는다.

물론 송인순은 미소를 짓는다. 오히려 정색을 한 자기가 부끄럽게 생각된다.

"미안합니다. 좁은 여자의 마음이라…….."
"아, 별말씀…… 자, 어서 다음을 말씀하이소."
신 선생의 말에 송인순은,
"이제 제가 하고 싶은 말은 다했어요. 제 의견에 대해서 어떻게 생각하시는지……."
약간 긴장이 되는 듯한 표정으로 두 남선생을 번갈아 바라본다.
"어떻게 생각하고 말고가 있능교, 자활학교를 만들어보자는 데 반대할 사람이 어디 있겠어요."
신 선생은 쾌히 찬성이다.
그러나 백 선생은,
"글쎄…… 그기 그렇게 쉽게 잘 될까요? 좌우간 두 분께서 찬성이니 결정된 거 아닝교."
"그럼 백 선생은 반대란 말이가?"
"반대야 아니지요."
"그럼 뭐꼬? 찬성도 아니고, 반대도 아니고…… 기권이가?"
"허허허…… 기권이라기보다, 두 분의 뒤를 따라가기는 하지만, 글쎄…… 그기 그렇게 말처럼 쉬운 일일까…… 약간 고개가 기울어지는 기지요. 용두사미가 안 되겠능교?"
얼른 송인순이 대답한다.
"용두사미가 되고 안 되고는 우리의 태도 여하에 달렸다고 생각해요. 선생님처럼 그런 태도로 시작하면 십중팔구 용두사미가 되죠. 그러나 저는 기어이 해보겠어요. 건방진 소린지 모르겠지만 저는 자신이 있어요. 그리고 저는 자활학교만 가지고는 만족 못해요."

"그럼요?"

신 선생이 묻는다. 약간 눈이 둥그레지면서…….

"섬사람들의 생활도 좀 달라지도록 새마을운동까지 전개할 작정이에요."

"새마을운동까지요?"

"예."

"그럼 학생들은 언제 가르치고요?"

"물론 학생들을 정상적으로 가르치고 나서 하는 거죠."

"야, 정말 송 선생님 욕심도 대단하신데……"

신 선생이 이번에는 농담조로 빙그레 웃는다.

"욕심이 많은 게 아니라, 학교만 자활을 해서는 의미가 없잖아요. 지역사회에 영향을 끼쳐야지요. 지금 전국 방방곡곡에서 새마을운동이 한창 일어나고 있는데, 이 섬사람들은 새마을의 '새'자도 모르고 있는 형편이니 말이 되겠어요? 마치 태고시대 같아요. 학생들까지 새마을노래도 모르고 있는 형편이었으니…… 아이 참, 미안해요. 악의에서 한 말이 아니에요. 호호호……."

"예, 그 말 들어도 쌉니더."

"좌우간 학교가 중심이 되어 한번 이 섬에도 새마을운동의 횃불이 타오르도록 해봅시다. 얼마나 보람 있는 일이에요. 우리도 한번 잘 살아보자는 운동, 반만 년의 가난에서 한번 벗어나 보자는 운동을 피안의 불처럼 생각해서야 되겠어요?"

"반만 년의 가난에서 벗어나는 운동이라…… 햐— 그 말 참 거창하다."

백 선생이 또 싱글싱글 웃는다.

"반만 년의 가난에서 벗어나는 운동이라……."

신 선생 역시 그 말 참 거창하고 그럴듯하다는 듯이 고개를 끄덕인다.

"왜요? 그 말이 틀린 말이에요?"

"틀린 말이 아니라, 너무 거창한 표현이라서……."

백 선생은 얼른 조심스런 표정으로 바뀐다. 또 혹시 그녀가 기분 나쁜 기색을 할까 봐…….

신 선생은 마치 결론을 내리듯이 좀 힘을 주어 말한다.

"좋심더! 우리도 한번 해봅시더. 반만 년의 가난에서 벗어나는 운동을……."

그러자 백 선생도 마지못한 듯,

"예, 나도 두 분의 뒤를 따를 수밖에요."

한다.

"자, 그러면 만장일치로 결정된 거로 하겠심더."

주임교사인 신 선생이 선언을 한다.

서울에서 온 햇병아리면서도 깜찍하고 당당하기까지 한 송인순 선생에게 두 남선생이 번쩍 두 손을 든 셈이다. 말하자면 암탉에게 뒤통수를 쥐어박혀 정신이 번쩍 든 두 마리의 수탉 격이라고나 할까.

아무튼 그렇게 해서 직원회의는 끝났다. 구체적인 실천 방안은 좀더 연구해 보기로 하고…….

2

　자활학교 만들기, 그리고 새마을운동은 시작되었다.
　자활학교 만들기와 새마을운동의 첫 단계는 환경 개선으로 정했다. 학교의 여러 가지 환경을 개선 미화하고, 마을의 미화와 개선에도 손을 대기 시작했다.
　학교의 환경 개선 작업은 비교적 순조롭게 진행되었다. 방과 후의 한 시간을 자활학교 건설 시간으로 정해서, 4, 5, 6학년 학생들만 작업을 시켰다.
　물론 손쉬운 일부터 한 가지 한 가지 해결을 해나갔다. 지금까지 거의 도외시했던 일이라 작업은 한량이 없었다. 화단 만들기로부터 시작해서 운동장 고르기에 이르기까지 그것은 대역사가 아닐 수 없었다.
　그런 큰 작업 때문에 마을의 미화와 개선은 절로 유명무실해질 수밖에 없었다. 한꺼번에 학교와 부락의 환경을 개선한다는 것은 무리였다.
　그러나 송인순은 두 남선생과는 달리 새마을운동에도 차근차근 손을 대나가고 있었다.
　새마을운동은 세 교사가 분담을 했다.
　섬에는 마을이 전부 다섯 개였다. 그 중 두 개는 대여섯 가호밖에 안 되는 작은 마을이어서 우선은 제외하기로 하고, 큰 마을 세 개를 각자 한 마을씩 담당을 정한 것이다.
　송인순은 외수리를 맡았다. 강세레나네 마을 말이다.
　학교 소재지 부락인 내수리는 신 선생이 맡았고, 학교에서 일 킬로가량 떨어진 장송리는 백 선생이 맡았다.

그러니까 송인순이 제일 먼 부락을 담당한 것이다. 그녀는 그 부락을 자원해서 맡았다. 가정방문 때 가장 인상에 남았던 것이다.

장기결석생 독려차 딴 부락도 찾아가 보았는데, 어쩐지 외수리가 가장 어설프고 궁색한 마을로 보였다. 그런 마을일수록 강력히 새마을운동을 전개해야 된다고 느꼈던 것이다.

그리고 혼혈아인 강세레나 자매와 그 외조부·외조모, 그들의 생활 방편인 주막이 왠지 머리에서 떠나질 않았다. 한국적인 비극의 흔적이라고 할 수 있는 그 가련한 자매에게, 그런 외손녀를 둔 그들 노부부에게 좀 따뜻하고 밝은 빛을 가져다주고 싶었다고나 할까.

새마을운동의 방법에 있어서는 세 선생이 제각기 생각대로 해나가기로 방침을 세웠다. 일률적으로 하는 것보다 그편이 합리적이라고 결론을 내렸던 것이다. 부락마다 여건이 다를 터이니까 말이다.

다만 한 달에 한번 각기 맡은 부락의 새마을운동 상황을 보고하고, 문제점을 서로 논의하는 협의회를 갖기로 했다.

외수리를 맡은 송인순은 먼저 외수리에서 다니는 학생들을 한데 모아 외수리 새마을봉사회라는 것을 만들었다.

그리고 그들로 하여금 첫 번째로 마을의 청소를 하게 했다. 매일 아침 일찍 일어나 자기 집 마당과 집 앞 길을 쓸게 했다. 그리고 일주일에 한번 일요일 아침에는 마을의 대청소를 실시토록 했다. 마을의 구석구석까지 청소를 할 뿐 아니라, 길가에 꽃모종 같은 것을 심게도 했다.

우선 좀 쓰레기라도 없는 마을, 길가에 꽃도 더러 피는 마을로 만들어보자는 것이다.

일요일 아침 대청소 때는 송인순이 직접 부락으로 찾아가 지도를 했다.

아침 일찍 일어나 조반을 지어먹고, 오 리 남짓한 길을 휠휠 걸어다니는 것은 정말 기분도 상쾌한 일이었다. 아침 바다는 한결 신선하고 아름다웠다.

학생들도 아침부터 찾아온 선생님이 반갑고 고마워서 야단이었다. 저희들끼리 같으면 서로 안 하려고 뒤로 물러설 그런 구질구질한 일도 앞을 다투는 것이었다.

그렇게 학생들의 새마을봉사회 활동이 있을 적마다 꼭 함께 어울리는, 학생 아닌 사람이 하나 있었다. 그것은 강요안나였다. 세레나의 언니 말이다.

요안나는 학교를 4학년까지 다니다가 결국 장기결석생이 되어 흐지부지 그만두어 버리고 말았다. 가정형편도 형편이었지만, 공부나 학교 일에 별로 흥미를 못 느꼈던 아이였다.

그런데 이제 나이 열여섯이 된, 처녀라면 처녀라고 할 수 있는 그녀가 학생들의 봉사회 활동이 어쩐지 좋아 보이고, 매우 구미가 당기는 듯, 함께 어울리려고 애를 쓰는 것이 아닌가.

기특하다면 기특하고, 좀 우습다면 우스운 일이었다. 어쩌면 정신적 발육이 늦은 것인지도 몰랐다.

아무튼 송인순은, 그런 요안나가 싫지 않았다. 처음엔 속으로 약간 우습게 느껴지기도 했지만 자기보다 나이 어린 학생들과 어울려 부끄러운 줄도 모르고 일을 하는 요안나가 싫을 턱이 없었다.

싫기는 고사하고 갈수록 기특하고 정답게 느껴졌다.
 요안나 역시 송인순을 무척 따랐다. 실은 요안나가 그렇게 봉사회 활동에 어울리는 것은, 봉사회 활동 그 자체가 좋아서라기보다는 송인순 선생이 좋아서 그러는 것이었다.
 섬에 처음으로 온 여선생, 그러니까 난생 처음으로 보는 여선생이라는 점에서 호기심이 가기도 했고, 그런 여선생이 동생 세레나의 출석 독려를 위해 직접 자기 집을 찾아온 일이 무척 머리에 남았던 것이다.
 그런데다가 이번에는 마을에 학생봉사회라는 것을 만들어서 일요일 아침마다 직접 자기가 나와 비를 들기도 하고, 호미나 삽을 들기도 하는 판이니, 정말 고맙고 가슴이 뛰어 가만히 구경만 할 수가 없었던 것이다. 더구나 서울에서 온 여선생이 말이다.
 마을의 몇몇 다른 처녀들도 요안나처럼 처음에는 무척 호기심이 일고 좋은 듯 나와서 구경을 하기도 하고, 더러 거들 일이 있으면 거들기도 했다. 그러나 그런 일이 거듭됨에 따라, 그저 학교 학생들의 행사이고 그것을 지도하러 선생이 나오는구나 정도로 여기고, 절로 심상해져 버렸는데, 요안나만은 끝내 관심과 흥미를 버리지 않고, 꼭꼭 봉사활동에 어울리는 것이었다.
 마을 한쪽 갯벌 가에 커다란 조가비 무더기가 있었다. 조개껍데기를 벗겨서 던져버린 것이 그렇게 무더기로 쌓인 것이었다.
 그 근처는 언제나 지저분했다. 파리들의 근거지이기도 했다.
 그렇다고 그 거창한 조가비 무더기를 없애버리거나 어떻게 할 수는 도저히 없는 노릇이었다.
 하루는 그 근처를 청소하다가 요안나가,

"선생님, 이 조개껍데기가 다 돈 같으면 좋겠지예?"
하고 웃었다.

"호호호……."

송인순도 절로 웃음이 나왔다.

"저는 갯벌에서 조개를 잡고 돌아올 때마다 이 조개껍데기가 다 십 원짜리나 오십 원짜리, 백 원짜리 같으면 얼마나 좋을까 하는 생각을 해예."

"그렇다면 정말 얼마나 좋겠니."

"어떤 때는 밤에 이불 속에 누워서도 그런 생각을 하지예. 그랬더니 한 번은 꿈에 글쎄, 이 조개 무더기가 전부 돈이 되어 있잖아예. 돈이라도 십 원짜리는 별로 없고, 번쩍거리는 오십 원짜리, 백 원짜리잖아예. 얼매나 놀랐는동…… 그만 우야꼬! 소리를 질렀어예. 그랬더니 글쎄 꿈이 깨 버리잖아예. 울고 싶습디더."

"그것 참 재미있는 꿈이군. 정말 울고 싶었겠는데…… 하하하……."

송인순은 웃으면서 새삼스럽게 요안나의 얼굴을 바라본다.

어쩐지 동화 속의 주인공 같은 생각이 든다. 어쩌면 나이에 비해 정신적 발육이 늦은 것도 같지만, 좌우간 보통 소녀들과는 좀 다르구나 싶다. 꿈이 많은 소녀로구나 싶다.

그 생김새도 어쩐지 동화 속의 주인공 같지 않은가. 약간 곱슬하게 물결을 이룬 단발머리, 짙고 긴 속눈썹, 좀 두꺼운 입술, 그리고 하얀 이, 가무잡잡한 피부…….

요안나는 다시 혼자 중얼거리는 것처럼 말한다.

"그 꿈대로 된다면 미국에 가는 긴데……."

"뭐? 미국에 가?"
"예."
"미국에 가다니?"
"아부지한테예."
요안나는 서슴없이 대답한다.
"아버지한테예?"
송인순은 약간 눈이 휘둥그레진다.
"예, 우리 아부지 미국 안 계십니꺼."
"……."
"돈 많이 있으면 미국 우리 아부지 찾으로 갈 수 있어예. 비행기 타고……."
그러자 곁에서 듣고 있던 아이 하나가,
"헤헤헤헤……."
웃는다.
개동세다. 개동세는 웃고 나서 놀리듯이 말한다.
"니가 혼자 미국에 우애 간다 말이고?"
"나 혼자 가능강. 세레나하고 둘이 가지."
"헤헤헤…… 웃기네. 미국이 어딘지 우애 알고 너거 둘이 가노 말이다."
"돈만 많이 있으면 갈 수 있어."
"선생님, 참 웃기지예?"
개동세는 송인순을 쳐다보며 히죽 웃는다.
송인순은 그저 좀 얼굴에 미소를 띠면서 요안나에게 묻는다.
"요안나야, 왜 하필 먼 미국으로 아버질 찾으러 가려는 거지? 가까운 우리나라 안에 살고 있는 어머니를 찾을 생각은 않고…….”

"엄마는 싫어예."

"왜?"

"왜 엄마는 싫지?"

"……."

요안나는 대답이 없다.

송인순은 굳이 자꾸 묻는다는 것은 그녀를 일부러 괴롭히는 짓궂은 짓인 것만 같아 입을 다물어 버린다.

그런 일이 있은 뒤로 송인순의 머리에는 곧잘 요안나의 그 이야기가 짜릿한 아픔으로 떠오르곤 했다. 얼마나 아버지라는 사람이 그리웠으면, 얼마나 미국엘 가고 싶었으면 조가비 무더기가 돈이 되기를 바라고, 또 그런 꿈을 꾸었겠는가 말이다.

그리고 요안나의 꿈처럼 정말로 그 조가비 무더기가 돈이 될 수는 없을까 하는 생각을 해보기도 했다. 알맹이를 꺼내 버린 쓸모없는 조개껍데기가 돈이 되다니…… 자기 역시 꼭 동화 속의 인물 같은 생각을 하고 있구나 싶으며 송인순은 픽 웃지 않을 수 없었다.

학생들의 봉사활동으로 마을은 눈에 띄게 달라졌다. 그전에는 마을 어디를 가나 쓰레기가 눈에 띄고, 곧잘 퀴퀴한 냄새가 풍기기 마련이었는데, 이제 최소한 지저분한 꼴은 면하게 된 것이다. 지붕이니, 담장이니, 개개 집안의 을씨년스러운 살림 모습까지는 어쩔 수가 없었지만, 좌우간 마을의 외양이 한결 깨끗해지고 밝아진 것이다.

그리고 학생들의 입에서뿐 아니라, 마을 젊은이들의 입에서도 곧잘 '새벽종이 울렸네, 새아침이 밝았네' 하는 노랫소리가 흘러나왔다. 간혹은 어른들까지도 그 노래를 흥얼거렸다. 봉사활동을 하면서 학생들이 즐겨 부르는 노래가 절로 그렇게 번져나간 것이다.

새마을이 뭔지, 그 노래 내용에 대해서는 별로 아직 관심도 없으면서, 그저 그 곡조가 하도 경쾌하고 듣기 좋은 바람에 쉬 그렇게들 익혀지는 모양이었다. 이런 마을의 변화에 대해서 마을 사람들은 말할 것도 없이 놀랍게 생각했다. 지금까지는 전혀 없었던 일이니 그럴 수밖에…….

개구쟁이 학생들의 봉사활동도 놀라운 일이지만, 그것보다는 일요일 아침마다 오 리나 되는 길을 찾아와서 학생들의 봉사활동을 지도하는 여선생의 모습은 대견하고 놀라울 뿐 아니라, 한편 잘 이해가 안 되기도 했다. 서울에서 대학을 나왔다는 여선생이, 더구나 저렇게 호리호리하고 어여쁜 처녀 선생이 이런 섬 학교로 부임해 온 것만도 희한한 일인데, 이렇게 마을까지 나와서 마을의 청소까지 보살피다니…… 정말 얼른 이해가 안 되는 것이었다. 고맙고 황송하기까지 한 것은 말할 것도 없고…….

그러나 그런 마을 사람들의 놀라움과 호기심도 잠깐뿐이었다. 봉사활동의 횟수가 거듭됨에 따라 관심이 시들해져 버리는 것이었다.

송인순은 처음부터 그들의 놀라워하고 고마워하는 표정이 얼굴 표피에 나타난 가벼운 미소 같은 것에 불과하다는 것을 알고 있었다. 어떤 뿌듯한 보람을 느끼는 그런 감격은 결코 아니었던 것이다.

학생들과 여선생이 마을 청소를 좀 해준다고 해서 그것이 그들에게 뿌듯한 기쁨이 될 수는 없었던 것이다.

그들에게 뿌듯한 기쁨을 줄 수 있는 것은 마을의 청소니, 미화니, 환경 개선이니 하는 그런 피상적인 것이 아니라, 실질적으로 생활에 보탬이 되는 소득 증대 사업인 것이다.

그런 사실을 송인순은 이미 작년에 금촌 마을의 새마을 지도자 K씨로부터 들어서 잘 알고 있는 터였고, 또 이번에 몸소 느낀 것이다.

그래서 그녀는 속으로,

"소득 증대 사업을 벌여야지. 소득 증대 사업을…… 조가비 무더기가 돈으로 바뀌는 그런 사업을 벌여야지."

하고 가만히 주먹을 쥐었다.

여선생이 온 뒤로 학교가 많이 달라지고, 그 영향이 마을에까지 미치고 있다는 평판이 돈 것은 말할 것도 없다. 그러니까 송인순 선생에 대한 칭송은 비단 외수리 사람들뿐 아니라, 내수리·장송리 사람들의 입에까지 오르내렸다.

"서울서 온 여선상이 우짜면 그렇게……."

"글씨 말이구마. 곱게도 생깄던데……."

"서울 처녀들은 화장이나 하고, 멋이나 부리는 줄 알았더니……."

"뭐 서울 처녀라고 다 멋이나 부릴까마는…… 좌우간 기특한 처녀지, 기특한 처녀……."

"기특하고 말고……. 아, 글씨, 운동장 고르는데 보니 일을 아주 남선상들보다 더 잘하더라니까……."

"나도 봤구마. 삽질을 우짜면 그렇게 잘하는동…… 꼭 일꾼 같더라니까……."

"그 여선상 나중에 시집가면 살림도 아주 잘할 끼구마."

"그럴 끼구마. 집의 메누리 한번 삼아보소."
"뭐? 우리 메누리?"
"와? 싫응게?"
"하하하……."
"호호호……."
아낙네들은 이렇게 주고받으며 웃기도 했고, 남정네들은,
"자고로 암탉이 울면 집안이 망한다 카는데……."
"그거 다 옛날 말이시, 요새사 암탉도 잘만 울어보소, 망할 턱이 있는가…… 국회의원 하는 여자도 다 있는데……."
"하기사 그래. 좌우간 그 여선상 보통 여선상 아니던데……."
"생김새하고는 정말 딴판이더라니까……."
"참 별일이지. 남선상들도 오기 싫어하는 이런 섬에 와서……."
"요새 대학상 중에는 더러 그런 사람들이 있다는구만. 핵교 졸업한 뒤에 도회지에서 출세를 할라카는 기 앙이라, 농촌이나 이런 섬 구석에 들어와서 개간사업 같은 걸 하고, 계몽도 하고……."
"계몽도 하다니, 계몽이 뭔데?"
"계몽도 모르능게? 계몽이라 카는 건 모르는 걸 깨우쳐주는 거 아닝게."
"모르는 걸 깨우쳐주는 기 계몽이라…… 그럼 바로 자네도 나를 계몽하고 있구만그려, 지금……."
"하하하……."
"앙 그렁가? 허허허……."
이렇게 웃기도 했다.
좌우간 송인순에 대한 섬사람들의 칭송은 보통이 아니었다.

그러나 뜻하지 않은 사고가 일어나 송인순은 곤경에 처하게 되었다. 말하자면 최초의 시련인 셈이었다.

3

어느 날 방과 후, 그날도 여느 날과 마찬가지로 수업이 끝나자 한 시간 작업으로 들어갔다.

학교의 다른 환경 개선 작업은 그런대로 수월하게 일단락을 지은 셈이었으나, 운동장 고르기만은 정말 힘겨운 노역이었다. 울퉁불퉁한 운동장 바닥을 편편하게 고르기만 하는 것이라면 별로 힘겨울 것도 없지만, 그게 아니라 십오 도가량 경사가 진 것을 평평한 평면으로 만드는 판이니 예삿일이 아니었다. 한쪽을 깎아서 한쪽을 메워야 하는 것이니 말이다.

학생들의 힘으로 그런 큰 노역을 시작했을 처음에는 보다 못한 학부형들이 자진해서 지게를 지고 나와 일을 거들어주기도 했지만, 노임도 없는 부역을 끝까지 자기 일처럼 계속해 주는 사람은 아무도 없었다. 그저 처음 한두 번 인사치레로 거들어주고는 그만이었다.

결국 학생들의 힘으로 끝까지 완수하는 수밖에 없었다.

그런데 학생들도 나중에는 지치고 지겨워서 도무지 능률이 오르질 않았다. 말이 십오 도지, 넓은 운동장 전체의 십오 도 경사를 평평하게 만든다는 것은 생각과는 달리 엄청난 일이었다.

운동장 고르기의 의견을 내놓은 것은 말할 것도 없이 송인순이었다. 송인순은 처음 부임하는 날, 구령대도 없이 운동장의 경사를 이용해서 그냥 맨땅에 서서 첫 부임 인사를 할 때부터 속으로 웃음이 나오며, 이래서는 안 되겠구나 싶었던 것이다. 운동장이라는 것이 도대체 경사가 져서 되겠는가 말이다. 아이들이 공도 한번 제대로 못 찰 것이고, 달음질도 마음 놓고 못할 것이 아닌가.

그래서 운동장 고르기와 구령대 만들기를 주장한 터이라, 송인순은 말하자면 자기에게 작업 완수의 책임이 있는 셈이었다.

반드시 그렇지 않아도 모든 작업에 앞장을 서서 열을 올리는 터이었지만, 운동장 고르기에 있어서는 특히 더했다.

그런데 그 작업이 의외로 엄청나고, 일이 잘 진척되지 않자, 그녀는 조바심이 나기까지 했다.

다른 두 남선생은 피동적으로 시작한 터이라, 그것 보라는 투였다. 특히 백 선생은 더 노골적이었다.

"아이고, 송 선생님, 이 일을 우얄라 카능교? 그러니까 내가 뭐라 카덩교? 말과 실지와는 다르다 안 카덩교."

이런 식으로 빈정거리는 판이니 송인순은 더 속이 탔다.

결국 그녀는 학생들 힘으로 끝을 맺기가 어려울 것 같으면 학부형들의 계속적인 협력을 구하는 수밖에 없다는 생각을 하기에 이르렀다.

그날도 송인순은 속으로 그런 생각을 하면서 일을 하고 있었다.

괭이로 흙을 파고 있었다.

판 흙을 가마니때기에 담아가지고 운동장 낮은 쪽으로 끌고 가서 붓는 것이었다. 그러나 국민학교 학생들이라 가마니때기에 흙을 담는다 해도 고작 서너 삽 정도였다. 그 이상 담으면 무거워서 잘 끌질 못했다. 그러니 일이 쉬 진척될 턱이 없었다.

 괭이로 흙을 파다가 이마에 맺힌 땀을 씻으며 송인순은 먼 수평선을 바라보았다. 그리고 심호흡을 했다.

 수평선은 은빛으로 눈부시게 빛나고 있었다. 하루하루 봄이 짙어감에 따라 바다도 한결 부드럽게 출렁거리는 것 같았다.

 그렇게 잠시 서서 바다를 바라보며 쉬고 있는데,

"으악—"

 난데없이 비명소리가 들렸다.

 송인순은 깜짝 놀랐다.

 저만큼 떨어진 곳에서 일을 하고 있던 아이 하나가 땅바닥에 나가뒹굴며 냅다 소리를 지르는 것이 아닌가.

"아이고메! 아이고메! 아이고 아이고—"

 송인순은 얼른 그쪽으로 뛰어갔다.

 땅바닥에 나가뒹굴고 있는 아이의 머리에서 피가 마구 흐르고 있질 않는가.

 그런데 얼른 보아도 송인순 자기 학급 아이가 아니었다. 누군지 알 수가 없었다.

 6학년생인 것이었다. 그러니까 백 선생 반 아이였다. 황길수라는 아이였다. 내수리 이장 황도석의 아들이다. 즉 송인순이 담임하고 있는 2학년짜리 황윤수의 형인 것이다. 자기 집에 라디오와 신문이 있는 유일한 아이 윤수 말이다.

 모여든 아이들은 길수의 머리에서 흐르는 피를 보고 놀라 그저 어쩔 줄을 모른다.

"아니, 아니, 어쩌다가……."

송인순은 얼른 손수건으로 아이의 피 흐르는 상처를 누른다. 그리고 아이를 부축해서 일으키며,

"왜 이랬니? 누가 이랬지?"

하고 모여든 아이들을 둘러보며 묻는다.

"개동세가 그랬심더."

누군가가 큰소리로 대답한다.

"개동세가?"

"예."

"개동세 어디 갔니?"

개동세는 다친 길수보다 더 놀라 새파랗게 질려가지고 저만큼 물러서서 달달 떨고 있다.

"개동세, 너 이리 따라와."

"……."

"일은 안하고 까불기만 하니까 이런 사고가 나지."

송인순은 개동세를 한번 흘겨보고는 길수를 부축해 가지고 교무실로 간다.

겁을 집어먹는 개동세는 그 뒤를 힘없이 따라간다.

우루루 다른 아이들도 일손을 놓고 뒤를 따른다.

머리에서 피가 흐르는 길수가 송인순과 함께 교무실로 들어서자, 교무실에서 담배를 피우며 쉬고 있던 백 선생은 눈이 휘둥그레진다.

"아니, 우찌된 일이고?"

"일하다가 다쳤나 봐요."

송인순은 얼른 위생함을 가서 연다. 몇 가지 응급용 약품이 마련

되어 있는 것이다.

 소독약으로 대강 상처를 닦고 간단한 응급처치를 하는 동안 백 선생은 곁에 서서 근심스런 표정으로 보고 있다.

 그러다가 교무실 한쪽 구석에 서서 달달 떨고 있는 개동세를 향해,

 "이놈! 니가 그랬구나."

하고 눈을 부릅뜬다.

 개동세는 놀란 자라처럼 얼른 고개를 숙이며 목을 움츠린다.

 "이놈아! 일을 하라면 일이나 하지, 와 남의 대가리는 깨놓노? 응?"

 "……."

 "와 그랬어? 말해 봐!"

 "……."

 "응? 말 안 할 끼가?"

 개동세는 찔끔 놀라며 겁을 담뿍 집어먹은 눈으로 힐끗 한번 백 선생을 바라보고는,

 "자꾸 괭이를 달라고 안 뺏습니꼬."

하고 입을 연다.

 "뺏다니? 누구 괭인데?"

 "내 괭이라예, 지는 괭이를 안 갖고 와놓고, 내 괭이를 뺏을라고……."

 "흠— 그래서 그만 괭이로 대가릴 찍어줬단 말이가?"

 "아닙니더. 나는 안 뺏길라 카고, 지는 뺏을라 카고…… 그러다가 우짜다가 그만……."

160

"흠, 그럼 길수가 잘못했구나."

"예, 그렇심더. 나는 잘못한 거 없심더."

그러자 머리에 칭칭 붕대를 감고 있던 길수가,

"아닙니더, 일도 안 하고 괭일 가지고 장난을 치고 있길래 좀 빌리달라 캤심더. 일도 안 하고 장난치고 노는 거보단 빌리주는 기 안 좋습니꺼."

이렇게 항의조로 말한다.

"너도 잘못이야!"

길수의 머리에 붕대를 감아주고 있던 송인순이 얼른 입을 연다.

"왜 6학년생이 5학년 일하는 데 와서 괭이를 빌려달라느냐 말이야. 왜 너는 연장을 안 가지고 왔니? 그것부터 잘못이잖아."

"......"

"안 그래?"

송인순의 말에 길수는 할 말이 없다.

그러자 백 선생이 슬그머니 기분이 안 좋은 듯 다시 개동세를 꾸짖어댄다.

"이놈아, 장난이나 칠라고 괭일 가지고 왔나? 6학년생이 빌려달라 카문 나쁘나? 다 같이 운동장을 고르는데…… 장난치지 말고 좀 빌리주면 어떻노."

"......"

"안 그러나?"

이번에는 개동세가 할 말이 없다.

백 선생의 말은 개동세를 꾸짖는 말이라기보다도 송인순에 대한 은근한 반발이라고 할 수 있다. 서로 자기가 담임한 아이의 편을 드는 셈이다. 학급 담임의 심리적 대립이라고 할까.

송인순은 또 뭐라고 곧 입에서 튀어나오려는 것을 참는다. 그리고 붕대를 다 감아주고 나서,

"어쨌든 다친 사람도 잘못인 거야. 집에 가서 가만히 누워 있어야 돼. 설치면 안 돼."

이렇게 말하며 길수의 등을 가볍게 민다. 어서 꺼지라는 듯이…….

그리고 개동세에게는,

"빌려달라면 좀 빌려줄 것이지……."

하면서 머리에 꿀밤을 한 개 먹이고는,

"자, 어서 가서 일이나 하자."

하고 같이 데리고 나간다.

백 선생은 꽤 못마땅한 표정이다.

칭칭 감은 붕대 겉으로 벌겋게 피가 배어나오는 머리를 쳐들고 길수가 집으로 돌아간 지 얼마 안 되어 헐레벌떡 운동장으로 들어서는 사람이 있었다.

길수 아버지 황도석이었다. 내수리 이장인 황도석은 노기가 머리 끝까지 뻗쳐 있었다.

운동장에서 학생들과 함께 작업을 하고 있는 송인순을 보자 좀 주춤거리더니, 교무실 쪽으로 헐레벌떡 달려가는 것이었다.

자리에 앉아 공연히 기분이 안 좋은 얼굴로 곧장 담배만 뻐끔뻐끔 태우고 있던 백 선생은 황 이장이 헐레벌떡 들어서자 깜짝 놀라며 자리에서 일어난다. 백 선생은 황 이장이 어떤 위인인가를 잘 알고 있는 것이다.

황 이장은 교무실로 들어서면서 대뜸 시뻘건 얼굴로,

"신 선생 어디 갔는가? 신 선생……."

하고 백 선생 너 같은 풋내기는 상대를 안 하겠다는 듯이 신 선생을 찾는다.

"신 선생 몸이 좀 안 좋아서……."

백 선생은 우물쭈물한다.

"그럼 숙직실에 누워 있는가?"

"예."

"좀 나오라 카소."

자기가 뭐나 되는 것처럼 마구 명령조다.

백 선생은 슬그머니 배알이 꼴린다. 도대체 자기가 뭔데 땅땅 큰 소리를 치는가 말이다.

그러나 백 선생은 지그시 눌러 참으며,

"자, 이장님, 좀 앉으이소."

의자를 권한다.

이장은 털썩 의자에 앉으며,

"어서 좀 나오라 그래!"

"……."

"어서!"

냅다 고함을 지른다.

백 선생은 어이가 없다. 멀뚱히 서서 황 이장을 노려보듯 바라보고만 있다.

"아니, 이 사람아, 내 말이 말 같잖은가? 신 선생 좀 나오라 카라는데……."

"……."
"아니, 이 사람이……."
그때, 숙직실에까지 고함소리가 들렸는지 슬금슬금 신 선생이 교무실로 들어선다.
교무실로 들어선 신 선생은 황 이장을 보자 대뜸 굽실 절을 하며,
"아니, 이장어른 웬일이십니꺼?"
한다.
마치 무슨 주눅이 들린 사람 같다.
그러자 황 이장은 더욱 콧대가 높아지는 듯,
"아니, 신 선생, 자네는 도대체 뭘 하고 있는가?"
이렇게 나온다.
"몸이 안 좋아서…… 누워 있었심더. 그런데 와 그러십니꺼?"
신 선생은 눈이 휘둥그레진다.
"와 그러다니…… 아 글씨, 우리 집 아이 머리가 깨졌네. 머리가 깨졌어."
"예? 머리가 깨지다니요?"
"괭이로 어떤 놈이 머리를 찍었단 말이세."
"예?"
신 선생은 깜짝 놀란다.
"나 참 기가 맥혀서…… 아 글씨, 학교에서 이런 일이 일어나도 괜찮은가?"
"……."
"학생이 괭이에 머리를 찍혀서 죽어도 괜찮은가 말이네. 어디 좀 대답을 해 보게."

"하하— 쯧쯧쯧……."

신 선생은 혀를 차면서 무슨 일이냐는 듯이 백 선생을 바라본다.

백 선생은 그제야 황 이장에게 차근차근 말한다.

"이장님, 글안해도 제가 이따가 이장님 댁을 찾아갈라고 했심더. 달리 그래 된 기 아니라…… 길수가 5학년 어떤 아이한테 괭이 좀 빌리달라 캤던 모양입니더, 그랬는데 그 아이가 안 빌리주니까 서로 밀고 땡기고 하다가 그만……."

"난 그런 걸 묻고 있는 기 아니네. 도대체 학교에서 학생들에게 공부나 가르칠 일이지, 와 매일 일을 시키는가 말이네. 학생들이 무신 노무잔 줄 아는가? 하루 이틀도 아니고, 벌써 한 달 가까이나 매일 일을 시키니, 결국 이런 사고가 나질 않는가!"

이장의 시선은 어느덧 백 선생에게서 신 선생에게로 옮겨져 있다. 신 선생이 주임교사이기 때문에 그에게 따지자는 것이다.

"도대체 난데없이 운동장은 와 고른다고 야단들인가? 응?"

"운동장이 경사가 져서 아무래도 평평하게 골라야 안 되겠습니꼬."

"조금 경사가 졌으면 뭐 어떤가. 전에는 경사가 져도 아무 불편 없이 해나가더니, 글씨 난데없이 와 운동장은 고른다고 야단들인가 말이네. 선생은 학생들 공부나 가르치면 되는 기지, 어린 학생들을 시켜가지고 어른들도 힘들 일을 시작하다니…… 화단을 만들고 어쩌고 하는 일은 좋네. 그러나 운동장 고르기는 분수에 안 맞는단 말이세. 분수에 안 맞는 일을 하니 결국 이런 불상사가 나지 않는가."

"……."

"이 책임을 누가 질 낀가? 응?"

"……."

"대가리를 찍히도 이만저만 찍힜어야 말이지. 조금 다쳤다면 말도 안 하네. 글씨 어린 것이 머리에서 피를 그렇게 흘려가지고 우찌 될지……."

백 선생이 얼른,

"개않을(괜찮을) 낍니더. 아까 송 선생이 그러는데 상처가 그다지 크지 않아서 곧 아물 끼라 캅디더. 너무 염려하시지 마이소."

이렇게 말한다.

"아니, 그럼 자네가 책임지겠나? 잘 낫지 않고, 덧나기라도 하면 자네가 책임지겠나 말이네."

"뭐 덧나기사 하겠습니꺼."

"허허— 이런 사람 봤나. 덧날지 우찌 될지 자네가 우애 아능가? 허 나 참……."

"……."

"그러니까 내 말은 괭이로 찍은 놈을 좀 보자는 그 말일세. 어떤 놈인가 좀 딜꼬 와 보게."

그러자 신 선생이,

"뭐 5학년생이 그랬다고?"

하면서 백 선생을 바라본다.

"예, 송 선생 반 아이가……."

"그럼 송 선생한테 책임이……."

신 선생은 창문 밖으로 운동장을 내다보며,

"송 선생—"

하고 부른다.

"송 선생— 이리 좀 와 봐요—"

송인순은 그렇잖아도 이제 작업을 마치려던 참이었다.

교무실에서 부르는 소리에 그녀는 연장을 놓고, 이마에 땀을 닦으며 아이들에게,

"자, 오늘 작업은 이것으로 그치겠어요. 모두 교실로 들어가도록 해요."

하고는 교무실로 향했다.

교무실로 들어선 송인순은 황 이장을 보자 어쩐지 가슴이 덜컥 내려앉는 느낌이었다. 아무래도 무슨 좋지 않은 일이 있는 것 같은 예감이 들었다. 우선 황 이장의 표정부터가 예사롭지 않았다. 그리고 교무실의 공기가 어쩐지 침통하게 느껴졌다.

송인순은,

"오셨습니까?"

하고 황 이장에게 인사를 한다.

자기 반 황윤수의 아버지이고, 내수리 이장이라는 것을 알고 있고, 또 인사를 드린 일이 있는 것이다.

"예."

황 이장은 무뚝뚝한 표정으로 앉은 채 고개를 한번 끄덕할 뿐이다.

그제야 송인순은 아하! 싶다. 아까 다친 아이가 황 이장의 아들인 모양이구나 싶은 것이다.

그러고 보니 그런 것 같다. 아까 다친 아이와 황 이장이 어딘지 모르게 닮아 보인다. 그리고 자기 반 윤수와 아까 다친 아이와도

닮았구나 하는 생각이 든다.

　송인순은 절로 긴장이 된다.

　잠시 아무도 말이 없다. 교무실의 분위기가 묘하게 팽팽하다.

　"어험!"

　황 이장이 헛기침을 한다.

　그러나 차마 딸 같은 여선생에게 뭐라고 얼른 좋지 않은 말이 떨어지질 않는 모양이다.

　황 이장은 어느덧 오십을 바라보고 있는 터이다. 그러니 스물을 갓 넘은 송인순이나, 역시 그 또래에 불과한 백남기는 딸이나 아들 정도밖에 안 되는 것이다.

　신 선생이 입을 연다.

　"송 선생, 저…… 송 선생 반 아이가 무슨 불상사를 일으켰능교?"

　"……."

　송인순은 얼른 뭐라고 말이 나오질 않는다.

　"이장님 아이가 많이 다친 모양인데…… 어떻게 된 일이지요?"

　"저…… 괭이를 빌려달라거니, 안 빌려준다거니 하다가 그래 됐는 모양이에요."

　"그렇다고 남의 머리를 괭이로 찍다니……. 어떤 놈이요? 그놈이…… 아주 고얀 놈인데……."

　"일부러 찍었을 리야 있겠어요. 뺏으려고 하니까 안 뺏기려다가 그만……."

　그러자 이장이 이마에 거꾸로 여덟팔자를 세우며 또 한번,

　"어험!"

한다.

그리고 말한다.

"좌우간 이거 보통일이 아니구마. 일부로 찍었거나 모르고 그랬거나 그기 문제가 아니라 말이요. 글씨 학교에 공부하로 간 아이가 괭이에 대가리를 찍혀 가지고 유혈이 낭자하여서 돌아오는 판이니, 어디 마음 놓고 학교에 보낼 수가 있겠소? 좀 생각해 보시오. 입장을 바꿔놓고……."

"……."

송인순은 할 말이 없다. 정말 미안한 생각이 든다.

송인순이 미안한 표정을 짓자 황 이장은 시선을 신 선생 쪽으로 힐끔힐끔 돌리면서 계속한다.

"전에는 그런 일이 없었는데, 베란간 학교가 무신 공사판처럼 돼 가지고, 매일 학생들이 연장을 들고 학교에 오는 판이니 이런 사고가 날 수밖에…… 그리고 매일 학교에서 일을 시키는 바람에 학생들이 학교 가길 싫어한단 말이구마. 몸살이 날 지경이니 안 그렇겠소?"

세 선생은 그저 묵묵히 굳어진 표정으로 황 이장의 말을 듣고 있다.

"학부형들이 뭐라 카는동 아능게? 학교가 베란간 노가다판이 됐다고 불평들이 많구마. 학교에서 공부나 가르칠 일이지, 난데없이 무신 노가다판처럼 돼가지고, 멀쩡한 아이 대가릴 괭이로 안 찍어 놓는가…… 내 참…… 또 무신 일이 일어날지……."

송인순은 눈앞이 노오래지는 느낌이다.

사고 자체에 대한 불만을 넘어서서 학교에서 하는 일에 대해서 근본적으로 불만을 표시하는 판이니, 놀랄 수밖에 없다. 설마 이장이라는 사람이 그렇게 생각하고 있을 줄이야 정말 몰랐던 것이다.

혹 다른 무지한 사람들 같으면 그런 몰이해한 생각을 할 수도 있겠지만, 집에서 신문도 보고, 라디오도 듣는다는, 말하자면 이 섬에서는 그래도 문화생활을 하고 있는 셈인 황 이장이 그런 앞이 콱 막힌 사람 같은 소리를 하다니……. 섬의 지도자 격인 사람이 말이다. 물론 자기 집 아이가 상처를 입어서 화가 치밀기는 하겠지만……. 그러나 남이 그런 말을 해도 이해를 시켜야 할 처지에 있는 사람이 직접 당사자들인 선생 앞에서 그런 몰이해한 말을 내뱉다니…….

송인순은 입술을 꼭 문다.

황 이장은 신 선생에게 추궁이라도 하듯이 묻는다.

"그래, 우짤 셈인가? 이 책임을 누가 질 낀가? 그리고 앞으로도 노가다판을 계속해 나갈 셈인가?"

"……."

신 선생은 대답이 없다. 입맛이 쓴 모양이다.

백 선생은 신 선생을 힐끗힐끗 바라본다. 속에서 무엇이 꿈틀꿈틀 올라오는 것이다.

자기가 이장이면 이장이지, 학교에서 하는 일까지 간섭하려고 들다니…… 아무리 자기 집 아이가 다쳐서 화가 난다고 하지만, 그건 한계를 넘어선 처사가 아닌가 말이다.

그런데도 신 선생은 아무 대꾸도 안 하고, 눈만 끔벅끔벅하고 있지 않은가.

황 이장은 다그치듯 말한다.

"자네가 주임교사 아닌가. 와 대답이 없는가?"

그제야 신 선생은 매우 난처한 표정으로 백 선생과 송인순을 한 번 보고는,

"하던 일은 마자 끝내야지, 우얍니꾜."

마치 사정을 하듯 대답한다.

"아닐세. 그만두게. 학생들 부려묵는 일은 인제 그만두란 말이네."

"……."

"더 큰 사고가 나기 전에……."

입술을 꼭 물고 듣고만 있던 송인순이 더 참지 못하겠는 듯 아랫배에 가만히 힘을 준다. 그리고 입을 연다.

"이장님, 그게 무슨 말씀이에요? 학생들을 부려먹다니, 누가 학생들을 부려먹는단 말이에요?"

"학생들을 부려묵는 기 앙이고, 그럼 뭔가?"

황 이장은 뜻밖에 풋내기 여선생이 정면으로 나선다 싶은 듯 이맛살을 심히 찌푸린다.

"무슨 이익이 있다고 학생들을 부려먹는단 말입니까? 모든 게 학생들을 위해서 하는 일이에요. 학생들이 보다 즐겁게 학교생활을 할 수 있도록 하기 위해서 하는 일이란 말이에요. 그런데 마치 무슨 선생들 이익을 위해서 학생들에게 일을 시키는 것처럼 말씀하시다니…… 섭섭하군요."

"좌우간 학생들이 노가다 일을 하는 것만은 사실 아닝게. 국민학교 학생들이 하루 이틀도 아니고 매일 그렇게 중노동을 하니 어떻게 견디겠능게. 그러니까 오늘 같은 사고가 안 일어나능게."

"사고가 일어난 것만은 정말 면목이 없습니다. 제가 감독을 잘못

한 탓이니, 그 점만은 사과를 드립니다. 앞으로는 그런 사고가 없도록 각별히 유의하겠어요. 그러나 자활학교를 만들기 위해서 선생과 학생들이 합심해서 일하는 것을 노가다판, 노가다판 하시니 정말 섭섭합니다. 저의 손을 좀 보세요."

그러면서 송인순은 두 손바닥을 펴 보인다.

그녀의 고운 손바닥에 못이 박이고, 물집이 생기고 한 것을 보자, 황 이장은 슬그머니 시선을 돌린다. 그리고 담배를 한 개비 꺼내어 입에 문다.

그러자 신 선생이 얼른 자기 라이터로 불을 붙여준다.

백 선생은, 그런 신 선생이 못마땅하기만 한 듯 힐끗 흘겨본다.

송인순은 손바닥을 거두고 나서 계속한다.

"저뿐 아니라, 두 선생님 손도 마찬가지예요. 우리 분교장도 좀 학교답게 만들어보자고 이렇게 애를 쓰는데, 다른 분도 아닌 이장님께서 이해를 못하시고 그렇게 섭섭한 말씀을 하시니, 정말 힘이 뚝 떨어지는군요. 이해를 해주실 줄 알았는데……."

그러자 백 선생이 입을 연다.

"송 선생께서 서울 좋은 학교 다 놓아두고 일부러 우리 섬까지 와서 우리 분교장을 위해 앞장서서 일을 하는데, 이해를 해주시야지예. 누굴 위해서 운동장을 고룹니꺼? 선생들 좋으라고 고르는 기 앙이지 않습니꺼. 안 그렇습니꺼? 이장님도 앞으로 좀 협력을 해주이소."

"모르겠네. 내사 학생들 일 시키는 거 찬성하지 않네."

황 이장은 곧장 뻣뻣하게 나온다. 되지 않은 고집을 부리는 셈이다. 몇 푼어치 되지도 않는 위신을 그런 식으로 지키려고 드는 것이다. 옳건 그르건 조금도 수그러들려고 하지 않는 그런 멋대가리 없는 위인이다.

"그럼 일을 하다가 중도에 그만두란 말입니꾜?"

"모른다니까. 좌우간 나는 학생들 일 시키는 건 반대네."

그러면서 황 이장은 앉았던 자리에서 벌떡 일어난다. 그리고 신 선생에게 마치 명령이라도 하듯이 말한다.

"신 선생, 우리 아이 괭이로 찍은 놈 학교 몬 다니게 해야 하네. 알겠는가? 그런 놈을 그대로 내뻐리 뒀다간 또 무신 큰 변이 날지……"

"……."

"그놈을 좀 단단히 혼내 줄라다가 그만두고 가니, 알아서 처리하게, 나는 가네."

마치 큰 선심이라도 쓰고 가는 것처럼 황 이장은 요란하게 교무실을 나간다.

백 선생은 어이가 없는 듯 허— 웃는다.

신 선생은,

"음—"

무거운 신음소리를 토하며 자기 자리에 가서 털썩 무너지듯 궁둥이를 내려놓는다.

송인순 역시 자기 자리에 가서 힘없이 앉는다. 그리고 창밖으로 운동장을 걸어 나가는 황 이장의 뒷모습을 가만히 바라본다.

황 이장은 일부러 더 두 팔을 흔들며 위세 좋게 걸어 나가는 것 같다.

송인순은 어떤 증오감 같은 것이 가슴 속에서 뭉클 한다. 그러나 그녀는 곧 두 눈시울이 핑 뜨거워지는 것을 어쩌지 못한다. 눈물이 어리는 것이다.

황 이장과 선생들이 대화를 나누고 있을 때, 슬그머니 들어와서 한쪽 구석 자기 자리에 조심히 앉아 긴장된 표정을 짓고 있던 사환 봉식이가 송인순의 두 눈에 눈물이 핑 어리는 것을 보자, 기분이 안 좋은 듯 자기도 코를 훌쩍 들이마신다.

4

그날 밤, 송인순은 울었다. 이 달섬에 와서 처음으로 흘리는 눈물이었다.

이불 속에 엎드려서 훌쩍훌쩍 하염없이 울었.

서울의 가족 생각이 나는 것이었다. 그리고 서울시내의 국민학교에 발령을 받아 자모(姉母)들의 환대 속에 첫 교단생활을 하고 있을 동기생들 생각이 나기도 했다. 눈앞에 떠오르는 그들의 얼굴은 한결같이 명랑하고 의기양양한 것이었다. 자기도 이 섬으로 오질 않고, 서울시내에 발령을 받았더라면 그들과 마찬가지로 자모들의 환대를 받으며, 다시 말하면 이곳 황 이장과 같은 그런 학부모의 횡포를 감내해야 하는 일 따위는 전혀 없이 즐거운 첫 교단생활을 해나가고 있을 게 아닌가.

남쪽에 있는 먼 섬 학교로 자원해 간다는 것을 알고 가까운 학우들이,

"어머, 너는 귀양살이를 스스로 택하는 거니? 놀랐는데……."

혹은,
"정말 페스탈로찌가 돼보려고? 어려울걸……."
또는,
"얘는 알아줘야 해. 이상주의자 아니니. 현실을 모르는……."
"교육의 십자가를 짊어지시겠다 그 말씀이군. 잘 해보라구."
하면서 하하하, 호호호, 헤헤헤…… 웃어대던 일도 생각났다.
어쩌면 그들이 말이, 그들의 생각이 전적으로 옳은 것인지도 모른다는 생각이 들기도 했다.
세상은 그저 남들처럼 평범하게 살아가야지, 자기 혼자만 유별나게 딴 길을 간다는 것은 현명하지 못하다는 아버지의 말씀이 생각나기도 했다. 여자의 행복이란 그런 데 있는 것이 아니라던 아버지의 말씀, 서울시내 학교에서 교편을 잡다가 적당한 상대가 생기면 결혼을 해서 단란한 가정을 꾸며나가는 것이 여자의 행복한 길이라던 그 말씀이 절실히 가슴에 다가오기도 했다.
그런 생각이 들수록 송인순은 슬프고 외롭고 안타까웠다. 그리고 억울하기도 했다.
이런 섬에 자원해서 와준 것만도 고마워해야 할 터인데, 더구나 정말 노가다판의 십장이라도 된 것처럼 매일 흙투성이가 되어 손바닥이 부르트도록 일까지 해주는 판인데, 명색이 이장이라는 사람이 수고한다는 치사는 못할망정 그런 모욕적인 언사를 늘어놓다니…… 아무리 자기 집 아이가 다쳤다고는 하지만…… 선생을 도대체 뭐로 생각하는지…….
그런 억울한 꼴을 당하고도 참아야 하다니……. 그리고 그런 멋대가리 없고, 몰인정한 사람 앞에 자기의 두 손바닥까지 펴 보인 것이 송인순은 분해서 견딜 수가 없었다.

생각 같아서는 내일이라도 당장 사표를 써 던지고, 서울로 돌아가고 싶었다.

송인순이 그렇게 이불 속에 엎드려서 흐느껴 울고 있는 것을 방문 밖에서 엿듣고 있는 사람이 있었다.

봉식이었다.

봉식은 방문 곁에 가만히 붙어 서서 고개를 약간 떨어뜨리고, 숨을 죽이고 있었다.

얼마 후, 흐느낌 소리가 멎고, 방 안이 잠잠해지자, 봉식은,

"헴!"

헛기침을 한번 했다. 그리고,

"선생님, 들어가도 좋습니꺄?"

하고 나직이 물었다.

왠지 그의 목소리도 약간 목멘 것처럼 들렸다.

방 안에서는 아무 대꾸도 없었다. 그러나 이불을 들추고 일어나는 기척이 났다.

"선생님."

"응?"

"들어가도 됩니꺄?"

"봉식이지?"

"예."

"응, 들어와."

봉식은 조심스레 방문을 연다.

봉식이 방문을 열고 들어오자 송인순은,

"어서 앉어."

하면서 씩 웃는다.

지금까지 흐느껴 울던 얼굴을 얼른 수습하고, 억지로 떠올리는 웃음이다.

아무튼 그녀의 얼굴에 웃음이 떠오르니 봉식은 한결 마음이 놓이는 것 같다.

봉식이 송인순의 방에 들어오기는 처음이다.

윗목에 한쪽 무릎을 꿇고 앉은 봉식은 마치 처음 대하는 사람이기나 한 것처럼 약간 멋쩍은 표정으로,

"이런 섬에 오셔서 여러 모로 고생이 많지예?"

하고 입을 연다.

송인순은 자기도 모르게,

"하하……"

웃음이 나온다. 그리고,

"편히 앉아요."

한다.

봉식은 꿇었던 한쪽 무릎을 풀고 편히 앉는다.

잠시 두 사람 다 아무 말이 없다가,

"오늘 이장 그거 뭡니꺼? 그지예? 참 얄궂지예?"

봉식이 불쑥 황 이장을 들먹인다.

"맞어. 하하……."

송인순은 어쩐지 또 웃음이 나온다. 이제 보니 봉식은 무척 순진하고, 친밀감이 가는 총각이구나 싶은 것이다. 평소 학교에서도 송인순 자기 말이라면 선뜻선뜻 잘 움직여 주었지만 말이다.

"이장 그 양반 정말 어떤 때 보면 아주 지랄입니더. 그렇지 않을 땐 그렇지도 않은데……."

"그래?"

"예, 속이 상했을 땐 누가 뭐라 캐도 안 돼예. 뻔히 자기가 잘못인데도 끝까지 안 굽히예. 꼭 장작개비 같심더. 그러나 그렇지 않을 때 보면 남의 사정도 알아주고, 개않은데……."

"흠—"

"오늘 아매 길수가 머리를 다쳐서 단단히 화가 났던 모양이라예."

"아무리 그렇지만, 학교에서 하는 일까지 자기가 이래라저래라 할 수야 있니?"

"그렇지예. 그렇고 말고예."

"이장이면 응당 학교 일을 도와줘야지, 도와줄 생각은 안하고 벌여놓은 일까지 중단시키려고 들다니……. 그리고 사고를 낸 아이가 잘못이긴 하지만, 그러나 일부러 그랬는 것도 아니고, 서로 밀고 당기다가 잘못해서 그래 된 것인데, 학교를 못 다니게 하라니……. 자기가 무슨 교육장이라도 되는지…… 나 참, 기가 막혀서……."

"그래서 저도 그때 속에서 이런 기 올라올라 캐서 혼났심더. 참말입니더."

봉식이는 주먹 한 개를 불끈 쥐어 보인다. 바로 이만한 것이 올라오려 했다는 듯이…….

송인순은 어쩐지 또 미소가 지어진다. 봉식의 그 마음이 따뜻하게 건네오는 듯한 것이다. 어떻게든지 조금이라도 송인순 자기를 위로해 주려고 하는 그 마음이…….

봉식은 오래 있지 않았다.

잠시 더 황 이장에 관한 이런 이야기, 저런 이야기를 하고는,

"선생님, 그럼 피곤하실 낀데, 일찍 주무시이소. 그리고 내일부터 선생님은 일하지 마이소. 학생들만 시키이소."

한다.

"학생들만 시킬 수가 있니, 그러면 더 욕 얻어먹게……."

"개않심더. 욕하는 사람이 나쁘지에 뭐. 그렇게 너무 무릴 하시면 몸살 납니데이."

"괜찮아. 호호……."

"선생님, 그럼 푹 주무시이소."

봉식은 벙글 웃으면서 자리에서 일어난다.

봉식이 나간 다음, 다시 이불 속으로 들어가 엎드린 송인순은 어쩐지 아까보다는 훨씬 기분이 풀린 것 같았다. 봉식의 그 따뜻한 마음이 가슴을 꽤 훈훈하게 녹여주었던 것이다.

아까 같아서는 내일이라도 당장 사표를 내던지고 서울로 돌아가고 싶었으나, 어느덧 그게 아니었다. 섬에 온 지 불과 한 달 남짓밖에 안 됐는데, 벌써 사표를 내고 서울로 돌아가다니, 말도 아닌 것이다.

만일 정말로 그런다면 그 꼬락서니가 뭐겠는가 말이다. 무슨 장난도 아니고……. 가족들이 우선 자기를 어떻게 볼 것이며, 또 페스탈로치니, 이상주의자니 하고 웃던 친구들이 정말 얼마나 비웃겠는가 말이다.

송인순은 가만히 이를 문다.

어떠한 일이 있어도 견디고 이겨나가야지, 초지(初志)를 관철해야

지, 하고 마음을 다지는 것이다.

그만한 일로 벌써 마음이 흐늘흐늘해져서 사표를 내고 서울로 돌아갈 생각을 했다니…… 송인순은 절로 쓴웃음이 나온다. 부끄러운 생각이 들기도 한다.

그녀는 벌떡 일어난다. 그리고 책꽂이에 꽂힌 『새마을운동』책을 뽑는다.

이불 속에 엎드려서 그 책을 펼쳐보는 것이다. 마음을 단단히 다지기 위해서 이미 다 읽은 그 책을 다시 펼쳐든 것이다.

'우리의 사명'이라는 대목을 읽어 본다.

새마을운동!

이것은 오늘의 우리 세대가 기필코 성공시켜야 할 역사적 사명이다.

우리는 역사의 새로운 분기점에 서 있다.

가난과 오욕으로 일관해 온 지난 오천 년의 민족사를 청산하고, 영광이 넘치는 새로운 민족사를 엮어나가야 할 일대 전환점에 서 있는 것이다.

흐르는 역사는 준엄하며, 역사를 창조해야 할 오늘의 현실은 냉혹하다.

가난과 번영을 가름하는 오늘의 이 분기점에서 우리의 운명이 오직 우리들의 자주적 역량에 따라 판가름될 것이라는 엄연한 역사의 법칙을 우리는 깨닫는다.

우리는 또한 만일 이 시점에서 우리의 국력을 기르는 데 실패하고 만다면 오늘의 우리 세대와 내일의 우리 후손들은 영영 세계사의 낙오자가 되고 만다는 사실을 깨닫는다.

소용돌이치는 국제사회, 한 시간도 머무는 일이 없이 급격하게 발전하고 있는 현대사회 속에서 우리만이 뒤떨어진 수치스런 역사를 엮어가고 있을 수는 없다.

세계의 모든 나라들이 번영을 향한 치열한 경쟁을 벌이고 있는데, 우리만이 가난을 한탄하며 앉아 있을 수만은 없다.

더구나 우리의 사랑하는 후손들에게 가난하고 부끄러운 역사를 또다시 물려줄 수는 없다.

잘 살아야 한다는 것, 이것은 역사가 명하는 과제이며, 사명인 것이다.

우리는 또한 우리들의 세대에 조국을 평화적으로 통일해야 할 사명을 갖고 있다.

이 사명을 완수하기 위해 지금 우리는 분단 이십칠 년 만에 남북을 오가며 대화를 나누고 있다.

우리는 모처럼 시작한 이 남북대화를 성공시켜 평화통일을 앞당겨야 한다. 남북대화를 뒷받침하는 유일한 길은 국력을 기르고 조직화하는 것이다.

국력을 기르고 조직화하는 새마을운동은 남북대화를 뒷받침하고, 평화통일을 성취하기 위해서도 기필코 성공시켜야 할 민족의 사명인 것이다.

우리는 또한 냉혹한 현실에 직면해 있다. 소용돌이치는 격동의 사회에서 생활하고 있다.

실리 추구에 급급한 국제 권력정치의 틈바구니에서 우리는 오직 우리 자신의 힘으로써만 우리의 국가를 수호할 수 있고,

우리의 국가이익을 신장시킬 수 있다는 진리를 피부로 느끼고 있다.

　문제는 국력에 있다.

　그 국력을 기르기 위해 오늘 우리들은 새마을운동을 일으키는 것이다.

　글은 다음으로 계속되고 있지만, 이 정도에서 송인순은 책을 덮는다.

　하품이 나오는 것이다.

　한마디 한마디가 다 지당한 말이고, 그러므로 보다 적극적으로 새마을운동을 전개해 나가야 된다는 생각이 든다.

　그리고 이런 거대한 역사의 수레바퀴를 밀고 나가는 한 사람의 역군이 되려면 좀더 신경이 굵고, 튼튼해야 되겠구나 하는 생각도 든다. 앞을 가로막는 소소한 장애물 같은 것쯤은 예사롭게 생각하고 밀고 나가야 되겠구나 싶다. 가령 황 이장 같은 장애물 말이다.

　장애물의 정신을 개조해서 같은 역군을 만들어보아야지⋯⋯ 이런 생각을 먹어보기도 한다.

　그러나 밤이 깊어서 그런지, 아까 낙심이 되어 한바탕 흐느껴 울어서 그런지, 몸이 나른하고, 하품이 나온다.

　송인순은 불을 끄고, 자리에 눕는다.

　멀리 밤바다 위를 지나가는 바람소리가 들린다.

　어둠 속에 누워 송인순은 잠을 청하면서 잠시 외수리 생각을 해본다. 그 마을의 이장은 어떤 사람일까 생각해 본다.

　학생들의 새마을봉사회 활동 지도차 나가서 이장이라는 사람과 인사를 나눈 일은 있다. 그때, 이장은 수고한다는 말을 몇 번이나 하던 기억이 난다.

그러나 어떤 사람인지, 성도 이름도 아직 모른다. 얼굴도 잘 떠오르지 않는다. 아무쪼록 이곳 황 이장같이 뻣뻣하고 멋대가리 없는 사람이 아니길 바랄 뿐이다.

그리고 송인순은 어떻게 하면 그 황량한 마을을 좀 윤기가 도는 마을로 만들 수가 있을까 생각해 본다. '진뱀이섬의 신화' 생각이 난다. 옥미조 선생 생각이 난다. 진뱀이섬의 신화가 아니다. 외수리의 신화, 나아가서는 달섬의 신화를 어떻게 하면 이룩할 수가 있을까…….

그런 생각을 하고 있는 그녀의 머리에 문득 조가비 무더기가 떠오른다. 그리고 요안나 생각이 난다.

—선생님, 이 조개껍데기가 다 돈 같으면 좋겠지예?

—저는 갯벌에서 조개를 잡고 돌아올 때마다 이 조개껍데기가 다 십 원짜리나 오십 원짜리, 백 원짜리 같으면 얼마나 좋을까 하는 생각을 해예.

—어떤 때는 밤에 이불 속에 누워서도 그런 생각을 하지예. 그랬더니 한 번은 꿈에 글쎄, 이 조개무더기가 전부 돈이 되어 있잖아예. 돈이라도 십 원짜리는 별로 없고, 번쩍거리는 오십 원짜리, 백 원짜리잖아예. 얼매나 놀랐는동…… 그만 우야꼬! 소리를 질렀어예. 그랬더니 글쎄 꿈이 깨 버리잖아에. 울고 싶습디더.

요안나가 하던 말이 지금도 기억에 생생하다.

'오늘 밤은 또 무슨 꿈을 꾸고 있을까…… 가련한 요안나, 그리고 세레나…….'

송인순은 그만 코허리가 찡해진다.

5

 이튿날 아침, 송인순이 출근을 하자, 신 선생이 무슨 대단한 걱정이라도 있는 것 같은 표정을 지으며,
 "저…… 송 선생님, 우짤랍니꺼?"
하고 밑도 끝도 없이 묻는다.
 "예? 뭘 말입니까?"
 "어제 그 아이 말입니더."
 "어제 그 아이……?"
 송인순은 약간 긴장이 된다. 어제 그 사고의 건을 이야기하는 것 같은데, 그러나 무슨 뜻인지 분명히 알 수가 없다.
 "사고를 낸 아이 말이구마."
 "……."
 "황 이장이 학교에 못 다니도록 하라는데…… 우야지예?"
 "신 선생님!"
 송인순은 눈에 약간 싸늘한 빛을 담으며 신 선생을 똑바로 쏘아본다.
 신 선생이 좀 당황할 지경이다.
 "그걸 말씀이라고 하세요? 이 학교가 황 이장의 학교란 말입니까?"
 "……."

"황 이장의 말에 무조건 복종해야 되나요? 황 이장이 도대체 뭡니까? 자기가 도대체 뭐길래 이래라저래라 하는 거예요?"

"어허— 송 선생님, 그기 앙이라…… 그 양반을 잘몬 건드렸다 간……."

"잘못 건드리긴 누가 잘못 건드린단 말입니까? 우리가 뭐 그 사람의 발령을 받고 있나요?"

"허허— 그런 뜻이 앙이라…… 송 선생님은 아직 현실이라는 걸 모릅니더."

"글쎄요, 현실이라는 걸 모르는지 모르지만, 좌우간 신 선생님은 염려 마세요. 제가 알아서 할 테니까요."

송인순은 단호히 말한다.

"예, 예, 그러이소. 알아서 하이소. 나는 책임 안 집니대이."

신 선생은 마치 불알도 안 달린 사람 같은 표정을 짓는다.

백 선생은 냉소 같은 것을 코언저리에 살짝 띠고, 봉식이는 가만히 서서 심각한 표정으로 듣고 있다.

그날 오후, 작업 시간이었다.

수업이 끝나고, 작업 시간이 되었으나, 송인순은 도무지 운동장으로 나가고 싶지가 않았다. 그래서 교실 창변에 멀뚱히 앉아 있었다.

간밤의 결의를 새로이 하기는 했지만, 도무지 일할 의욕이 나질 않는 것이었다. 아침에 출근을 하자마자 신 선생과 그런 일이 있어서 그런지 왠지, 다시 무거운 고독감과 절망감 같은 것에 빠져들어 가고 있었다.

'제가 알아서 할 테니 염려 마세요.'

하고 큰소리를 치기는 했지만, 역시 불안하고 자신이 없었다. 연약한 여자의 몸이고, 또 교단 햇병아리니 그럴 수밖에.

두 손으로 턱을 괴고 얼마동안 멀뚱히 앉아 있던 송인순은 문득 고개를 들어 창밖을 내다보았다.

뜻밖에 백 선생이 열을 올려 학생들을 지휘해서 작업을 하고 있었다.

"어머!"

송인순은 약간 놀라지 않을 수 없었다.

백 선생이 열을 올리는 것도 뜻밖의 일이었지만, 그것보다도 봉식까지 나서서 일을 하고 있는 것이 아닌가.

봉식은 양쪽 팔을 걷어붙이고 삽으로 냅다 흙을 파서 가마니때기에 덤뿍덤뿍 담고 있었다.

정말 의외의 일이었다. 봉식이 학생들의 작업에 다 뛰어들다니…….

자기도 모르게 자리에서 벌떡 일어나 창밖을 내다보는 그녀의 얼굴에는 미소와 함께 생기가 떠오르고, 지금까지 고독감과 절망감 같은 것에 젖어 있던 가슴에 뿌듯한 기운이 용솟음치는 듯했다.

그녀는 얼른 운동장으로 뛰어나갔다.

송인순이 뒤늦게 뛰어나오는 것을 보자, 백 선생은,

"오늘은 우짠 일로 지각이십니더그려."

하고 활짝 밝게 웃었고, 봉식은

"선생님은 오늘은 좀 쉬시이소, 제가 대신할께요."

진정어린 표정으로 말한다.

"아이, 봉식이도 나서는데, 내가 쉴 수가 있겠어."

송인순은 기쁨에 넘친 얼굴로 자기도 두 팔을 걷어붙인다.

정말 이제 진정한 동지를 얻은 듯 든든하기만 한 것이다. 조금 전의 고독감 같은 것은 어디론지 씻은 듯 없어졌다.

웬일인지 학생들도 오늘따라 더 열심히 일하는 듯했다. 특히 개동세는 한눈 한번 파는 일 없이, 이마에 땀까지 흘려가며 부지런히 일을 했다. 마치 어제 저지른 실수의 속죄라도 하는 것처럼.

작업을 마치고, 우물에서 손을 씻으면서 송인순은 백 선생에게 말했다.

"백 선생님, 저…… 이따가 같이 황 이장인가 그 양반 집에 안 가 보시겠어요?"

"그럽시더. 가봅시더."

송인순이 함께 가자는데 마다할 백 선생이 아니다.

"가서 아이 상처가 어떤가, 치료도 좀 해주고……."

"예, 예. 그래야지예."

백 선생은 어디 단둘이 놀러라도 가자는 것처럼 좋아서 싱글벙글한다.

퇴근 시간이 되자, 송인순은 위생함 속에서 약품 몇 가지와 탈지면, 붕대 같은 것을 꺼내가지고 직원실을 나선다. 물론 백 선생도 뒤따라 나선다.

그러자 신 선생이 약간 의아한 표정을 짓는다.

"어디 황 이장 집에 가나? 백 선생."

"예, 우리 반 아이가 다쳤는데, 가봐야 안 되겠능교. 송 선생님도 자기 반 아이가 상처를 입혔으니 마땅히 가봐야 되고……."

그러면서 백 선생은 공연히 싱글벙글 웃는다.

신 선생은 당연히 그래야 된다고 생각하면서도 어쩐지 별로 기분이 좋지가 않다. 송 선생과 백 선생이 별안간 사이가 매우 가까워진 것 같아 은근히 질투 같은 것이 느껴지는 것이다.

황 이장네 집은 마을 한가운데 양지바른 곳에 위치하고 있는 남향집이었다. 얼른 보아도 여느 집들과는 달리 어딘지 모르게 윤기가 흘러보였다. 신문을 보고, 라디오를 듣는 유일한 집이라 아무래도 달랐다.

백 선생이 앞서고, 송인순이 뒤따라 대문을 들어섰다.

마침 황 이장은 어디 볼일이라도 보러 가려는 듯 사랑방에서 나와 대문 쪽으로 걸어오고 있었다.

"안녕하십니꺼. 이장 어른."

백 선생이 인사를 하자, 황 이장은,

"예."

하면서 무뚝뚝한 얼굴로 걸음을 멈춘다.

"안녕하세요."

송인순도 인사를 한다.

"예."

역시 무뚝뚝한 한마디뿐이다.

어제의 그 감정상태가 아직 그대로인 모양이다.

아무리 그렇지만, 자기 집을 찾아왔는데 이럴 수가 있는가 싶었으나, 송인순은 조금도 낯빛을 달리하지 않고,

"어린애 상처가 좀 어떻습니까?"

하고 묻는다.

황 이장은 불쑥 내뱉는다.

"하루 새에 어떻긴 뭐가 어떻겠소."
"……."
"난 볼일이 좀 있어서……."
그리고 황 이장은 성큼성큼 대문 밖으로 걸어나가 버린다.
무안도 이만저만한 무안이 아니다. 도대체 사람을 이렇게 대접할 수가 있는가 말이다.
백 선생은 속에서 주먹만 한 것이 울컥 치솟는 것을 느낀다. 그래도 명색이 자기 아이 담임선생이 아닌가. 담임선생이 찾아왔는데, 이런 모욕적인 대우를 하다니…… 분해서 견딜 수가 없다.
백 선생은 힐끗 송인순을 본다.
송인순 역시 무안을 당한 듯 기분이 나빠 못 견디겠는 모양이다.
"송 선생님, 갑시더."
"……."
"예? 갑시더."
"백 선생님."
송인순은 백 선생을 바라보며 아랫입술을 자그시 문다.
"그냥 가버리면 우리도 똑같은 사람이잖아요."
"똑같은 사람이고 뭐고, 어디 기분 나빠 견디겠능교? 이거 무신 사람을 뭘로 생각하는지…… 나 참 더럽어서……."
"백 선생님, 좌우간 우리 할 일이나 합시다. 아이 상처나 보아주고 갑시다."
그러자 그때, 안채에서 방문을 열고 아낙네 한 사람이 나타난다.
"어서 오이소. 와 안 들어오시고……."
황 이장 부인 마산댁이다.

별로 반가워하는 기색은 아니나, 그렇다고 황 이장처럼 그렇게 기분 나빠하는 표정도 아니다. 그저 약간 근심이 서린 듯한 그런 얼굴이다.

백 선생과 송인순은 방으로 들어간다.

아랫목에 길수가 누워 있다.

"길수야, 좀 어떤노?"

저희 선생님과 여선생님이 방으로 들어오자, 길수는 깜짝 놀라는 듯 발딱 자리에서 일어나 앉으며,

"선생님 오십니꼬. 아직 아픕니더."

한다.

저의 아버지와는 달리 인사성이 제법 있다.

그런 길수를 보자, 송인순은 약간 안심이 된다. 혹시 열을 내며 앓고 누워 있지나 않을까, 은근히 걱정이 되었는데 말이다.

누워 있다가 발딱 가볍게 일어나 앉는 것을 보니 상처의 경과가 좋은 게 틀림없는 것이다.

백 선생은 마산댁에게 위로의 말을 한다.

"길수 때문에 얼마나 놀랐습니꼬? 어제 와 볼라 카다가…… 어제는 이장님이 학교에 오셨길래……."

"아이고— 어제는 정말 놀랐구마. 무신 이런 일이 다 있노 싶습디더. 학교에 공부하로 간 아이가 괭이에 대가리를 찍히가지고 피를 철철 흘리며 돌아오다니…… 정말 기가 맥혀서……."

마산댁의 인품 역시 황 이장과 별로 다를 바가 없다. 하루쯤 지났고 하니, 좀 좋게 말할 수도 있을 터인데, 꼭 그렇게 은연중 말에 가시를 담다니……

그러나 송인순도 한마디 사과 비슷한 말을 안 할 수가 없다. 자기 반 아이가 상처를 입혔으니 말이다.

"제가 여간 미안하지 않군요. 아이들 지도를 좀더 철저히 했더라면 이런 사고가 나지 않았을 텐데…… 저도 일을 하느라고 미처……."

"선생님이사 무신 잘못이겠능교. 어떤 놈인지 그놈의 아새끼가 죽일 놈이지. 글씨 괭이를 가지고 남의 대가릴 찍다니…… 어제는 하도 분해서 그놈의 아새끼 애미 애빌 찾아가서 한바탕 할라 캤구마. 그런데 외수리 사는 놈이라 캐서 그만뒀지예. 한 동네 같았으믄 가만히 안 있고 말고예."

"그 아이도 일부러 그런 건 아니니까, 양해를 하셔야지요."

"글씨, 내가 양해를 하니까 이렇게 가만히 있지, 그란허믄……."

그녀는 다시 열이 올라오기라도 하는 듯 얼굴이 약간 상기된다.

송인순은 그만 입을 다물고, 길수의 머리에 감긴 붕대를 풀기 시작한다.

송인순의 치료 솜씨는 별로 서툴지가 않다. 학생 시절에 간단한 응급치료법을 배우기도 했지만, 집에서 실제로 동생들의 외상 같은 것은 자기가 맡아서 치료를 해주었던 것이다.

그리고 섬 학교에 가게 되면 준간호원쯤은 돼야 된다는 생각으로 실제로 병원 간호원으로 있는 친구의 언니에게 며칠 동안 교습을 받기까지 했던 것이다.

송인순이 치료를 하는 동안, 가만히 보고 있던 마산댁이 치료를 마치고 새 붕대를 감기 시작하자,

"선생님, 꼭 간호부같이 잘 하네예."

하고 그제야 하하하…… 웃는다.

"우리 학교 학생들을 위해서 서울에서 간호부 노릇까지 배워가지고 오싰답니더."

백 선생의 얼굴에도 웃음이 떠오른다.

"그래예? 정말잉교?"

"정말입니더. 물어보이소."

"선생님, 정말잉교?"

송인순은 미소를 지으며,

"아니에요. 그저 집에서 동생들 치료를 좀 해줬었죠."
한다.

"동생들 치료를 얼마나 해줬길래 이렇게……. 아매 동생들이 만날 학교에 가서 괭이에 대가리를 찍혀가지고 왔던 모양이제?"

"하하하……."

"허허허……."

분위기가 활짝 부드러워진다.

그러나 마산댁은 두 선생이 잠시 앉아 이야기를 나누다가 일어서자, 불쑥,

"그 사고를 낸 아새끼 퇴학을 시킸능교?"

묻는다.

백 선생은 송 선생을 힐끗 본다.

송인순은 아무 대답이 없다.

"꼭 퇴학을 시켜야 됩니대이. 그런 아새낄 그냥 뒀다가는 앞으로 또 무신 사고가 날지 모르니까, 미리 퇴학을 시키 삐리야 안심이구마."

"……."

"꼭 퇴학을 시키야 되느마. 알겠능교? 그란허믄 우리 길수를 학교에 안 보낼 끼구마."

송인순은 도로 자리에 앉아 차근차근 타이를까 하다가, 오늘은 그만두기로 한다. 며칠 지나면 좀 감정이 누그러질 것이니, 그때 기회를 보아서 잘 이야길 하기로 하고.

대문을 나서는데 백 선생과 송인순은 별로 기분이 좋은 것은 아니었으나, 그러나 대문을 들어설 때보다는 어쩐지 좀 괜찮다.

송인순은 이게 바로 한 걸음 한 걸음 난관을 극복해 나가는 일이로구나 싶어 속으로 쓴웃음이 나오기도 한다.

이튿날, 퇴근 시간이 되자, 송인순은 또 위생함에서 약품을 꺼내 들고 황 이장 집을 향해 나서는 것이었다.

"아니, 송 선생님, 오늘 또 가시능교?"

백 선생은 약간 놀라는 표정을 지었다. 보통 여자가 아니구나 하는 생각이 드는 것이었다.

위문차 한번 가봤으면 됐지, 또 약품을 들고 치료를 해주러 가다니…… 마을 구멍가게에서도 그 정도의 치료는 할 수 있는 약품은 팔고 있으니, 자기네가 알아서 할 터인데 말이다.

과연 이런 섬 분교장을 자원해서 찾아온 여선생이 다르기는 다르구나 싶었다.

백 선생은 오늘도 동행을 할까 하다가 그만두었다. 여선생 꽁무니를 늘 따라다닌다고 할까 봐 쑥스럽기도 하고, 또 황 이장 그자를 대하기가 싫었던 것이다.

송인순은 혼자 찾아갔다.

마침 황 이장은 마당에 서서 동네 사람 하나와 이야기를 나누고 있었다.

"안녕하십니까?"

송인순이 대문을 들어서며 인사를 하자, 황 이장은,

"예."

하고 약간 의외라는 듯한 그런 표정을 지었다. 오늘 또 이렇게 치료를 해주러 찾아올 줄은 몰랐던 것이다.

황 이장의 눈빛이 어제보다는 한결 부드럽게 느껴졌다.

그러나 그것뿐, 그 다음은 역시 모르는 체하고 동네 사람과 이야기를 나누는 것이었다.

송인순은 오늘도 모욕감 같은 것을 느끼지 않을 수 없었다. 그러나 아랫배에 지그시 힘을 주며 안으로 걸어 들어갔다.

"아이고, 또 오시능교?"

송인순을 맞이하는 마산댁은 어제보다 월등히 부드러워졌다.

치료를 해주고 나올 때도 오늘은 어제처럼 그 애새끼 퇴학을 시켰느냐고 묻지를 않았다. 그 대신,

"수고가 많았심대이."

하고 대문까지 배웅을 해주었다.

황 이장은 어디로 갔는지 마당에 보이질 않았다.

이튿날도 송인순은 치료를 해주러 찾아갔다. 황 이장은 만나지 못했으나, 마산댁은 이제 미안한 기색이 역력했다.

그리고 다음 날도 찾아갔다.

물론 그다음 날도 찾아갔다.

그렇게 송인순은 하루를 거르는 일없이 퇴근시간이 되면 매일

황 이장 집을 찾아가서 길수의 상처를 치료해 주었다.

송인순이 찾아가는 횟수가 거듭됨에 따라 황 이장의 대하는 태도도 차츰 부드러워져서, 나중에는 그만 마산댁과 마찬가지로,

"아이고, 또 오시능게. 인제 안 오시도 되는데……."

혹은,

"이거 정말 미안해서 우야지요?"

하고 진정으로 미안해하게 되었다.

바로 송인순이 기대했던 반응이었다. 그런 반응이 나타나기를 기다리며 묵묵히 이를 악물고 모욕감을 참아가며 찾아가곤 했던 것이다.

말하자면 열 번 찍어서 안 넘어가는 나무가 없다는 말을 믿었고, 또 실천을 한 것이다.

그러나 아직 그녀가 마음먹고 있는 대로 황 이장이 완전히 넘어간 것은 아니다. 이제부터인 것이다.

어느 날, 황 이장은 마침내 송인순을 저녁이나 먹고 가라고 붙들었다.

송인순은 사양을 하는 체하다가 주저앉았다. 내심 그런 기회가 오기를 은근히 기다렸던 것이다.

큰방에서 저녁을 먹고 난 송인순은, 사랑방에서 혼자 저녁상을 물리고 라디오를 들으며 담배를 피우고 있는 황 이장을 찾아갔다.

"이장님, 좀 들어가도 괜찮을까요?"

"아, 예, 어서 들어오이소. 어서……."

황 이장은 송인순이 일부러 자기 방에 찾아오는 것이 여간 기분이 좋지가 않은 모양이다.

송인순이 들어와 앉아, 방석을 권하며,

"찬도 없는 밥을 어떻게 잡쉈능교?"

하고 빙그레 웃는다.

"아이 별말씀을…… 아주 맛있게 잘 먹었어요."

"그래요? 맛있게 잡쉈다니 기분이 좋심더."

그리고 황 이장은 라디오의 볼륨을 좀 낮춘다.

송인순은 서서히 이야기를 꺼낸다.

"달섬이 생각했던 것보다 좋군요."

"좋응교?"

"예."

"어떤 점이?"

"첫째 인심들이 순박해서 좋아요."

"……"

황 이장은 약간 어색한 표정을 짓는다. 어쩐지 그 말에 가시가 들어 있는 것처럼 느껴지는 모양이다.

"섬사람들은 거칠다더니, 도무지 그렇지가 않군요. 순박하고 인심이 후해요."

"그렁교?"

"예, 서울의 각박한 인심 속에서 살다 와서 그런지 모르지만……"

"서울에서 어떻게 이런 섬까지 오게 됐능교? 일부로 이런 섬을 찾아오싰다는 기 정말잉교?"

"예, 집에서는 반대를 했어요. 섬엘 가면 고생한다고, 서울시내 학교에 발령을 받으라고요."

"그렇지요. 이런 섬에 오면 모든 것이 불편 안 항교. 그런데 와 일부러 이런 섬에……."

"일부러 고생을 좀 해 보려고요."

"허허허……."

황 이장은 재미있다는 듯이 웃는다.

송인순도 살짝 미소를 짓는다.

"이런 섬에 와서 고생을 하는 사람도 더러 있어야 안 되겠습니까. 그렇지 않으면 이런 섬의 교육은 누가 하나요?"

"하기사 그렇기도 하지만……."

"이런 섬에서 고생하는 게 더 보람 있는 일인지도 모르잖아요? 그리고 실상 와서 지내보니 뭐 그다지 고생이란 것도 없어요."

"그렁교?"

"예, 정말이에요. 인심도 좋고, 경치도 좋고, 공기도 좋고요. 몸에 아주 좋을 것 같아요."

"서울은 공기가 나쁜 것만은 사실일 끼라."

"나쁘고말고요. 여기 공기에 비하면 말도 아니에요. 서울 더러 가 보셨어요?"

"예, 더러 가봤지요. 그런데 근래엔 몬 가봤심더."

황 이장은 다시 담배에 불을 붙인다.

이 정도에서 송인순은 슬그머니 화제를 돌린다.

"이장님."

"예?"

"그런데 이 섬에서는 왜 새마을운동을 안 하지요?"

"새마을운동요?"

"예, 새마을운동 모르세요?"

"와 몰라요. 알지요. 알고말고요."

이장이니 의당 알고 있을 것이다. 이장일 뿐 아니라 신문도 구독하고, 라디오도 듣는 터인데, 새마을운동을 모를 턱이 없다.

"이 섬에도 새마을운동이 일어나야 될 것 같은데…… 이장님, 어떻게 생각하세요?"

"물론 일어나야지요. 일어나야 되고말고요."

"그런데 어째 지금까지 전혀 그런 움직임이 없는지 모르겠어요."

"와요, 요새 신 선생이 더러 나와서 학생들을 시키서 마을 골목도 쓸고 하던데요."

"호호호……."

송인순은 그만 웃음이 나온다.

내수리 새마을운동 지도 담당인 신 선생이 몇 번 학생들을 시켜서 마을길을 청소한 것을 가지고 새마을운동이라고 생각하는 모양이다.

"와 웃능게?"

그러면서 황 이장 자신도 히죽 웃는다.

"새마을운동이 어떤 것인지 이장님이 더 잘 아실 거 아니에요."

"알기사 쪼매 알지요. 지붕 개량을 하고, 길을 넓히고, 개간을 해서 소득 증대도 하고……."

"그렇게 잘 아시면서 왜 시작을 안 하세요? 지금 전국 방방곡곡에서 새마을운동이 한창 일어나고 있지 않아요. 이장님이 하려고 결심만 하시면 아주 잘될 거예요."

송인순은 은근히 황 이장을 추켜올린다.

황 이장은 기분이 좋은 듯 비시그레 웃는다. 그러나,

"이런 외딴 섬에서 새마을운동을 한다고 누가 알아주능게."

이렇게 말한다.

"어머나, 그게 무슨 말씀이에요? 새마을운동을 누구한테 알아달라고 하는 건가요 뭐. 스스로 자기 부락을 살기 좋고, 잘 사는 부락으로 만들어보자고 하는 거죠. 누구한테 보이기 위해서 하는 건 진정한 새마을운동이 아니에요. 물론 남들이 보고 격려를 해주고, 찬사를 보내주면 더욱 기쁜 일이죠. 그러나 그건 어디까지나 이차적인 문제가 아니겠어요?"

"허허허…… 물론 그렇심더. 그리고 솔직히 말하면…… 귀찮아서…… 허허허……."

"호호호…… 귀찮기야 하죠. 그러나 귀찮다고 우리가 맨날 요 모양 요 꼴로 살아서야 되겠습니까? 안 그래요?"

"허허허……."

황 이장은 허파가 헐렁헐렁해진 사람처럼 곧장 헛바람이 새듯 웃기만 한다.

"이장님, 정말 부탁이에요."

"허허허…… 뭘 말잉교?"

"이장님이 앞장을 서주세요. 그래서 우리 섬에도 새마을운동의 횃불이 타오르도록 해주세요."

"내가 무신 힘이 있어서……."

"아이 별말씀을…… 이 섬에서 이장님 말씀을 거역할 사람이 어디 있어요."

송인순은 눈썹 하나 까딱하지 않고, 황 이장을 이번에는 훨씬 더 번쩍 추켜올린다.

황 이장은 절로 헤벌레 입이 벌어진다.

"이장님이 몸소 일을 하시라는 건 아니에요. 그저 명령만 내리시라는 거죠."

"명령만 내리다니요?"

"부락 사람들이 새마을운동을 시작하도록 해주시라는 거예요. 다음은 저희가 책임지고 밀고 나갈 테니까요."

"학교 선생님들이?"

"예, 이미 담당 부락까지 다 정해 놓았어요. 이 내수리는 신 선생님이 맡았어요."

"신 선생이?"

"예."

"흠— 그래서 신 선생이 학생들을 시키서 몇 번 골목을 씰었구만."

황 이장은 비식 웃는다.

어쩐지 약간 서운한 듯한 그런 표정이다. 같은 값이면 송인순이 맡았으면 좋았을 것을…… 싶은 모양이다.

"지금은 학교 일 때문에 별로 손을 못 대고 있습니다만, 학교 일이 끝나면 부락 일을 본격적으로 시작할 예정이에요."

"……"

"말하자면 지금은 학교 새마을운동을 하고 있는 셈이죠."

"음—"

황 이장은 뭔가 생각에 잠기는 듯 잠시 지그시 눈을 감았다가 뜬다. 그리고 조용히 묻는다.

"사고를 낸 녀석 학교에 다니고 있능교?"

그 말에 송인순은 약간 긴장이 되며 황 이장을 힐끗 본다. 그리고 조심스레,

"예."

하고 대답한다.

"잘했구마. 사고를 냈다고 학교에 몬 다니도록 할 것까지야 있겠능교. 그때는 하도 화가 나서…… 허허허……."

이제 화가 완전히 풀린 셈인가.

"그럼요, 고의로 그런 것도 아닌데……."

송인순의 표정도 활짝 밝아진다.

그때, 방문을 열고 마산댁이 들어온다. 단둘이 무슨 얘기가 그렇게 긴가 싶은 모양이다.

라디오에서 마침 새마을노래가 흘러나온다.

새벽종이 울렸네.
새아침이 밝았네.
너도 나도 일어나
새마을을 가꾸세.

새마을 관계 뉴스가 시작되는가 보다.

"좌우간 뭍에서는 새마을운동이 대단한 모양이라……."

황 이장이 빙그레 웃으며 말한다.

"그럼요."

송인순도 미소를 지으며,

"이장님 부탁해요."

한다.

 황 이장은 말없이 그저 싱그레 웃고만 있다.

 마산댁은 무슨 부탁인가 싶은 듯 두 사람의 얼굴을 멀뚱멀뚱 번갈아 바라본다.

6

 바로 이튿날 오후였다.
 작업시간에 학생들과 함께 일을 하고 있던 송인순은,
"어머나!"
 절로 입이 벌어졌다.
 두 눈도 번쩍 뜨이는 것이었다. 놀라지 않을 수 없었다.
"어머나, 어머나―"
 온 얼굴에 활짝 웃음이 피어올랐다.
 일을 하고 있던 학생들도 모두 일손을 멈추고,
"우야꼬!"
"야―"
"하하하…… 무신 일이제?"
"글씨 말이다."
하고 떠들어댔다.

 교문으로 지게부대가 줄줄이 들어섰던 것이다.
 물론 마을 사람들이었다. 마을 사람들이 지게를 지고, 머리에는 수건들을 질끈질끈 동여매고, 줄을 지어 들어서는 것이 아닌가.

맨 앞장을 선 사람은 다름 아닌 바로 황 이장이었다. 황 이장은 지게는 지지 않았으나, 괭이를 메고, 머리에는 역시 수건을 질끈 동여매고 있었다.

그리고 벙글벙글 웃으면서 운동장으로 의기양양하게 들어서는 것이 아닌가.

"이장님!"

송인순은 감격한 나머지 냅다 황 이장 앞으로 달려갔다.

"이장님, 정말 고맙습니다. 정말……."

"허허허……."

황 이장은 기분 좋은 듯이 웃고 나서,

"고맙긴요. 우리 자식들이 다니는 학꼰데, 우리가 나서는 기 당연하지. 오히려 너무 늦어서 미안하구마."

하고는 운동장을 휘 둘러본다.

작업이 어느 정도 진척됐는가 살펴보는 것이다.

저쪽에서 일하고 있던 백 선생도 난데없이 이게 웬일인가 싶은 듯 성큼성큼 이쪽으로 다가온다.

부지런히 삽질을 하고 있던 봉식도 이마의 땀을 씻으며 이쪽을 멀뚱히 바라보고 있다.

그런데 신 선생의 모습은 보이지 않는다.

"신 선생은 어디 갔능게?"

황 이장이 묻는다.

"저…… 아침부터 몸이 좀 편찮으시다더니……."

송인순은 적당히 얼버무린다.

"자, 그럼 여러분, 우리도 일을 시작해봅시더. 운동장을 고르는 일이니까 여러분들이 더 잘 알 꺼 아닝게. 자, 시작합시더."

황 이장의 말이 떨어지자, 지게부대는 제각기 알아서 작업을 하기 시작한다.

황 이장도 손수 괭이로 흙을 파기 시작한다.

그런 황 이장의 모습을 백 선생은 정말 알 수 없는 일이라는 듯이 고개를 갸웃거리며 힐끗힐끗 본다.

송인순의 얼굴에는 흡족한 미소가 떠오른다. 어제 저녁에 부탁을 했는데, 바로 하룻밤 사이에 이렇게 실현이 될 줄이야 몰랐던 것이다. 더구나 학교 일을 도와달라는 말은 입 밖에 내지도 않았는데 말이다.

아무튼 이제 이 섬에도 새마을운동의 횃불이 타오르기 시작했구나 싶으니, 송인순은 감격스럽기만 하다.

그리고 한 사람의 힘이 무서운 것이로구나 하는 생각이 들기도 한다. 하루 사이에 마을 남정네들을 설득해가지고 이렇게 지게까지 지고 나서도록 하다니 말이다. 더구나 모두 머리에 수건까지 질끈질끈 동여매도록 하지 않았는가.

운동장 고르기 작업을 시작했을 무렵에 몇몇 마을 사람들이 자진해 나와서 몇 번 일을 도와준 일은 있었지만, 이렇게 집단을 이루어서 본격적으로 나서준 것은 처음이다.

학생들만의 힘으로는 앞으로는 한 달가량은 더 걸릴 것이다. 그러나 이제 일주일 정도면 깨끗이 끝날 수 있게 된 것이 아닌가.

송인순은 며칠 전의 그 고독감, 절망감이 우습게 생각되었다. 하마터면 첫 난관을 극복하지 못하고, 좌절해버릴 뻔했다는 생각이 들자, 약간 부끄러운 생각이 들기도 했다.

그녀는 커다랗게 심호흡을 했다.

오늘따라 먼 수평선이 한결 눈부시게 빛나는 듯했다. 좋은 날씨였다.

송인순은 다시 자기도 불끈 힘을 주어 괭이자루를 쥔다.

잠시 후, 신 선생이 을씨년스러운 모습으로 슬금슬금 나타난다. 숙직실에서 낮잠이라도 한숨 잔 모양이다.

그렇게 내수리 부락의 지게부대가 나타난 이틀 뒤에는 뜻밖에도 외수리 부락민들도 떼를 지어 나타났다.

너무나 뜻밖의 일에 송인순은 안면 근육이 어떻게 된 사람처럼 곧장 싱글벙글 어쩔 줄을 몰랐다.

외수리 부락민들이 나타난 다음 날엔 장송리에서도 떼를 지어 몰려왔다.

그러니까 세 부락의 작업부대가 운동장을 뒤덮고 만 것이다.

학생들은 모두 뒷전으로 물러서는 수밖에 없었다.

제4장

1

 운동장 고르기 작업이 세 부락민들의 협조로 일주일도 채 못 걸려 끝나자, 이제 학교의 환경개선 작업은 일단락을 지은 셈이었다.
 학교의 환경개선 작업이 일단락되자, 송인순은 부락의 새마을운동을 적극적으로 전개해 나가자고 직원회의에서 제의했다.
 운동장 고르기 작업에 그처럼 세 부락에서 자진해서 나와 준 그 협동의 정신이 식기 전에 새마을운동으로 연결시켜 나가야 된다고 주장했다.
 백 선생이 적극적으로 찬동했다. 전에는 노상 농담이나 하고, 슬슬 꼬집거나 빈정거리기를 좋아하던 백 선생이 이번 일을 계기로 태도가 아주 달라진 것이었다. 송인순에게 내심 매우 감동을 한 모양이었다.

두 사람이 그처럼 적극적으로 나오는데, 신 선생이 거기에 맞설 수는 없었다. 이미 새마을운동을 전개해 나가기로 결정을 했고, 담당 부락까지 정한 터이니, 반대를 할 하등의 명분이 없는 것이다.

그러나 신 선생은 어쩐지 기분이 좋지가 않았다. 이번 일에서 자기가 백 선생에게 케이오의 패를 당한 듯한 느낌인 것이다. 송인순이 보고 있는 앞에서 말이다.

이번 일이 있기 전에는, 송인순의 호감이 백 선생에게보다 자기에게 더 기울어져 있었다고 할 수가 있었는데…… 이번에 그만 그녀의 호감이 자기에게서 백 선생 쪽으로 훌쩍 옮아가버려 어쩐지 기분이 우울한 것이다.

사실 이번에 자기가 취한 태도는 남자로서, 또 이 분교장의 주임교사로서 떳떳한 것이 못 되는 것이다. 그럴 경우에는, 나중에는 어떻게 되더라도 황 이장에게 맞서야 옳은 것이다.

그래야 누가 보더라도 남자답고, 또 주임교사답지 않겠는가. 맞선다고 반드시 함께 핏대를 세우는 것이 아니라, 좋은 말로 얼마든지 맞설 수가 있지 않은가 말이다.

그런데 신 선생은 이번에 그걸 못한 것이다.

설사 그날, 황 이장 앞에서는 그런 태도를 취했다 하더라도, 그 이튿날 아침에 직접 송인순에게 사고를 낸 아이를 어떻게 하겠느냐는 그런 말만 꺼내지 않고, 자기가 책임질 테니 송 선생은 아무 염려 말고, 그 아이를 그냥 계속 학교에 다니도록 하라고만 했더라도 얼마나 떳떳했겠는가 말이다.

송인순의 호감이 자기에게서 떠나버린 결정적인 원인은 그날 아침,

"송 선생님, 우짤랍니꺼? 사고를 낸 아이 말이구마. 황 이장이 학교에 못 다니도록 하라는데…… 우야지예?"

이렇게 말한 데 있다는 생각이 들 때마다 신 선생은 후회가 되기도 하고, 좀 창피하기도 하고, 부끄럽기도 했다.

선생이라야 고작 세 사람뿐인데, 자기 혼자만 외톨박이가 된 것 같아 우울한 것이었다. 더구나 두 사람은 나이도 한두 살밖에 차이가 없는 총각 처녀가 아닌가.

말하자면 신 선생은 슬그머니 질투 같은 것을 느끼고 있기도 한 것이었다.

아무튼 부락의 새마을운동도 본격적으로 착수되었다.

부락의 새마을운동에 본격적으로 나섰다고 해서 학교의 일을 등한시하게 된 것은 물론 아니다. 자활학교, 다시 말하면 새마을학교 건설을 위해서도 차근차근 한 가지씩 일을 진척시켜 나갔다.

송인순의 제의로 교실 앞의 화단을 비롯해서 운동장가, 그리고 학교 주위의 빈터에 해바라기 씨를 뿌렸다.

해바라기는 꽃으로도 좋을 뿐 아니라, 가을이 되어 그 씨를 받으면 수익도 보통이 아닌 것이다. 관상용도 되고, 수익성도 있는 것이 해바라기인 것이었다. 말하자면 일석이조였다.

해바라기 씨는 식용유의 원료가 되는 것이었다.

경기도 어느 새마을에서는 황무지를 개간해서 온통 해바라기 밭을 만들어 큰 수익을 올리고 있다는 기사를 신문에서 보았던 것이다.

그 기사를 읽었을 때 송인순은,

"옳지, 바로 이거다!"

하고 쾌재를 불렀던 것이다.

　본래 송인순은 해바라기 꽃을 좋아했다. 꽃이 탐스러울 뿐 아니라, 한여름 뙤약볕 아래서도 해를 향해 얼굴을 쳐들고 있는 그 강렬한 향일성이 마음에 들었다.

　그런데 그 꽃이 바로 수익성과도 직결이 되다니, 무척 반가운 노릇이 아닐 수 없었다.

　해바라기 꽃으로 학교를 메우고, 나아가서는 온 섬을 메울 수 있다면 얼마나 좋을까. 해바라기 학교, 해바라기 섬이 될 게 아닌가 말이다.

　그녀는 벌써 눈앞에 해바라기에 싸인 학교, 해바라기에 덮인 섬의 아름다운 풍경이 환히 펼쳐지는 듯해서 황홀하기까지 했다.

　그래서 학교뿐 아니라, 부락의 새마을운동에서도 해바라기 가꾸기를 권장해야겠다고 마음먹었던 것이다.

　해바라기는 아무 땅에나 잘 자랄 뿐 아니라, 한번 씨를 뿌려놓으면 거기 손을 볼 필요가 없기도 한 것이다.

　교실 앞 화단에도 전부 해바라기를 심자는 말을 했을 때, 신 선생과 백 선생은 좀 난색을 표하는 듯했다. 그러나 그녀의 해바라기 학교, 해바라기 섬 구상을 이야기 듣고는,

　"하하하……."

　"허허허……."

　웃으며 고개를 끄덕였다.

　두 사람 역시 그것 참 그럴듯한 아이디어라 싶은 모양이었다.

　해바라기 가꾸기와 함께 염소도 몇 마리 시험 삼아 길러보기로 했다.

염소를 기르느냐, 돼지를 기르느냐, 아니면 닭이나 토끼를 사육하느냐 하는 문제를 놓고 한참 왈가왈부를 하기도 했다.

신 선생은 토끼 기르기를 주장했고, 백 선생은 닭 기르기를 주장했다.

백 선생은 닭을 길러야 이따금 한 마리씩 잡아 회식도 할 게 아니냐고 웃었다. 역시 아직 농담기가 덜 가신 것이었다.

송인순은 염소 기르기를 주장했다.

돼지는 불결해서 어쩐지 이마가 찡그려질 뿐 아니라, 사료도 문제일 것 같고, 닭이나 토끼는 번거롭기만 할 것 같았다. 아무래도 염소가 기르기도 쉽고, 사료문제도 별로 크게 걱정이 될 것 같지가 않았던 것이다.

그리고 염소는 다른 가축과 달리 호감이 가기도 하는 것이었다. 해바라기를 가꾸고, 염소를 기르고…… 어쩐지 낭만적이기도 했다. 해바라기숲 속으로 염소를 몰고 다니는 광경은 정말 한 폭의 그림이 아닐 수 없었다.

말하자면 송인순은 수익성 못지않게 생활의 멋도 염두에 두는 것이었다. 같은 값이면 다홍치마라고 말이다.

그래서 우선 시험 삼아 염소 새끼 두 마리를 산 것이다. 물론 한 마리는 수컷이고, 한 마리는 암컷이다.

수업을 마치면 송인순은 해바라기가 싹이 터서 자라나는 것을 돌아보고, 염소를 몰고 다니며 풀을 먹이는 것이 방과 후의 즐거움이었다.

그리고 이틀에 한 번씩은 새마을운동 담당 부락인 외수리로 나가는 것이었다.

2

　학생 새마을봉사회를 조직해서 매일 아침 청소를 하도록 하고, 일요일에는 마을의 미화작업을 시켜왔지만, 그것은 어디까지나 시작에 불과하고, 또한 겉치레에 불과했다.
　새마을운동은 내 집 앞을 쓰는 것으로부터 출발한다고 했으니까, 그만해도 제법 새마을운동이 된 셈이기는 하지만, 그러나 그것은 어디까지나 학생들의 봉사활동이라고밖에 볼 수가 없는 것이다.
　새마을운동의 주체가 마을의 학생들일 수는 없는 것이 아니겠는가.
　마을 주민들이 일어서야 하는 것이다. 그래서 길도 넓히고, 지붕 개량도 하고, 황무지 개간도 하고, 마을금고 같은 것을 설치해서 좀더 부락의 면모가 달라지고 생활태도가 바뀌어 나가야 하는 것이다.
　그러기 위해서는 우선 마을 사람들의 마음을 움직여 놓지 않으면 안 된다.
　그래서 송인순은 본격적으로 새마을운동에 착수하게 되자, 우선 외수리 이장을 찾았다.
　이장 박칠룡을 집으로 찾아가서 우선 그에게 찾아온 용무를 이야기했다.
　그러자 박 이장은,

"좋지요, 좋심더."

대번에 찬성이었다.

그렇게 너무 수월하게 나오니 오히려 싱겁고, 신뢰가 가질 않았다.

박 이장은 서른이 조금 넘어보였다. 그리고 어딘지 모르게 사람이 좀 가벼워보였다.

우선 몸집부터가 가냘팠다. 갯마을에서 바닷바람을 쐬며 자란 사람치고는 너무 피부도 고운 편이고, 약체였다.

그런 사람이 이쪽 말만 떨어지면,

"예, 그럽시더."

혹은,

"그래야지예, 그래야지예."

하고 굽실거리기까지 하니, 도무지 시원찮게만 느껴졌다.

그리고 박 이장은 새마을운동이 뭔지도 거의 모르고 있었다.

"새마을운동 아시죠?"

묻자,

"새마을운동요? 학생들이 청소하는 거 말이지예?"

이렇게 대답했던 것이다.

송인순은 속으로 어이가 없었으나, 그저 미소를 지으며, 대략 새마을운동이 어떤 것이라는 것을 설명해 주었다. 그리고 이 외수리에서도 새마을운동을 시작해야겠다고 말했다.

그랬더니 대번에 그저,

"예, 좋심더. 시작합시더."

이렇게 나오는 것이었다.

마치 새마을운동을 무슨 뒷동산에라도 올라가서 체조라도 한번 하는 것쯤으로 생각하는 모양이었다.

어이가 없어서 그만 송인순은,

"호호호……."

웃어버렸다.

아무튼 그렇게 해서 마을 사람들을 한자리에 모이게 했다.

학교 여선생이 오늘 저녁 연설을 할 테니 모두 주막집 마당으로 모이라는 박 이장의 전갈을 듣자, 마을 사람들은,

"뭐라? 핵교 여선상이 연설을 한다꼬?"

"무신 연설을 하능공?"

"국회의원 선거는 아닐 끼고……."

"히히히…… 무신 연설잉공?"

"야, 그거 참, 구경할 만하겠는데……."

"여선상 혼자만 하능강? 남선상들은 안 하능강?"

"글씨…… 가보만 알지."

하고 싱글벙글 야단이었다.

특히 마을 처녀들은,

"우야꼬, 여선상이 연설을 해?"

"와? 여선상이 연설을 하만 안 되나?"

"안 되는 기 앙이라, 여자가 우예 남자들도 있는 앞에서 연설을 하노 말이다. 부끄럽어서……."

"부끄럽긴…… 선상인데 부끄럽은강?"

"선상은 부끄럽지도 않능강?"

"니나 부끄럽지, 여선상쯤 되만 부끄럽지 않은 기라. 부끄럽어가

지고 우예 선상질을 하노. 부끄럼 타는 사람은 여선상 몬 되는 기라. 아나?"

"헤헤헤……."

"하하하……."

까르르 웃어대기도 했다.

여느 날보다 일찍들 저녁을 먹고 마을 사람들은 주막집 마당으로 모여들었다.

주막집 마당에는 미리 멍석이니 가마니때기 같은 것이 깔려 있었다. 그 위에 자리를 잡고 앉아, 마을 사람들은 마치 무슨 재미있는 구경거리라도 기다리는 것처럼 떠들어댔다.

자기 집 마당이 그렇게 마을 사람들로 가득 메워지자, 강세레나와 요안나는 좋아서 어쩔 줄을 몰랐다.

특히 요안나가 더 좋아했다.

요안나는 학생도 아니면서 학생들의 새마을봉사회에 어울리면서 송인순을 무척 따랐다. 그런데 송 선생이 오늘 저녁에 자기 집 마당에서 마을 사람들에게 연설을 한다니 기쁠 수밖에 없었다. 무슨 연설을 하는 것일까…… 벌써부터 호기심과 기대에 가슴이 부풀대로 부풀었다.

강 영감도 뜸실댁도 공연히 좋은 모양이었다.

그들 노부부가 좋아하는 것은 요안나 세레나처럼 단순한 호기심에서가 아니었다. 물론 호기심도 없는 것은 아니지만, 그것보다도 자기 집에 사람이 많이 모이기 때문에 좋은 것이었다. 사람이 많이 모인다는 것은 언제나 환영할 만한 일인 것이었다. 그래야 막걸리 잔이라도 더 팔릴 터이니 말이다.

마당이 마을 사람들로 어지간히 메워지자, 박 이장이,

"자, 조용히들 하이소. 조용히······."

하면서 앞에 나섰다.

공연히 떠들어대던 사람들이 조용해지자, 박 이장은 제법 사회자 노릇을 하는 것이었다.

"에— 오늘 여러분들을 이렇게 모이도록 한 것은 에— 다름이 앙이라, 에— 학교에서 나오신 여선상님께서 여러분들에게 에— 꼭 좀 연설할 끼 있다 캐서 모이라고 한 깁니더. 에— 그럼 지금부터 여선상님의 연설이 시작될 끼니, 에— 모두 끝까지 조용히 들어주시기 바랍니더."

박 이장의 안내 말이 끝나자, 누군가가 뒤에서,

"에— 그러겠심더."

하고 소리를 지른다.

곧잘 에— 에— 하는 박 이장의 말씨를 학생 하나가 흉내를 낸 것이다.

그러자 와— 하고 웃음이 터진다.

흉내를 낸 녀석은 바로 개동세다. 개동세는 혹시 박 이장한테 혼이 날까 봐 얼른 사람들 뒤로 다람쥐처럼 숨어버린다.

이번에는 송인순이 은은한 미소를 띠며 앞에 나선다. 저녁이라 그렇지, 낮 같으면 약간 얼굴도 붉어 보일 것 같다. 꽤 수줍은 모양이다.

그럴 수밖에 없다. 학생들 앞에는 매일 서서 지껄여대지만, 이렇게 마을 사람들의 시선을 온몸에 받으며 그들 앞에 나서기는 처음이니 말이다.

송인순이 앞에 나서자,
"웃지 말아!"
"조용히 해라!"
"조용히들 몬할 끼가?"
좌중에서 마구 고함을 지른다.
곧 사람들은 조용해진다.
송인순은 나붓이 고개를 숙여 인사를 한다. 그리고 아랫배에 지그시 힘을 주며 입을 연다.
"저 학교에 있는 송인순입니다. 오늘 이렇게 여러분들을 모이시라 해서 대단히 미안하게 생각합니다. 낮에 일들을 하시고, 피곤하실 텐데도 불구하고 이렇게 많이 나와 주셔서 정말 고맙게 생각합니다."
그리고 그녀는 또 한번 가볍게 머리를 숙인다.
그러자 이번에는 어떤 총각 하나가,
"뭐 개안심더!"
한다.
또 와— 웃음판이 된다.
송인순도 웃는다.
그러나 박 이장은,
"누고? 장난을 하는 기?"
벌컥 핏대를 세운다.
"맞다. 장난하지 말아!"
"장난하지 말고 잘 듣자!"
"자, 어서 계속하소!"

노인네 축에서 큰소리로 말한다.

송인순은 침을 한번 꿀꺽 삼키고는 다시 입을 연다.

"오늘 이렇게 여러분들을 모이시라고 한 것은 다름이 아니라, 저……."

송인순은 잠시 말이 막힌다.

그러자 또 뒤쪽에서 큭큭큭 웃음소리가 일어난다.

송인순은 약간 얼굴이 화끈해진다. 그러나 얼른 입에서 나오는 대로 계속한다.

"새마을운동 이야기를 하려고 모이시라 한 것입니다."

새마을운동이라는 말에 사람들은 크게 두 가지 표정으로 나타난다. 아, 학생들이 부락 청소하는 그것 말이구나, 하는 식의 표정을 짓는 사람들도 있고, 새마을운동이 도대체 무슨 말인지 전혀 알지 못하는 듯한 표정을 짓는 사람들도 있다. 젊은 축은 대체로 아, 그것, 하는 식의 표정들이고, 노인네 축은 전혀 생소한 듯한 표정들이다.

"새마을운동이 무엇인지, 아는 분은 잘 알고 계시리라 믿습니다만, 한마디로 말하면 새로운 마을을 만들어보자는 운동입니다. 그럼 새로운 마을이란 어떤 마을인가 하면, 간단히 말해서 살기 좋고, 잘 사는 마을이 새마을입니다. 그러니까 살기 좋고, 잘 사는 마을을 만들어보자는 것이 새마을운동인 것입니다. 살기 좋고, 잘 사는 마을은 혼자 힘으로는 안 됩니다. 마을의 모든 주민이 힘을 합해야 되는 것입니다."

송인순은 자기가 아는 지식을 총동원해서 차근차근 설명을 해나간다. 처음에는 약간 떨리기도 하고, 쑥스럽기도 해서 말의 갈피를 잘 잡을 수가 없었으나, 차츰 제대로 궤도에 오른 듯 혀가 매끄럽게, 그리고 의외로 조리정연하게 돌아간다.

"모든 주민이 힘을 합해서, 다시 말하면 협동을 해서 일을 추진해 나가야 합니다. 참…… 먼저 감사의 말씀을 드려야 될 텐데 잊었군요."

송인순은 이야기 도중에 문득 생각난 것이 있어 말머리를 돌린다.

"요전에 여러분들께서 자진해서 학교에 나오셔서 운동장 고르는 작업을 도와주신 데 대해 정말 감사를 드립니다. 여러분들의 덕택으로 아주 수월하게 운동장 고르기 작업이 끝났습니다. 그게 바로 협동의 정신이 아니겠습니까. 그런 협동의 정신을 더욱 살려서 이번에는 이 외수리 부락을 한번 새롭게 만들어보자는 것입니다. 길도 좀 길답게 넓히고, 지붕과 담장도 개량하고, 하수구도 정리하고, 부엌이나 변소도 새로 손을 보고, 공동빨래터 같은 것도 만들고……."

공동빨래터라는 말에 아낙네들은 귀가 번쩍하는 모양이다.

누군가가,

"공동빨래터가 뭡니꺼?"

하고 묻는다.

요안나다. 아낙네들 속에 섞여 앉은 요안나가 눈을 반짝거리며 송인순을 쳐다본다.

송인순은 미소를 지으며 설명을 해준다.

"공동빨래터라는 것은 말 그대로 공동으로 빨래를 하는 곳이에요. 많은 사람이 한꺼번에 빨래를 할 수 있도록 새로 빨래터를 잘 만드는 것이죠. 지금까지의 그런 어설픈 빨래터가 아니라, 세멘트로 잘 만들 수가 안 있겠어요?"

그 말에 아낙네들은,

"그거 참 좋겠제?"

"좋겠는데……."

"샘가에 새로 맨든단 말이제?"

"맨들라만 샘가에 맨들어야지, 그럼 어디다가 맨드노? 물도 없는 뒷동산에다가 맨들 끼가?"

"누가 뒷동산에 맨든다 카더나?"

"하하하…… 좌우간 빨리 맨들었으만 좋겠는데……."

이렇게 수군거린다.

송인순은 연설을 계속한다.

"그렇게 살기 좋은 마을을 만들어나갈 뿐 아니라, 잘 사는 마을, 즉 부자마을을 만들어보자는 것입니다."

부자 마을이라는 말에 모두 얼굴에 빙글빙글 웃음이 떠오른다. 빙글빙글 웃는 것이, 별안간 어떻게 부자마을을 만들 수가 있느냐 싶은 모양이다. 부자마을이라는 말이 매우 솔깃하기는 하지만 도무지 실감으로 받아들여지지가 않는 것이다.

"마을의 환경을 개선하는 데 그치는 것이 아니라, 소득 증대를 꾀해 나가야 합니다. 환경개선보다도 오히려 소득 증대, 즉 생활수준이 높아져 가도록 하는 것이 더 중요한 일이라고 생각합니다. 새마을운동의 목표는 결국 거기에 있다고 봅니다. 우리 마을의 생활수준이 높아진다는 것은 바로 우리나라의 생활수준이 높아진다는 뜻이 됩니다. 우리는 지금까지 너무나 가난하게 살아왔습니다.

조상 대대로 가난하게 살아온 것이 이제는 그대로 몸에 배어 마치 그게 당연한 일처럼 생각되고 있습니다. 운명이라고 한숨들만 쉬고 있습니다. 그러나 그게 아닙니다. 우리도 잘 살 권리가 있는 것입니다. 가난을 벗어던지고, 넉넉한 생활을 누릴 권리가 있는 것입니다. 그러나 여러분! 그 권리는 결코 누가 그저 가져다주질 않습니다. 우리 스스로가 찾아야 하는 것입니다. 근면, 즉 부지런과 자조, 즉 스스로 돕는 정신으로 협동을 해서 그 권리를 찾아야 하는 것입니다."

송인순은 꽤 흥분이 되어 주먹까지 쥐고 흔들어댄다.

듣는 사람들도 모두 긴장이 되어 숨들을 죽이고 있다.

"지금 우리나라 방방곡곡에서 그 권리를 찾는 운동, 즉 새마을운동이 한창 일어나고 있습니다. 여러분! 그런데 우리만 이렇게 잠을 자고 있어서야 되겠습니까? 잠을 깹시다! 그리고 일어섭시다! 우리도 한번 잘 사는 마을을 만들어봅시다!"

그러자 요란하게 박수 소리가 터진다. 가벼운 흥분이 휩쓰는 것이다.

송인순은 잠시 흥분을 가라앉힌 다음 다시 입을 연다. 이번에는 착 가라앉은 차분한 목소리다.

"여러분들은 혹시 제 말을 듣고 이런 생각을 하실지 모르겠습니다. 도대체 부자마을을 별안간 어떻게 만들 수가 있느냐고 말입니다. 누가 부자가 되기 싫어서 안 되는 줄 아느냐고 말입니다. 그러나 길이 있습니다. 없는 것이 아닙니다. 스스로 돕는 자에게는 길이 열리는 것입니다. 조상 대대로 물려 내려오는 그런 방식으로만 살아가니까 부자가 못 되는 것이지, 그런 구태의연한 생활방식에서 벗어나, 머리를 쓰고, 부지런히 힘을 합쳐서 일을 해나가면 반드시 길은 열립니다. 지금 전국 방방곡곡에서 거짓말 같은 사실이 일어나고 있는 것입니다. 몇 가지 예를 들어 보겠습니다. 경기도 어느 마을에서는 새마을운동으로 해바라기를 심었습니다. 해바라기를 심어도 집집마다 몇 개를 심는 그런 식이 아니라, 지금까지 버려져 있던 땅, 황무지를 마을 사람들이 공동으로 개간해서 거기에다가 전부 해바라기를 심은 것입니다. 새로 해바라기 밭을 만든 것이죠. 해바라기를 그렇게 많이 심어서 도대체 뭘 하느냐, 이렇게 생각하시는 분도 계시겠지만, 그게 아닙니다. 해바라기는 그저 꽃을 보고 즐기기 위해서만 필요한 게 아닙니다. 물론 꽃도 보기에 좋지만, 그것보다도 그 씨가 매우 요긴하게 쓰인다는 것을 아셔야 합니다. 그 씨로 식용유, 즉 먹는 기름을 짜는 것입니다. 그러니까 해바라기를 심으면 보기에도 좋고, 소득 증대를 기할 수가 있습니다. 말하자면, 뽕도 따고 님도 보는 셈이죠."

송인순의 입에서 '뽕도 따고 님도 보는 셈'이라는 말이 나오자, 와— 하고 모두 좋아서 떠들어댄다.

"옳소—"

하면서 마구 박수를 쳐대는 사람도 있고,

"하하하……."

"히히히……."

"헤헤헤……."

웃어대기도 하고,

"젊은 여선상이 못하는 소리가 없네."

"와 어떤 게? 안 좋은게?"

제4장 221

"놀랐다는 말 앙이가."

"오새*('요새'의 방언) 젊은 사람들은 알아줘야 되는 기라. 더구나 서울서 온 여자 아닝게."

이렇게 수군거리는 노인네도 있고,

"재미 좋다!"

"뽕도 따고 님도 보고……."

"아이고—"

괴상한 소리를 내지르는 젊은 축도 있다.

자기도 모르게 그만 그런 소리가 입 밖으로 나와 버린 송인순은 얼굴이 화끈해진다. 별것도 아닌 그 말에 청중들이 너무 요란한 반응을 나타내는 바람에 무안할 지경이다.

"자, 모두 조용히 합시다—"

박 이장의 고함소리에 다시 조용해진다.

그러나 모두 빙글빙글 웃는 얼굴들이다.

송인순은 표정을 가다듬은 다음 다시 계속한다.

"그렇게 과외로 해바라기 농사를 지어서 그 마을은 많은 소득을 올리고 있다는 것입니다. 그렇게 해서 얻은 돈을 마을 기금으로 해서 필요한 사람에게 싼 이자로 대부도 해주고, 환경 개선하는 데 쓰기도 하고, 새마을회관 같은 것을 짓는 데 보태기도 한다는 것입니다. 얼마나 놀라운 사실입니까. 그게 다 새마을운동을 일으켜 부락민들이 일치단결해서 부지런히 일한 결과가 아니고 뭣이겠습니까. 가만히 앉아 있으면 누가 그런 수입을 갖다 줍니까. 스스로 일어서야 하는 것입니다. 그래서 우리 학교에서도 이번에 화단이랑 운동장가, 그리고 학교 주위의 빈터에 모조리 해바라기 씨를 뿌렸습니다. 학교에서도 말하자면 새마을운동을 시작한 것이죠. 보세요, 여러분! 머지않아 우리 학교는 해바라기 꽃에 덮일 것입니다. 얼마나 아름다운 풍경이겠습니까. 그리고 가을에는 해바라기 씨가 돈이 되어 들어올 것입니다. 학교에서는 그 돈으로 여러분들의 자제들이 좀더 재미있는 학교생활을 할 수 있도록 여러 가지 시설을 갖추어나갈 예정입니다. 운동장에 철봉 하나가 없지 않습니까. 철봉도 세우고, 그네도 세우고, 미끄럼틀 같은 것도 마련해 놓을 생각입니다."

그러자,

"야— 신난다!"

"야— 미끄럼틀!"

"난 그네 탈란다—"

학생들이 좋아서 떠들어댄다.

"그리고 풍금도 장만하고, 학급문고 같은 것도 마련해 나갈 생각입니다. 그렇게 스스로 일어서지 않고, 누가 해주기를 기다리고만 있으면 한이 없습니다. 새마을운동은 바로 그렇게 누가 해주기를 기다릴 게 아니라, 스스로 일어서서 힘을 합해 해결해 나가자는 것입니다."

송인순은 잠시 입술에 침을 묻힌다.

그리고 다시 계속한다.

"작년 여름, 제가 아직 학생일 때, 전라남도 순천 근처에 있는 금촌 마을이라는 데를 찾아가본 일이 있습니다. 학생들의 농촌봉사활동에 참가했다가 귀로에 그 마을에 들렀던 것입니다. 그 마을은 그 지방뿐 아니라, 전국적으로 이름난 새마을입니다. 그 마을에서는 고등소채를 재배하고 있었습니다. 비닐하우스를 만들어서 말입니다."

고등소채가 무슨 말인지, 그리고 비닐하우스가 또한 무슨 말인지 싶은 듯 모두 멀뚱한 표정들이다.

재빨리 송인순은 그런 눈치를 채고 설명을 한다.

"고등소채란 고급 채소란 뜻이고, 비닐하우스란 비닐을 가지고 만든 온실을 말합니다. 그러니까 겨울철에 여름 채소를 가꾸는 것이죠."

겨울철에 여름 채소를 가꾼다는 말에 모두 눈들이 휘둥그레진다. 도대체 무슨 그런 요술이 다 있을까 싶은 모양이다.

"여름에는 벼농사를 짓고, 겨울이 되면 그 논에다가 큼직큼직한 비닐하우스를 만들어서 그 속에서 오이니, 가지니, 토마토 같은 것을 재배하는 것입니다."

"겨울에 춥어서 우째 오이니 가지 같은 기 자랍니꼬?"

어떤 아낙네 하나가 불쑥 묻는다.

"바깥은 춥지만, 비닐하우스 속은 안 춥도록 하는 거죠. 비닐하우스 속에 난로를 피워서 바깥 온도와 아주 다르게 하는 겁니다. 말하자면 바깥은 겨울이지만, 비닐하우스 속은 여름인 것이죠. 그래야 채소가 자라지 않겠어요?"

그러자,

"하하, 그것 참······."

"희한하구나."

"참 좋은 세상일세그려. 겨울에 채소를 다 기르다니······."

하고 수군거린다.

"저희들이 갔을 때는 여름이라 물론 비닐하우스는 볼 수가 없었어요. 그러나 그 마을의 새마을 지도자 되시는 분에게 여러 가지 자세한 이야기를 들었지요. 비닐하우스 재배를 해서 아주 큰 수익을 올리고 있다는 것입니다. 그 마을은 원래 아주 가난한 마을이었는데, 이제는 그 근처에서 제일가는 부촌이 되었다고 합니다. 몇 해 전까지만 해도 마을에 기와집이 한 채도 없었다고 해요. 그런데 이제 거의 모든 집이 기와집이더군요. 그리고 마을 앞에 새마을회관이 아주 아담하게 지어졌고, 마을 방송시설까지 되어 있어요. 보통 농촌에서는 여름철이 농번기가 아닙니까. 그런데 그 마을의 농번기는 여름이 아니라, 겨울이라는 것입니다. 여름보다도 겨울이 더 바쁘다는 것이죠. 다른 마을의 농한기가 그 마을에서는 농번기가 되는 겁니다. 다른 마을 사람들은 술이나 마시고, 도박이나 하며 지내는 겨울에 그 마을 사람들은 여름철보다 더 부지런히 일을 하는 것입니다. 술이나 마시고, 도박이나 할 그런 시간적 여유가 없는 겁니다. 시간 여유가 있다 하더라도 그 마을 사람들은 이미 술이나 마시고, 도박이나 하는 그런 정신상태가 아닙니다. 술이나 마시고, 도박이나 일삼는 그런 정신 상태로는 아무것도 안 된다는 것을 깨달은 것이죠. 정신 개조가 된 것입니다. 그러니 살기 좋은 마을, 잘 사는 마을이 될 수밖에 없지 않습니까."

술 이야기, 도박 이야기가 나오자, 아낙네들은 모두 동감이라는 듯한 표정들이다.

그러나 남정네들 일부는 어쩐지 못마땅한 기색이다.

특히 강 영감은 불만이 대단한 얼굴이다. 뜸실댁도 역시 마찬가지다.

그럴 수밖에 없는 것이, 바로 자기네 집이 주막이 아닌가 말이다. 술과 도박이 없어진다면 자기네는 살 길이 막연한 것이다. 그러니 반감이 갈 수밖에.

송인순의 이야기는 계속된다.

"그 금촌 마을에 금순이라는 처녀가 있는데, 그 금순이는 처녀의 몸으로 비닐하우스 재배를 해서 백만 원 가까운 돈을 저금하게 됐다고 합니다. 금순이는 어머니와 단둘이 사는데, 몇 해 전 그 마을에 들어올 때는 아주 빈털터리였다고 합니다. 어머니가 순천 시내에서 장사를 하다가 실패해서 빚만 잔뜩 지고, 살 길이 막연해서 품팔이나 하려고 그 마을에 셋방을 하나 얻어 이사를 했다는 것입니다. 이사를 와서는 모녀간에 품팔이를 해서 연명을 하다가, 겨울이 되자 손수 비닐하우스를 만들어 가지고 어머니와 둘이서 그 속에서 살다시피 하며 부지런히 고등소채를 재배했다는 것입니다. 그래서 어머니의 빚을 깨끗이 갚고, 백만 원 가까운 돈을 저축하게 되었을 뿐 아니라, 마을에 집터까지 마련해서 새로 집까지 지을 계획이라는 이야기였습니다. 작년 여름에 들은 이야기니까 지금쯤은 아마 틀림없이 새집을 지었을 것입니다. 그때 말로 명년 봄에 짓는다고 했으니까 말입니다. 여러분! 얼마나 장하고 놀라운 일입니까. 그렇게 되자, 그 금순이한테 장가를 들려는 총각들이 수없이 많다는 것입니다."

와— 또 웃음판이 된다.

"나도 한번 이력서를 내밀어 볼까구마."

"좋아하네. 니까짓 거 어림도 없다."

"밑져야 본전 앙이가. 히히히……"

"헤헤헤…… 아이고 몬 살겠네—"

총각들이 떠들어대자, 처녀들도 덩달아 좋아서 킬킬킬 큭큭큭…… 웃어댄다.

요안나도,

"호호호호……."

한바탕 웃고 나서,

"나도 한번 해봐야지."

하고 중얼거리며 두 주먹에 꼭 힘을 준다.

송인순은 대담하게 그런 말을 하기는 했지만, 역시 좀 부끄럽고 멋쩍은 듯 살짝 고개를 숙이며 웃는다. 그리고 청중이 조용해지자, 연설을 마무리 짓는다.

"그밖에도 새마을운동의 성공 사례는 얼마든지 있습니다만, 시간이 너무 길어지는 것 같아서 이만 생략하기로 하고……. 좌우간 여러분! 우리 외수리도 지금까지의 외수리와는 다른 새로운 외수리를 만들어 나가야 하겠습니다. 지금까지처럼 그렇게 바다에 나가 고기나 잡고, 이미 일구어 놓은 밭에다가 보리나 감자·고구마 따위만 심어서 살아가는 그런 생활방식에서 과감히 벗어나, 어떻게 하면 좀더 소득을 올릴 수가 있을까, 그래서 잘 사는 마을을 이룩할 수가 있을까, 서로 의논하고 연구해서, 힘을 합쳐 일을 해나가면 반드시 놀라운 성과를 이룩할 수가 있으리라 믿습니다. 물론 지금까지처럼 바다에 나가 고기를 잡고, 밭에 감자나 고구마를 심는 그런 일을 고만두라는 것이 아닙니다. 그게 주업인데, 그만둘 수가 있습니까. 그게 아니라, 그 주업에만 매달리지 말고, 그 밖의 소득 증대 방안을 연구해 보자는 것입니다. 여러 사람의 생각을 모으면 반드시 좋은 방법이 떠오르리라 믿습니다. 우선 제가 보아도 마을 근처에 버려져 있는 땅이 많이 눈에 띕니다. 밭을 일구어 감자나 고구마 같은 것은 못 심을지 모르겠습니다만, 그러나 아까 말씀 드린 것과 같이 해바라기 같은 것은 얼마든지 심을 수가 있으리라 생각합니다. 해바라기는 아무 땅에서나 잘 자랍니다. 그리고 씨를 뿌려만 놓으면 별로 손볼 것도 없습니다. 그러니까 우선 해바라기 가꾸기부터라도 시작해 보자는 것입니다. 시작이 절반이라는 말이 있지 않습니까. 여러분 어떻습니까? 찬성을 하십니까?"

그러자,

"좋심더—"

"좋구마—"

"찬성입니더—"

"한번 해보입시더—"

하고 떠들어댄다.

개중에는 무표정한 얼굴로 눈만 끔벅거리고 있는 사람도 더러 있다. 그거 말이 그렇지, 도무지 될 것 같지가 않다는 표정이다.

"감사합니다. 여러분들께서 이렇게 열렬히 찬성을 해주시니 정말 기쁩니다. 그럼 우리 외수리에서도 새마을운동을 시작하는 것으로 결정하겠습니다."

송인순은 온 얼굴에 흐뭇한 웃음이 떠오른다.

박 이장이 박수를 친다.

그러자 다른 사람들도 모두 따라서 박수를 친다.

박수가 가라앉자,

"그럼 지금부터 새마을 지도자를 뽑아야겠습니다. 새마을운동에는 반드시 지도자가 있어야 하는 것입니다. 지도자를 중심으로 일치단결해서 일을 해나가는 것입니다. 여러분, 우리 외수리의 새마을 지도자는 어느 분이 적합하겠습니까?"

말이 떨어지자마자 누군가가,

"이장이 적합합니다. 이장을 지도자로 뽑읍시더."

하고 소리친다.

"좋심더―"

"찬성이구마―"

"이의 없심더―"

여기저기서 찬성이다.

"반대하는 분은 안 계십니까? 반대하는 분이 계시면 손을 들어보세요."

아무도 손을 드는 사람이 없다. 만장일치인 셈이다.

"좋습니다. 그럼 박 이장님을 새마을 지도자로 모시겠습니다. 박수로 환영해 주세요."

모두 요란하게 박수를 친다.

박수가 가라앉자,

"그럼 지금부터 새마을 지도자님의 인사 말씀이 계시겠습니다."

하고 송인순은 그 자리를 물러선다.

연사 겸 회의의 의장 노릇까지 다한 셈이다.

박 이장은 약간 멋쩍은 표정으로 송인순이 섰던 자리에 와서 선다. 그리고 싱글 웃으며 넙죽 절을 하고는 인사말을 시작한다.

"에― 여러분들이 저를 새마을 지도자로 뽑아 주시기는 했심더만, 에― 솔직히 말해서 저는 새마을운동이 뭔동 잘 모릅니더. 전부터 새마을운동이라는 말은 들었고, 또 에— 지금 송 선상님의 연설을 들어서 쪼매 알기는 알았심더만, 그렇다고 뭘 어떻게 해나가야 될지 어리벙벙하기만 합니더. 에— 좌우간 제가 새마을 지도자로서 쪼매도 자격이 없심더만, 여러분들과 상의해서 한번 해나가 보기로 하겠심더. 에— 제가 아무리 할라꼬 해도 여러분들이 협력을 안 해주시면 아무 소용이 없는 기니까, 에— 아무쪼록 여러분들께서 많이 협조를 해주시기 바랍니더. 그럼 잘 부탁드리고, 이만 간단히 인사말을 그치겠심더."

투닥투닥…… 박수들을 친다.

송인순은 가슴이 벅차오르는 것을 어찌지 못한다. 아주 대단한 일을 거뜬히 해낸 것 같아 매우 기쁘고, 약간 흥분이 되기도 하는 것이다. 자기가 생각해도 자신이 대견하게 느껴지는 것이다.

어느덧 달이 중천에 떠올랐다.

3

그렇게 해서 외수리의 새마을운동이 박 이장을 중심으로 시작되기는 했으나, 그러나 날이 감에 따라 송인순은 실망을 하지 않을 수 없었다. 한마디로 말해서 형식적인 것이었다.

정말 살기 좋은 마을, 잘 사는 마을을 한번 만들어보자는 열의에서 우러난 운동이 아니라, 송인순의 체면을 보아주기 위해 마지못해 하는 체하는 그런 운동이었다. 도무지 성의들이 없고 또 송인순이 마을에 나타나야만 마지못해 몇 사람 어슬렁어슬렁 모여서 뭘 좀 하는 체 꾸물거리는 것이었다.
 우선 새마을지도자라는 박 이장부터가 그런 태도였다. 처음 얼마 동안은 제법 마을 사람들과 의논도 하고, 빈 터를 개간한다고 손수 괭이질을 하기도 하더니, 얼마 안 가서 그만 흐지부지되고 마는 것이었다. 제대로 밭 한 뙈기 개간도 못하고서 말이다. 도리어 빈터를 파 일구다가 그만두어서 보기만 흉하게 만들어 놓았다.
 송인순이 안타까운 나머지, 왜 끝까지 해나가질 않고, 중도에 흐지부지 그만두느냐고 추궁을 하듯 물으니,
 "사람들이 나와 줘야 말이지예. 모두 묵고 사는 일에 바빠서 새마을운동을 할 여가가 없다는 깁니더. 그리고 안 나오는 사람은 만날 안 나오니, 나오는 사람들만 손해라는 깁니더. 정신 상태들이 글러묵었심더. 그리고 사실 남자들은 바다로 고기잡이를 나가 집을 비우는 사람이 많기 때문에 새마을운동 하기가 힘듭니더. 누구는 하고, 누구는 안 하고…… 사실 불공평한 일이지예. 저 생각 같애서는 새마을운동은 안사람들이 하는 기 좋을 것 같심더."
 이렇게 대답하는 것이었다.
 송인순은 일리가 있는 말이라고 생각했다.
 물론 그렇다고 새마을운동을 중도에 그만둔다는 것은 말이 안 된다. 지도자 자신이 끝까지 해보겠다는 열의만 있으면 어떻게든 방법을 강구해서 해나갈 수가 있는 것이다. 요는 열의의 문제인 것이다.
 박 이장 자신이 새마을운동의 필요성을 절실히 느껴서 스스로 일어섰다면 결코 이렇게 흐지부지되지는 않았을 것이다. 남의 권유

에 못 이겨서, 별로 마음이 동하지도 않는 일을 억지로 시작한 터이라, 결국 이런 결과가 되고 만 것이다.

사실 어촌이고 보니, 바다로 몇날 며칠이고 고기잡이를 나가는 사람들이 많아 애로가 없는 것은 아닐 것이다.

당장 먹고사는 일에 쫓겨서 새마을운동을 할 여유가 없다는 말도 일단 수긍이 간다.

그러나 그렇게 노상 눈앞의 일, 당장 먹고사는 일에만 매달리다 보니, 결국 조상 대대로부터 이날 이때까지 요 모양 요 꼴이라는 것을 깨닫지 못하고 있는 것이다. 다시 말하면, 좀 앞을 내다보는, 내일을 생각하는 그런 생활태도가 필요한 것이다. 꿈이라 할까, 희망이라 할까, 그런 것을 좀 크게 가질 필요가 있는 것이다.

새마을운동은, 어떻게 말하면 꿈을 이루려는 운동인 것이다. 그러니까 그 운동의 밑바탕에는 큰 꿈이 깔려 있어야 하는 것이다.

그래서 송인순은 방법을 달리하기로 했다. 박 이장의 말대로 일단 마을의 아낙네들을 중심으로 해서 해나가기로 생각을 고쳐먹었다.

아낙네들을 중심으로 한다고 해서 모든 아낙네들을 동원하는 것이 아니라, 새마을운동을 마음으로부터 찬동하는 사람, 스스로 나와 일하겠다는 사람, 다시 말하면 꿈을 가진 사람들을 중심으로 전개해 나가기로 한 것이다.

그래서 조직된 것이 외수리 새마을부녀봉사회였다.

그러니까 학생봉사회와 부녀봉사회, 두 봉사회가 서로 협력을 해서 해나가는 것이다.

그리고 새마을운동이 제대로 회원들의 몸에 익어 본궤도에 오를 때까지는 새마을지도자를 따로 두지 않고, 송인순 자신이 직접 지도자 역할을 하기로 했다.

회원들도 그것을 바라는 것이었다.

회원들은 모두 열두 사람이었다. 물론 그 숫자는 유동적인 것이다. 처음 모임에 자진 참가한 사람이 열두 명이지만, 그 수효가 차츰 늘어날 것이니 말이다. 혹 경우에 따라서는 수효가 줄어들지도 모르는 것이다. 줄어들어도 도리가 없는 것이다.

회원이 됐다고 해서 절대로 탈퇴를 해서는 안 되거나, 또는 새로 회원이 되려고 나오는 사람을 안 받아들일 까닭도 없는 것이다.

말하자면 문호는 언제나 개방인 것이다. 자유의사에 맡기는 것이다. 그래야 제대로 일이 되어 나갈 것 같아 그렇게 한 것이다.

열두 명의 회원 가운데 처녀가 절반 이상을 차지하고 있었다. 일곱 사람이었다. 그러니까 부인은 다섯 사람이다.

마을의 처녀들은 거의 다 참가를 한 것이다. 부인네보다도 역시 처녀들이 더 꿈이 많기 때문이라고나 할까, 처녀들은 당장 먹고사는 일보다도 이런 일이 훨씬 더 재미가 나고, 좋은 것이었다.

그들은 수다스럽기도 했지만, 열의도 대단했다. 모든 일이 그들 일곱 처녀의 힘으로 이루어져 나간다고 해도 과언이 아니었다.

그러니까 어쩌면 부녀봉사회라기보다도 처녀봉사회라고 하는 편이 옳을지도 몰랐다.

물론 그중에는 요안나도 섞여 있었다. 요안나는 마치 자기 세상이라도 만난 듯이 누구보다도 열심히 앞장을 섰다.

지금까지는 쑥스럽게 학생도 아니면서 학생들의 봉사회에 어울리다가, 이제 당당한 부녀봉사회의 회원이 되었으니 그럴 수밖에.

마치 고기가 물을 만난 격이었다.

　송인순의 연설에서 들은 금촌 마을의 그 금순이라는 처녀처럼 자기도 한번 남들을 깜짝 놀라게 하리라 싶은 모양이었다.

　부녀봉사회가 맨 먼저 한 일은 역시 해바라기 심기였다. 송인순은 학교뿐 아니라, 온 섬을 해바라기로 뒤덮을 꿈을 꾸고 있는 터이니 당연한 노릇이었다.

　회원들도 모두 찬성이었다. 뽕도 따고, 님도 보는 셈이 되는데, 반대할 까닭이 없었다.

　남정네들이 일구다가 중도에 그만둔 빈터를 그들은 끝까지 일구었다. 그리고 거기에 해바라기 씨를 뿌렸다.

　뿐만 아니라, 마을 주변에 쓸모없이 버려져 있는 땅도 일구어서 역시 해바라기 씨를 뿌렸다.

　봉사회 회원들이 그렇게 빈터를 일구어나가자, 몇몇 남자들은 미안한 생각이 들었던지, 자진해서 나와서 일을 거들어주기도 했다.

　그런가 하면 한편에서는,

　"참 벨꼴 다 보겠네. 말 같은 큰애기들이 저기 무신 지랄이고. 집안일이나 부지런히 할 끼지. 내 참……"

하고 못마땅해하기도 했고,

　"자고로 암탉이 울만 집안이 망한다는데…… 쯧쯧쯧……."

　혀를 차기도 했다.

　어떤 노인네는,

　"난데없이 서울서 여선상이 오더니 참 벨짓을 다 하제. 선상이면 핵교에서 학상들이나 열심히 가르칠 끼지, 뭔데 마을까지 나와 가지고…… 잘몬하만 마을 큰애기들 다 못쓰게 될 끼다, 보래. 벌써 큰애기들이 도무지 부끄럽은 줄을 모른다 앙이가. 내 참…… 그리고 내사 이날 펭생 살아도 해바라기 농사짓는다는 말은 몬 들었네. 해바라기를 숭가(심어)가지고 부자가 되다니…… 허허허…… 배꾸무(배꼽)가 웃을 노릇이지."

이렇게 빈정거리기도 했다.

인심이란 정말 헤아릴 수 없는 것인가 보다. 송인순이 연설을 하던 날 밤에는 모두 새마을운동을 찬성한다고 요란하게 박수까지 쳐놓고서, 이제 와서는 뒷전에서 그런 소리들을 하다니 말이다.

일부에서 그런 소리를 하거나 말거나, 회원들은 아랑곳없이 일을 추진해 나갔다.

해바라기 심기를 마친 회원들은 다음에는 우물길 넓히기 작업을 시작했다.

여자들이라 역시 요긴한 것이 우물인 것이었다.

마을에 우물이 하나밖에 없었다. 동네에서 조금 떨어진 곳에 있는데, 우물로 가는 길이 너무 좁고 어설픈 것이었다. 학생봉사회에서 늘 청소를 하기 때문에 깨끗하기는 했지만, 물동이를 이고 한 사람이 겨우 다닐 정도밖에 안 되었다. 그러니까 서로 오고 가고 하다가 마주치면 비켜가기도 힘들 지경이었다.

그런 좁고 어설픈 길이 이 마을 생긴 뒤로 지금까지 내내 그대로인 것이다. 말하자면 이 마을 아낙네들의 을씨년스러운 생활을 상징하고 있는 길이라고 할 수가 있다.

그런 길을 넓힌다는 것은 그야말로 이 마을 아낙네들로서는 역사적인 작업이라고 아니할 수가 없다.

그래 그런지 우물길 넓히기 작업이 시작되자, 회원 아닌 아낙네

들도 대부분 나와서,

"아이고 우야꼬, 그거 참 잘한다."

"정말 수고들 하는데……."

"진작 좀 넓힐 낀데 그랬제."

하고 좋아하며 일을 거들었다.

노파들까지 나와서 좋아했다. 이 마을에 시집와서 이날 이때까지 수천 번 수만 번을 물동이를 이고 오고 간 이 좁은 길이 이제 넓은 길로 바뀌는 판이니 감개가 무량하기까지 한 모양이었다.

어떤 노파는 송인순의 손목을 잡고,

"선상님, 정말 고맙네, 정말 고마워, 이렇게 샘길까지 넓히다니……."

하고 고마워했다.

그래서 송인순은 미소를 지으며,

"할머니, 이것뿐이 아니에요. 두고 보세요. 가을에는 우물가에 세멘트로 공동 빨래터도 만들 작정이에요. 해바라기 농사를 지어가지고 말이에요."

이렇게 말해주었다.

그 말에 아낙네들은 더욱 좋아서 싱글벙글 야단이었다.

해바라기 농사를 짓는다는 것은 어쩐지 실감으로 오지가 않고, 허황하게 느껴지는데, 우물길 넓히기와 공동 빨래터 이야기는 바로 피부에 와닿는 기쁨인 모양이었다.

4

어느 날 저녁이었다.

송인순은 혼자 외수리에서 집으로 돌아가고 있었다.

외수리의 새마을운동을 본격적으로 시작한 뒤로는 저녁에 집으로 돌아가는 일이 종종 있었다. 봉사회 회원들과 작업을 할 뿐 아니라, 때로는 그들의 요구에 의해서 가정생활 개선이라 할까, 그런 계몽도 더러 해주고, 부녀로서 알아두어야 할 생활 상식, 사회 상식 같은 것도 더러 일깨워주고 있는 것이었다.

그리고 때로는 부인네들의 요구에 의해서 피임법을 자세히 가르쳐주기도 했다.

송인순 자신이 아직 처녀의 몸인지라, 실제로 피임법을 실행해 본 일은 없지만, 그러나 대학 시절에 조금 배웠을 뿐 아니라, 서적을 통해서 익히 알고 있는 것이었다.

알고 있다고는 하지만, 실행해 본 경험도 없는 처녀의 몸으로 남에게 가르쳐준다고 떠들어대기가 그녀는 몹시 쑥스러웠다. 혹시 회원들이, 그처럼 자세히 알고 있는 것을 보니 아마도 미혼이지만 그 방면에 경험이 풍부한가보다고 오해를 할까 봐 두렵기도 했다.

어쨌든 피임법 이야기가 나오면 부인네들뿐 아니라, 처녀들도 공연히 킬킬거리며 좋아했다. 그리고 잘 들어두었다가 자기들도 나중에 시집을 가면 써먹어야 되겠다는 듯이 열심히 귀를 기울이는 것이었다.

그런 이야기가 나오면 특히 재미있는 것은 요안나의 표정이었다.

요안나는 아직 처녀라기보다도 소녀에 속한다고 할 수 있었다.

이제 겨우 사춘기에 들어설까 말까 한 때인 것이다.

그런데 노골적으로 자궁이 어떠니, 난자가 어떠니, 정자가 어떠니, 또는 남자의 성기에다가 무엇을 씌우느니 어쩌느니 하는 그런 이야기를 들으니, 신기하면서도 놀랍고 얄궂어서 못 견디겠는 모양이었다.

유난히 하얀 앞니를 드러내 보이며,

"히히히히……."

웃기도 했고,

"우야꼬! 그래예? 얄궂대이."

하고 길고 짙은 속눈썹을 반짝 추켜들기도 했다.

그날도 송인순은 어떤 부인 회원의 요구에 의해서 피임에 있어서의 월경주기법을 한번 더 자세히 가르쳐주느라고 늦게 귀가를 하게 된 것이었다.

저녁이라 약간 무서운 생각이 들기도 했지만, 마침 달이 좋아서 기분이 상쾌하기도 했다.

달밤에 혼자 섬의 오솔길을 걸으며 밤바다를 구경한다는 것도 여간 멋있는 노릇이 아니었다. 서울 같은 곳에서는 도저히 맛볼 수 없는 이색적인 낭만인 것이었다.

수평선 위로 둥둥 돋아 오르는 달덩어리는 아닌 게 아니라 어쩐지 뭍에서 보는 것보다 더 커 보였다.

커다란 달 때문에 하늘에는 별이 잘 보이지 않았으나, 대신 바다 위에 드문드문 별이 떨어져 빛나고 있는 듯했다.

그것은 고기잡이배의 불빛이었다.

달빛을 받아 검은 고기비늘처럼 빛나는 밤바다 위에 고기잡이배의 빨갛고 파란 불빛들이 여기저기 널려져 마치 진귀한 보석처럼 반짝이고 있었다. 정말 아름다운 정경이었다.

 황홀한 밤바다의 정경을 바라보며 훨훨 걸음을 재촉하던 송인순은 무슨 생각이 떠올랐는지 혼자,

"하하하……."

하고 웃는다.

 아까 월경주기법을 설명할 때 아낙네 하나가,

"문딩이 같은 서방이 그 위험한 기한을 참아줘야 말이지예."

하고 불쑥 뇌까려서 모두 와— 웃었던 생각이 문득 떠올랐던 것이다.

 남편이 수태 가능 기간 동안을 못 참고 부득부득 달려드니 불만이라는 이야기였다.

"하하하……."

 송인순은 그 아낙네의, 화가 나면서도 우습기도 한 듯한 묘한 표정이 눈앞에 보이는 듯해서 또 한번 소리를 내어 웃는다.

 사실 그럴 것이다. 도시의 남자들처럼 여러 가지 오락을 즐길 수 있는 처지가 아니니, 밤으로 아내의 배 위로나 곧잘 기어오를 수밖에. 말하자면 그게 일종의 그들의 오락이 아니겠는가.

 그런 생각이 들자, 송인순은 어쩐지 기분이 야릇해진다. 그리고 아랫배께가 뜨끈해지는 느낌이다.

 그녀는 걸음을 멈춘다. 길에서 몇 걸음 벗어나가서 스커트를 걷어 올린다. 팬티를 내린다. 그리고 그 자리에 쪼그리고 앉는다.

 소변을 보는 것이다.

 좍— 뜨끈한 것이 쏟아지자, 어쩐지 좀 기분이 후련해지는 것 같

다. 그러나 정말 개운하지는 않다. 뭔가 안타깝고 미진한 느낌이다.

소변을 마치고 다시 걷기 시작한 그녀는 별안간 웬일인지 무척 고독하구나 하는 생각이 든다. 막연히 뭔가가 그리운 것이다.

그렇게 갑자기 쓸쓸한 기분이 되어 걸어가고 있는데, 저만큼 앞에 누군가가 서 있는 것이 아닌가.

송인순은 깜짝 놀라 주춤 걸음을 멈춘다.

분명히 남자다. 웬 남자가 이 밤에 저렇게 길에 서 있는 것일까.

송인순은 머리끝이 쭈뼛해지는 느낌이다.

그러나 그 남자는,

"송 선생이싱교?"

부드럽게 말을 던진다. 그리고 분명히 웃는 얼굴이다.

"어머!"

송인순은 다시 한번 놀란다.

뜻밖에 신 선생이 아닌가. 신 선생이 무슨 일로 이 밤에 여길 나와 있는 것일까.

"이렇게 밤에 혼자 무섭지도 안능교?"

신 선생이 빙글빙글 웃으면서 다가온다.

"아니, 신 선생님, 웬일이세요?"

"그저 심심해서 밤바람이나 좀 쐴라구요."

"……."

"그리고 송 선생님이 아무래도 혼자 무서우실 것 같애서…… 마중도 할 겸……."

"어머, 정말이세요?"

"정말이고 말고예."

"호호……."

송인순은 키득 웃음이 나온다. 그러나 어쩐지 얼굴이 화끈해지는 느낌이다.

두 사람은 잠시 나란히 걷는다.

그러나 두 사람이 나란히 걷기에는 약간 좁은 길이다. 팔짱이라도 끼고 딱 붙어서 걷는다면 모르지만.

그래서 송인순은,

"길을 넓혀야겠군요."

하면서 신 선생의 뒤로 선다.

"송 선생님이 앞에 서이소."

"싫어요."

"밤길은 앞에 서야 안 무섭심더. 제가 뒤에서 보호를 해 디릴께요."

"호호호…… 무섭긴 뭣이 무서워요? 혼자도 걷는데……."

"좌우간 송 선생님 보통 분이 아닙니더."

"어머, 그게 무슨 말씀이에요?"

"송 선생님의 열의에 놀랐심더. 정말 송 선생님 같은 분만 계시면 우리나라도 멀지않아 덴마크 같은 나라가 될 낍니더."

"어머 어머, 호호호……."

"와 내 말이 거짓말입니꺼?"

"신 선생님도 농담을 잘하셔."

"농담이 앙이라, 진담입니더."

빙그레 웃으면서 신 선생이 뒤를 돌아본다.

송인순은 살짝 곱게 눈을 흘긴다.

그리고 두 사람은 잠시 말없이 걷는다.

묵묵히 앞을 걸어가던 신 선생이 불쑥 입을 연다.

"송 선생님."

"예?"

"저…… 송 선생님한테 제가 사과를 디리야겠심더."

"사과라뇨? 무슨 사과요?"

"저…… 전번에 황 이장이 자기 집 아이가 다쳤다고 학교에 찾아왔을 때 말입니더."

"……."

"그때 제가 송 선생님을 좀 적극적으로 옹호해 디리지 몬해서 지금도 미안하게 생각하고 있심더."

"호호호……."

송인순은 까르르 웃는다. 이제 와서 무슨 뚱딴지같이 무슨 그런 소리를 불쑥 꺼내는가 말이다.

"와 웃능교? 기회를 보아 그때 일을 사과디린다는 기 지금까지……."

"신 선생님도 참…… 그런 일을 뭐 지금까지 생각하고 계세요? 전 벌써 다 잊어버렸는걸요. 그때 신 선생님께서 왜 황 이장한테 그렇게 아무 말도 못 하시는가, 좀 이상스럽다는 생각이 들긴 했어요. 황 이장 자기가 뭔데 학교 일까지 이래라저래라 하는지 슬그머니 화가 나기도 하더군요."

"황 이장 그 양반 본래 그런 사람입니더. 그럴 때는 그저 가만히 있는 기 상책입니더. 똥이 무서워서가 아니라, 더러워서 말입니더."

"그렇지만 제가 신 선생님 같으면 가만있지 않아요. 학교가 뭐 자기 학콘가요? 이래라저래라 명령조로 나오게."

"좌우간 그때 일을 정식으로 사과디립니다."

"아이 참, 사과는 무슨 사과예요. 신 선생님이 저한테 뭐 잘못했나요. 사괄 하시게."

"그래도 주임교사로서 어쩐지 부끄럽심더."

"자꾸 그렇게 말씀하시면 제가 오히려 미안하잖아요."

"그래요? 그럼 송 선생님께서 그때 일을 용서해 주시는 걸로 알겠심대이. 허허허…… 이제부턴 우리 가까이 잘 지냅시대이."

"호호호…… 언젠 뭐 제가 신 선생님을 멀리했나요?"

"어쩐지 그런 것 같던데요. 저는 멀리하고, 백 선생만 가까이 하시는 것 같습디더."

"어머, 호호호……."

"허허허……."

두 사람은 한바탕 웃었다. 어쩐지 기분이 좀 야릇하고 좋은 것이다.

송인순은 속으로 신 선생이 자기에 대해서 색다른 생각을 먹고 있지나 않은가 싶어 약간 얼굴이 붉어진다. 그리고 조금 긴장이 되기도 한다.

잠시 두 사람은 다시 말없이 걷는다.

송인순은 앞서 걷는 신 선생의 뒷모습을 자꾸 훑어본다. 어쩐지 신 선생이 새삼스럽게 느껴지는 것 같아 속으로 웃음이 나오기도 한다.

"송 선생님."

또 신 선생이 불쑥 입을 연다.

"예?"

"저…… 송 선생님한테 한 가지 물어볼 끼 있는데, 물어봐도 개않 겠습니꺼?"

"뭔데요? 물어보세요."

"저, 송 선생님, 이 섬에 오셔서 외롭지 않으십니꺼?"

"……."

"……."

"고독하지 않으시나 말입니더."

"고독하긴요."

"그래요? 정말입니꺼?"

"정말이에요. 학교 아이들을 가르칠라, 부락의 새마을운동을 지도할라…… 고독하긴 뭣이 고독해요."

"허허허…… 그건 바쁘다는 뜻이지, 고독하지 않는다는 뜻과는 안 다릅니꺼."

"뭣이 달라요?"

송인순은 시치미를 뚝 떼고 말한다. 신 선생이 말하는 뜻을 모르는 게 아니다. 고독이라는 말이 나왔을 때, 벌써 그 질문의 저의를 알아차린 것이다. 그러나 전혀 무슨 뜻인지 모르는 듯한 표정을 짓고 있는 것이다.

"바쁜 거 하고, 고독하지 않은 거 하곤 다르지요. 아무리 바빠도 고독감은 있을 수가 있는 깁니더. 무슨 말인지 못 알아듣겠습니꺼?"

"글쎄요. 무슨 뜻인지 잘……."

송인순은 곧 웃음이 나오려는 것을 참는다.

"그래요? 아마 송 선생님도 바쁘면서도 뭔가 고독감을 느끼실 것 같은데……."

"전 그런 일 없어요."

물론 거짓말이다. 조금 전에도 소변을 보고 나서 야릇한 외로움에 젖었던 것이 아닌가. 뭔가가 아련히 그리운 듯한 그런 고독감에 말이다.

"이런 달밤에 혼자 걸어 오시면서도 고독감 같은 것을 못 느끼셨습니꺄?"

"예, 그저 후련하고 기분이 좋기만 하더군요."

"흠—"

"신 선생님."

"예?"

"신 선생님은 그럼 고독하시나요?"

"예, 저는 고독합니다. 고독해서 몬 살 지경입니다."

신 선생은 마치 그 질문을 기다리고 있었다는 듯이 대답한다.

"호호호…… 고독해서 못 살 지경이라뇨? 그럼 일종의 병이군요."

"맞심더. 일종의 병입니다."

"병 같으면 고쳐야죠."

"물론 고쳐야지요. 그런데…… 이 병은 혼자서는 몬 고친단 말입니더."

"그럼요?"

"누가 고쳐 줘야지요. 고독한 병을 혼자서 우예 고칩니꺄. 안 그렇습니꺄? 약을 먹어서 낫는 병도 앙이고……."

제4장 245

"……."

송인순은 더 뭐라고 말이 나오질 않는다. 시치미를 떼는 것도 한도가 있는 것이다.

신 선생은 잠시 말없이 걷는다.

그러다가 무슨 결심이라도 한 듯 걸음을 멈추고 뒤로 돌아선다. 그리고,

"송 선생님."

한다.

음색이 다른 목소리다.

송인순도 주춤 걸음을 멈춘다. 약간 눈이 휘둥그레진다.

"송 선생님이 제 병을 좀 고쳐주이소."

"어머 제가 어떻게요?"

"송 선생님이 아니면 제 병은 고칠 수가 없심더."

"어머 어머……."

"정말입니더."

"……."

"송 선생님!"

"……."

"송 선생님!"

열기를 띤 목소리다.

송인순은 당황한다. 이런 판국이 될 줄은 미처 몰랐던 것이다.

"송 선생님, 대답을 해주이소."

그러자 송인순은,

"몰라요. 전 그런 것……."

하고 싸늘하게 내뱉어 버린다.

그리고 얼른 신 선생을 비켜서 냅다 뛰어 달아난다. 마치 달려드는 수사슴에 놀란 처녀사슴처럼.

그러자 신 선생은,

"송 선생님! 송 선생님!"

하고 부른다.

안타까운 목소리다.

5

그런 일이 있는 뒤로 송인순은 신 선생을 대하기가 몹시 어색하고 이상했다. 그러나 교사가 세 사람뿐인 조그마한 학교에서 안 대하고 지낼 수는 도저히 없었다.

그래서 송인순은 그날 밤 일을 싹 잊어버린 것처럼 예사로운 표정을 지으려고 애를 썼다.

그리고 외수리의 새마을운동 지도차 나가더라도 밤이 되어 돌아오는 일은 없도록 했다. 해가 지기 전에 서둘러 귀가를 하곤 했다.

그런데 하루는 석양을 바라보며 집으로 걸음을 재촉하고 있는데, 또 신 선생이 나타났다.

이번에는 숲 속에서 기다리고 있는 것이었다.

신 선생이 이번에는 아주 노골적으로 나왔다.

"송 선생님, 정말 송 선생님을 사랑하고 있심더. 우짤 도리가 없심더. 만일 송 선생님이 제 마음을 몰라주신다면 저는, 저는…… 자살이라도 해삐릴 생각입니더. 정말입니더."

이런 식이었다.

송인순은 처음에는 가슴도 약간 두근거리고, 얼굴도 화끈거렸으나, 곧 속으로 웃음이 나왔다.

서른이 넘은 남자가, 더구나 결혼을 해서 상처를 했다는 남자가 순진하게도 열 살이나 아래인 여자 앞에서 자살 어쩌고 하면서 이맛살을 찌푸리며 심각한 표정을 짓는 것이 어쩐지 우스운 것이었다.

그래서 송인순은 호호호…… 한바탕 웃어 주고,

"몰라요! 몰라요!"

냅다 쏘아붙이고는 전번처럼 뛰어 달아나 버릴까 하다가, 그래서는 오히려 역효과라는 생각이 들었다.

계속 그런 태도를 취하면 더욱 단념을 안 하고, 어떻게든지 손아귀에 넣으려고 지분지분 달라붙을 것만 같은 것이다. 끝이 없는 것이다.

그래서 송인순은 우선,

"호호호……."

웃었다.

약간 속으로 장난기도 동한 것이다. 이 우직하고 순진하기도 한 양반을 좀 놀려주고 싶어진 것이다.

"저 때문에 자살을 하시다뇨. 큰일 날 말씀을…… 듣기만 해도 끔찍해요. 신 선생님, 그 말씀은 취소해 주세요."

"그럼, 제 마음을 알아주시는 깁니꺼?"

"신 선생님 마음 잘 알겠어요. 저를 사랑해 주신다니 정말 기뻐요. 그러나 신 선생님께서 제 마음도 알아주셔야죠."

"무슨……."

"저는 이 섬에 올 때, 단단히 결심한 바가 있어요. 그것은 누구도 움직일 수가 없어요. 그 결심이 흔들려 버리면 저는 이 섬에 있을 하등의 이유가 없어져요."

"뭡니꺼? 그 결심이……."

신 선생은 무뚝뚝하게 묻는다.

"봉사활동이에요. 학교 아이들을 위해서 봉사하고, 가난한 마을 사람들을 위해서 봉사하는 것이에요."

"흠—"

짐작했던 대로라는 듯이 신 선생은 코로 히죽 웃는다.

"웃지 마세요. 정말이에요. 봉사활동을 하는 데 지장이 되는 일은 저는 할 수가 없어요."

"……."

"그러니까 신 선생님, 저를 사랑하신다면 저를 도와주세요, 부탁이에요."

"……."

"저에게 자살을 하시겠다는 그런 말씀을 말아주실 것과, 자활학교 만들기와 새마을운동에 더 좀 힘을 써주세요. 그게 바로 저를 사랑해 주시는 길이에요."

"허허허……."

신 선생은 절로 웃음이 나온다. 어이가 없는 모양이다.

송인순도 웃음이 나오려는 것을 참는다.

"제 말이 우습게 들리세요?"

"허허허……."

"농담이 아니에요. 정말 그래주세요. 부탁이에요."
"……."
"신 선생님, 그래주시는 거죠?"
"정말 놀랐심더, 두 손 번쩍 들었심더."
"호호호……."

송인순도 마침내 웃음이 터진다.

그리고 장난기 어린 표정으로 말한다.

"신 선생님, 제 부탁을 잘 들어주시면 혹시 제 마음이 움직일지 누가 알아요?"

"정말입니꺼?"

"정말이죠. 사람의 마음은 알 수 없는 것이니까요. 좌우간 지금은 보류예요. 두고 보는 거예요."

"예, 알았심더, 그렇다면 저도 송 선생님 못지않게 있는 힘을 다해서…… 허허허……."

"예, 부디 그래주세요. 호호호……."

송인순은 참 재미있다는 생각이 든다. 어쩌면 남자들이란 허우대만 큼직하게 생겼지, 속은 어린애나 마찬가지구나 싶다. 얼마든지 이랬다저랬다 주물러댈 수가 있겠구나 싶은 것이다.

송인순은 얼른 말머리를 돌린다.

"신 선생님, 황 이장 그 양반 어때요? 새마을운동에 적극적이에요?"

"뭐 그저 그렇습디더. 그 대신 송 선생님 칭찬은 대단하던데요."

"어머, 그래요? 제가 뭐 그렇게 칭찬받을 일을 한 것도 없는데요."

"아닙니더. 좌우간 황 이장이 송 선생님을 여간 잘 본 기 앙이던데요."

"그래요? 호호호……."

이렇게 두 사람이 이야기를 주고받으며 숲 속의 길을 걷고 있을 때, 공교롭게도 장송리의 새마을운동을 지도하고 돌아오던 백 선생이 멀리서 이 광경을 보았다. 장송리에서 오는 길도 숲 근처에서 합쳐지는 것이었다.

두 사람이 숲 속의 길을 걷고 있는 것이 눈에 띄자,

"아니?"

백 선생은 깜짝 놀라며 주춤 걸음을 멈추었다. 절로 두 눈이 번쩍 뜨이는 것이었다.

그리고 공연히 가슴이 벌떡거렸다.

"음―"

아무래도 무슨 정다운 이야기를 주고받으며 걷는 것 같은 것이다.

'선수를 쳤구나. 신 선생 저놈, 엉큼한 놈…….'

백 선생은 억울한 생각이 왈칵 들며 온몸의 피가 거꾸로 치솟는 듯했다.

'어디 두고 보자.'

두 주먹을 불끈 쥔다.

자기도 그냥 가만히 보고만 있을 수는 없다는 결의다. 지금부터라도 자신이 있는 것이다.

자기는 총각이고, 신 선생은 홀아비가 아닌가, 홀아비에게 처녀를 빼앗기다니, 총각 위신이 무엇이 되겠는가 말이다.

6

바로 이튿날 방과 후.

송인순은 교실 창변에 앉아 아이들의 출석부를 정리하고 있었다. 월말 통계를 내고 있는 것이었다.

어느덧 봄도 다 가고, 계절은 서서히 여름으로 접어드는 듯, 멀리 창밖에는 신록이 눈부셨다.

송인순은 일 년 중에서 이 신록의 계절이 가장 마음에 들었다.

새로 돋아난 나뭇잎사귀들이 햇빛을 받아 부드럽고 싱싱하게 반짝거리는 광경은 정말 좋았다. 가슴 속까지 신선한 초록으로 물드는 듯했다.

말하자면 희망 같은 것이 가장 부풀어 오르는 계절인 것이었다.

창밖으로 내다보이는 바다도 신록 못지않게 신선했다. 겨울이나 봄철과는 달리, 바다의 물빛도 본연의 빛깔을 띠기 시작하는 듯 싱싱하고 눈부셨다.

출석부를 정리하다가 말고, 송인순은 창밖의 신록과 바다를 하염없이 내다보고 있었다.

그때, 교실 문이 열리며 백 선생이 들어선다.

백 선생은,

"좋은 날씨지예?"

하면서 그녀 곁으로 다가온다.

송인순은 그저 살짝 미소를 짓는다.

백 선생은 학생 책상에 털썩 걸터앉는다.

"인제 장기결석생이 좀 줄었능교?"

"예, 그런데 아직 두어 명은 시원찮군요. 며칠 나왔다가는 또 계속 결석이고……."

"그렇심더. 도리 없심더. 그냥 내삐리두는 수밖에……."

"그냥 내버려둘 수는 없죠. 좌우간 골칫거리군요."

"그런 것까지 일일이 다 신경을 쓸라카면 한이 없구마. 적당히라는 기 안 있능교. 더러 적당히도 좀 하이소. 해골도 안 아픈교?"

백 선생은 또 예의 그 건들건들하는 투로 나온다.

"호호호……."

송인순은 오늘따라 그런 그가 어쩐지 싫지가 않다. 남자는 더러 저러는 것도 좋다고 생각이 든다. 어쩌면 그게 낙천적이라는 것이 아니겠는가.

"그런데 송 선생님."

"예?"

"한 가지 제가 말씀디릴 끼 있심더."

"뭔데요?"

"저……."

낙천적이고, 무슨 말이든지 선뜻선뜻 잘 내뱉는 백 선생도 어쩐지 얼른 말이 안 나오는 모양이다.

잠시 어색한 듯한 표정을 짓고 있다가 불쑥 말한다.

"송 선생님, 정말 그럴 줄 몰랐심더."

"예? 그럴 줄 모르다뇨? 그게 무슨 말씀이어요?"

송인순은 뜻밖의 말에 약간 눈이 휘둥그레진다.

"제가 다 봤심더."

"다 보다뇨? 뭘 말이에요?"

"그렇게 시치미를 떼지 마이소."

"호호호…… 도무지 무슨 말씀인지 알 수 없군요."

"송 선생님이 그렇게 엉큼하실 줄이야 정말……."

"어머, 엉큼하다뇨? 제가 무슨 짓을 했는데요?"

그러자 백 선생은 담배를 한 개비 꺼내어 입에 물고, 라이터로 탁 불을 붙이며,

"솔직하게 말할까요?"

하고 송인순을 똑바로 바라본다.

"예, 솔직하게 말해 보세요."

"저…… 어제 숲속을 아주 다정하게 거니시던데요."

"예?"

"신 선생님하고……."

"호호호호……."

송인순은 그만 까르르 웃는다.

그리고 복도 쪽을 힐끔 바라본다. 혹시 누가 듣지나 않나 싶은 모양이다.

"아무도 없으니까 염려 마이소."

"……."

"신 선생은 새마을운동하로 갔고, 봉식이는 심부름 보냈심더."

"……."

"내 말이 거짓말잉교? 어제 신 선생하고 다정하게 숲속을 안 거닐었능교?"

"호호호……."

"와 자꾸 웃기만 하능교? 웃지 말고 진지하게 좀 대답해 보이소."

"그랬어요. 왜, 그러면 안 되나요?"

송인순은 장난기가 동했다.

남자들이란 다 이렇게 어딘가 어린애 같은 구석이 있는 것인가 싶으니 재미있다. 신 선생과 마찬가지로 백 선생도 좀 놀려주고 싶은 생각이 든 것이다.

"안 되는 기 앙이라……."

"그럼 왜 자꾸 추궁하듯 묻는 거예요? 신 선생님하고 숲속을 다정하게 거닐었어요. 왜 나쁘나요?"

"음—"

백 선생은 약간 이맛살을 찌푸린다. 심각한 표정이다.

송인순은 또 웃음이 나오려는 것을 참는다.

심각한 표정이던 백 선생이 원망스러운 듯한 목소리로 말한다.

"송 선생님, 정말 그럴 줄 몰랐심더."

"……."

"신 선생하고 그럴 줄이야…… 신 선생은 한 번 결혼을 했던 사람 아닝교. 노총각이 아닙니더. 상처를 한 홀애빕니더. 상처를 한 홀애비하고 그러시다니…… 멀쩡한 총각을 놔두고 말입니더."

"호호호……."

웃지 않을 수가 없다.

총각인 백 선생님이 가만히 있으니, 홀애비인 신 선생하고라도 그래야지요. 이런 소리가 곧 입 밖으로 나오려 했으나, 너무 지나친 것 같아 그만두고,

"백 선생님, 오해하지 마세요. 실은 말이에요……."

하고 약간 진지한 표정을 짓는다.

오해하지 마세요, 라는 말에 백 선생은 절로 얼굴이 밝아진다.

"어제 신 선생님한테 제가 한 가지 부탁을 드렸어요."

"무슨 부탁을요?"

"좀더 자활학교 만들기에 힘을 써주시고 부락의 새마을운동에도 박차를 가해 달라고요."

"정말입니꺼?"

"예."

"그럼, 그런 부탁을 와 하필 숲속에서 하지요?"

"호호호…… 숲속에서 하면 안 되나요? 제가 어제 말이에요, 외수리에서 돌아오는데 마침 신 선생님이 숲에 계시잖아요."

"혼자서요?"

"예."

"그래서 바로 그런 부탁을 했단 말입니꺼?"

"아니요. 그런 게 아니라, 저…… 신 선생님이 자꾸 고독하다는 말을 하더군요."

"그거 보이소. 그누묵 자식, 뱃속이 시커멓심더. 그러니까 숲속에서 혼자 송 선생님 돌아오시는 걸 기다리고 있제."

"글쎄요, 좌우간 그래서 고독하시면 고독을 고치는 좋은 방법이 있다고 했죠. 그랬더니 그게 뭐냐고 묻잖아요."

"허허허……."

백 선생은 그제야 웃음이 나온다. 그리고 말한다.

"그래서 그게 바로 새마을운동하는 기라 그랬능교?"

"예, 자활학교 만들기와 새마을운동에 힘을 쓰면 고독이고 뭐고 절로 없어진다고 했죠."

"그랬더니 뭐라캅디까?"

"멋쩍은 듯이 웃더군요. 그리고 어쩐지 또 뭐라고 묘한 말을 할 것 같아, 제가 미리 막아버렸죠."

"어떻게요?"

"신 선생님, 신 선생님의 고독을 없애기 위해서뿐 아니라, 학교와 마을 사람들을 위해서 부디 좀 열을 내어주세요, 하고요. 이런 섬에서 교원생활을 하는 보람이 바로 그런 데 있는 게 아니겠느냐고요. 정말 부탁드린다고 했죠."

"그랬더니요?"

"그랬더니 놀랐다고 하더군요. 정말 두 손 번쩍 들었다고요."

"허허허…… 그것으로 끝인가요?"

"예, 그것뿐이었어요."

"그렇다면 안심입니다."

"안심이라뇨?"

"전 혹시 두 분이 로미오와 줄리엣처럼 된 기 아닝가, 디기(몹시) 걱정을 했심더."

"호호호……."

송인순은 약간 짓궂은 장난기가 다시 머리를 쳐든다. 그래서,

"실은 말이에요."

하고 백 선생의 애를 달구려는 것처럼 말한다.

"신 선생님한테 제가 이런 말을 했어요."

"……?"

"자활학교 만들기와 새마을운동을 열심히 해서 좋은 성과를 올

린 다음에도 그렇게 고독하시면 그때는 제가 그 고독을 없애드리겠다고요."

"뭐요? 송 선생님이 고독을 없애준다고요?"

"예."

"정말 그럴 작정입니꺼?"

"예, 자활학교 만들기와 새마을운동 성과가 훌륭하면 그렇게 해드릴 생각이에요."

"아니, 자활학교 만들기와 새마을운동을 어디 신 선생 혼자만 합니꺼? 나도 안 합니꺼. 나도 하는데, 그럼 나는 우짭니꺼?"

"호호호······."

꼭 어린애 같다. 어쩌면 남자의 매력이란 이런 것인지도 모른다는 생각이 든다.

그래서 송인순은,

"백 선생님도 고독하세요?"

하고 묻는다.

"예, 저도 억씨기(매우) 고독합니더."

"남자들은 다 고독한 걸 좋아하시는 모양이죠?"

"좋아하는 기 앙이라, 실지로 고독한데 우짭니꺼."

"그럼, 백 선생님도 자활학교 만들기와 새마을운동에 더 좀 열을 올려야겠군요. 그러면 고독이고 뭐고 없을 거예요. 고독이란 한가한 사람들에게 따라다니는 사치스런 병이 아니겠어요?"

"그렇지 않심더. 물론 한가한 사람들의 사치스런 병일 수도 있지만, 총각이나 처녀들에게는 으레 따라다니는 병이 아니겠습니꺼. 짝이 없는 총각 처녀들에게는 말입니더."

"……."

"안 그렇습니꺼? 송 선생님. 저같이 짝이 없는 총각에게는 으레 고독이라는 기 따라다니기 마련이구마. 송 선생님은 어떻싱교?"

"저는 그런 거 모르겠어요."

"정말입니꺼?"

"예."

"그럼, 짝이 있으시다는 말인가요?"

"짝이라뇨? 미혼인데 무슨 짝이 있어요."

"좋아하는 사람 말입니더."

"그런 거 없어요. 전……."

"그런데도 고독을 모르신다 말잉교?"

"몰라요. 정말이에요. 저는 당분간 그런 거 모르기로 했어요."

"당분간이라니, 언제까지요?"

"자활학교 만들기와 새마을운동이 좋은 결실을 볼 때까지요."

"야, 정말 놀랐심더, 정말……."

"두 손 번쩍 드셨어요?"

"예, 정말 신 선생 말마따나 저도 두 손 번쩍 들었심더."

"그러니까 이제부턴 고독이니 뭐니 그런 잡념을 일체 버리시고, 부지런히 한번 일해 봅시다. 일을 해놓고 난 다음에 고독이니 뭐니 그런 걸 찾아야 되지 않겠어요? 그땐 저도 어쩌면 고독감을 느끼게 될지도 모르니까요."

"두 손 번쩍 들었다니까요."

"호호호……."

"허허허……."

제4장 259

제5장

1

　남포등 밑에 엎드려서 송인순은 오늘 글짓기 시간에 5학년생들이 지은 작문을 한 장 한 장 읽어나가고 있다.
　읽어나가면서 수·우·미·양·가로 성적을 매겨준다. 그리고 간단한 한마디 평을 덧붙여준다. '재미있는 내용이군요', '의와 에의 구별이 잘 안 됐어요' 혹은 '했던 말을 또 하는 것은 좋지 않아요', '제목과 내용이 잘 맞지 않는군요' 이런 식으로 말이다.
　그런데 도대체 모두 글짓기가 서툰 편이다.
　송인순이 담임을 하고부터 제대로 글짓기 지도를 했다고 해도 과언이 아니다. 그전까지는 거의 그런 지도는 안 했던 모양으로, 처음 글짓기를 시켰을 때 송인순은 어이가 없었다. 5학년생들이라는 것이 2학년이나 3학년 정도밖에 안 되는 것이었다.

그 후, 송인순은 글짓기 시간을 정해놓고, 꼭꼭 지도를 했던 것이다. 그래서 지금은 그래도 제법 쓰는 편인 것이다. 5학년으로서는 아직 서툰 편이긴 하지만.

그러나 개중에는 썩 잘 쓰는 아이도 더러 있다. 그런 작문이 눈에 띄면 송인순은 저절로 미소가 떠오른다.

오늘은 자유제(自由題)로 글짓기를 시켜 보았더니 별별 것이 다 있다.

'별명'이라는 제목으로,

아이들은 나를 보고 '대갈장군'이라고 부릅니다.

나는 화가 나서 다투었습니다. 그러다가 큰 싸움이 벌어졌습니다. 나는 화가 나서 별명을 부른 사람한테 덤벼들어 박치기를 놓고, 주먹질을 하였습니다.

그러다가 큰 아이들이 오면 도망을 갔습니다.

어느 날이었습니다.

내가 책을 보고 있는데, 명자가 내 옆에 와서 '대갈장군'이라고 불렀습니다.

나는 책 보는 것을 그치고, 다른 데로 가버렸습니다. 명자는 그래도 뒤를 따라왔습니다.

그때 마침 선생님께서 교실로 들어오라고 해서 교실로 들어가는데, 명자는 뒤에서 자꾸 별명을 부르면서 웃었습니다.

나는 명자를 돌아보고,

"너 나중에 죽어."

하고 눈을 흘겼습니다.

이런 것이 있는가 하면, '고양이'라는 제목으로 다음과 같은 것도 있다.

우리 집 고양이는 검어요.
내가 학교에서 집으로 점심을 먹으러 오면 고양이는 반가운 듯이 '야옹야옹' 하고 웁니다.
나는 우리 집 고양이가 참 좋습니다.
내가 부엌에서 점심을 먹으면 고양이가 와서 내 곁에 쪼그리고 앉습니다. 그러면 나는 고양이에게 밥을 줍니다.
나는 학교에서 공부를 하면서도 가끔 고양이 생각을 합니다. 내가 학교에 오고 나면 우리 집 고양이가 어떻게 하는지 걱정이 됩니다.
내가 학교에서 고양이 생각을 할 때, 고양이도 나를 생각하는지 모르겠습니다.

그리고 '우리 어머니'라는 제목으로,

우리 어머니는 참 부지런합니다. 지게 지는 것도 우리보다 더 잘 집니다.
그뿐 아니고, 해녀처럼 잠수질도 잘 합니다.
우리 집에서 미역을 캘 때면 어머니가 물에 들어가서 미역을 캐 올립니다.
미역을 캐고 나서 바지게에다가 짊어지고 올라옵니다.

전에는 베옷을 입고 미역을 캤는데, 제주도에 계시다가 일본으로 가신 이모님께서 고무 옷을 한 벌 보내주셔서, 요즘은 그 옷을 입고 미역을 캐냅니다.
　　　고무 옷을 입고 미역을 캐는 어머니는 베옷을 입었을 때보다 훨씬 멋있게 보입니다.

이런 것도 있다.
'내가 사고를 냈을 때'라는 제목으로 지은 것도 있는데, 그것은 바로 개동세의 작문이다.
송인순은 재미있다는 듯이 읽어나간다.

　　　내가 사고를 냈을 때, 나는 깜짝 놀랐습니다. 길수의 머리에서 피가 나오니까, 다른 아이들도 깜짝 놀랐습니다.
　　　길수가 자꾸 내 괭이를 달라고 해서 나는 안 주려고 했습니다. 안 주려고 괭이를 뿌리쳤는데, 길수 머리에 맞은 모양입니다.
　　　나는 벌벌 떨었습니다. 교무실에 가서도 벌벌 떨었습니다.
　　　나는 선생님에게 매를 맞을 줄 알았습니다. 그리고 퇴학을 당할 줄 알았습니다. 퇴학을 당하면 어쩌나 하고 걱정을 하였습니다.
　　　그런데 선생님께서는 꾸지람을 하실 뿐 때리지 않았습니다. 퇴학도 시키지 않았습니다.
　　　그래서 나는 참 기뻤습니다.
　　　우리 선생님은 마음씨가 좋은 선생님입니다.

송인순은 절로 웃음이 나온다. 기분이 좋다. '우리 선생님은 마음씨가 좋은 선생님'이라는데 기분이 안 좋을 턱이 없다.

그리고 퇴학을 당할 줄 알았다니, 퇴학을 당하면 어쩌나 하고 걱정을 하였다니, 재미있다. 그 정도의 사고로 퇴학이라니, 있을 수 없는 일인 것이다.

옛날식 교육 같으면 그 정도로도 퇴학 처분이 될지 모르지만, 요즘의 의무교육에서는 퇴학이란 있을 수 없는 것이다. 퇴학 처분이란 일종의 형벌일 뿐, 교육적 처사는 아닌 것이다.

그러니까 황 이장이 사고를 낸 아이를 학교에 못 다니도록 하라던 주장도 말하자면 옛날 일제시대의 교육적 사고방식인 셈이다.

세레나는 '조개잡이'라는 제목으로 글짓기를 했다.

어제도 나는 언니와 함께 갯벌에 나가 조개잡이를 했습니다.

해가 서쪽으로 넘어갈 때까지 조개잡이를 했으나, 언니도 나도 조금밖에 못 잡았습니다.

조개를 조금 잡아 가지고 집에 돌아올 때는 기분이 안 좋고, 많이 잡았을 때는 기분이 좋아 노래도 부릅니다.

그런데 요새는 조개를 많이 잡는 일이 한 번도 없었습니다. 갯벌에 조개가 아주 적어졌나 봅니다. 매일 많은 사람들이 잡으니까 그렇습니다.

그래서 나는 어제 갯벌에서 조개잡이를 하고 집에 돌아오면서, 조개도 해바라기처럼 씨를 뿌려서 키울 수 있으면 좋겠다고 생각하였습니다. 새마을운동으로 해바라기 씨를 뿌렸듯이 말입니다.

그러면 우리 마을 앞 갯벌에는 언제나 조개가 많을 것입니다.

세레나의 작문을 읽고 난 송인순은 정신이 번쩍 드는 듯했다.
'조개도 해바라기처럼 씨를 뿌려서 키울 수 있으면 좋겠다'는 말이 번쩍 머리에 와닿은 것이다. '새마을운동으로 해바라기 씨를 뿌렸듯이' 갯벌에다가 조개 씨를 뿌리면 언제나 조개가 많을 것이 아닌가 하는 말— 정말 정신이 번쩍 드는 말이다.
"옳지! 옳지!"
엎드려서 작문을 읽고 있던 송인순은 벌떡 일어나 앉는다.
"조개를 기르자! 조개를……."
냅다 쾌재를 부르는 것이다.
세레나의 작문에서 큰 힌트를 얻은 것이다.
조개를 인공으로 기른다는 사실을 송인순이 몰랐던 것은 아니다. 굴 양식이니, 전복 양식이니, 진주조개 양식 같은 말을 많이 들은 것이다. 그리고 조개는 아니지만, 김이니 미역 같은 해산물도 요즘 흔히 양식한다는 말을 듣고 있는 터이다.
영화관에 갔을 때, 그런 양식을 해서 큰 수익을 올리고 있는 문화영화를 본 일도 더러 있는 것이다.
그런데 전혀 그런 생각이 머리에 떠오르질 않았던 것이다. 늘 바다를 눈앞에 보면서도 말이다.
송인순은 새마을운동으로 빈 터를 개간해서 해바라기 씨를 뿌리기는 했으나, 해바라기 농사에 대해서 큰 기대를 가지고 있는 것은 아니었다. 물론 그것도 꽤 수익이 되겠지만, 그러나 마을 사람들의 생활이 월등히 향상될 만한 그런 소득은 못될 게 뻔했다. 다시 말하면, 마을에 기적을 가져올 만한 그런 사업은 못 되는 것이었다.

그래서 송인순은 혼자 틈틈이 궁리를 하고 있는 중이었다. 해바라기 농사와 함께 달리 무슨 좋은 사업이 없을까 하고.

그녀는 오동나무 묘목을 심는 것이 어떨까 생각하고 있었다. 신문에 흔히 광고가 나는 것이었다.

오동나무는 고급 목재로서 국내 수요는 물론이고, 수출 품목으로도 아주 각광을 받고 있다는 것이었다. 토질만 맞으면 묘목을 심어놓고 별로 손볼 일도 없다는 것이다. 요즘 개량종은 칠 년이나 팔 년만 되면 목재로서 충분히 베어서 팔 수가 있다는 것이다.

그러니까 칠팔 년 후에는 한꺼번에 거액의 돈이 굴러들어오게 되는 셈이다. 말하자면 기적이 실현되는 것이다.

우선, 토질이 맞는지 어떤지 알 수가 없고, 토질이 맞는다 하더라도, 당장 묘목 구입비로 상당한 투자가 필요하지만, 좌우간 여건만 갖추어진다면 아주 좋은 새마을사업이라는 생각이 드는 것이다.

해바라기 농사는 그해에 당장 소득을 볼 수 있는 손쉬운 사업이지만, 오동나무 기르기는 장기적인 안목의 거대한 사업인 셈이다. 오동나무 단지를 이루는 것이니 말이다.

그래서 얼른 엄두가 나지 않아 막연히 그저 나중에 한번 착수해 볼까 하고 생각하고 있는 터이다.

그런데 오동나무 단지 만들기보다도 더 좋은 사업이 머리에 와 닿은 것이 아닌가 말이다.

오동나무 단지를 만든다면 우선 토질이 맞을지 어떨지도 문제고, 또 칠팔 년이나 장래를 내다보는 사업이기 때문에 마을 사람들의 호응을 얻을 수가 있을지도 문제였다. 해바라기 가꾸기도 결국 일부 부녀 회원들에 의해서 이루어진 터이니까.

그러나 조개 양식은 바로 마을 사람들의 지금까지의 생업과도 직결되는 사업이니, 누구나 찬성을 하고, 적극적으로 호응을 할 것이 아니겠는가.

해바라기 농사나 오동나무 단지 만들기 같은 것은 그들의 지금까지의 생업과 너무 동떨어진 사업이기 때문에 생소하게 느껴져 잘 호응을 하려고 들지 않지만, 조개 양식은 그런 것과는 성질이 다르지 않는가. 지금까지도 그들은 늘 갯벌에서 조개를 잡아오지 않았는가 말이다.

그런데 이제 갯벌에 조개가 적어져서 많은 수확을 올릴 수가 없는 형편이니, 다시 말하면 자연산에만 의존할 수 없게 됐으니, 인공으로 그것을 대량생산하자는 데, 반대할 사람이 누가 있겠는가.

"됐어! 됐어!"

송인순은 곧 무릎이라도 칠 듯 기뻐한다.

세레나의 언니 요안나는 갯벌 가의 조개껍질 무더기를 보고, 저것이 다 돈이라면, 돈이라도 십 원짜리 동전이 아니라 반짝거리는 오십 원짜리, 백 원짜리라면 얼마나 좋을까 하고 마치 동화 속의 소녀 같은 소리를 하더니, 이번에는 세레나가 빈 터를 개간하여 해바라기 씨를 뿌리듯이, 갯벌에 조개 씨를 뿌렸으면 좋겠다는 생각을 글에 적다니, 좌우간 뭔가 남다른 꿈같은 것을 지니고 있고, 또 그런 묘한 생각이 곧잘 머리에 떠오르는 색다른 자매간인 것이다. 생김새부터가 색다르듯이 말이다.

송인순은 그들 색다른 자매간의 색다른 용모가 나란히 눈앞에 떠오르는 듯 미소를 짓는다.

2

이튿날 아침, 송인순은 출근을 해서 출근부에 도장을 찍자마자 백 선생에게 말했다.
"조개 양식을 해볼까 하는데, 백 선생님, 어떻게 생각하세요?"
"예? 조개 양식이라니요?"
백 선생은 출근하자마자 불쑥 그게 무슨 말인가 싶은 듯 멀뚱한 표정을 짓는다. 조개 양식이라니, 조개로 양식(洋食)이라도 만든다는 말인가 싶은 모양이다.
"조개 양식 모르세요?"
"조개로 만든 양식 말잉교?"
"예? 호호호호……."
송인순은 어이가 없기도 하고, 재미있기도 한 듯 까르르 웃는다.
아침부터 교무실에 고운 웃음소리가 넘치니 기분이 좋은 듯 백 선생도 싱그레 웃는다.
신 선생은 숙직실에 누워서 성냥개비로 이라도 쑤시고 있는지, 아직 출근을 안 한다. 봉식이도 교무실에 없다.
"조개로 만든 양식이 조개 양식이지 뭐교?"
"호호호…… 그게 아니라, 바다에서 조개를 기르는 거 말이어요."
"아하, 굴 양식 말이구만요. 난 무슨 조개로 서양 요리라도 만들어 가지고 한턱 낼라 카시는 줄 알았제."
"호호호……."

"허허허……."

아침부터 이렇게 단둘이 웃으니 서로 정말 기분이 좋은 모양이다. 두 사람 다 얼굴이 활짝 밝기만 하다.

"조개 양식을 해볼까 하는데, 어떻겠어요?"

"아니, 송 선생님이 조개 양식을 하신다 그 말잉교?"

백 선생은 약간 놀라는 듯이 반문한다.

"예."

"어디다가요?"

"바다에다가요."

"허허허…… 물론 바다에다가 하는 기지만……."

"그런 게 아니라, 외수리 새마을사업으로 조개 양식을 한번 해볼까 하는 거예요. 어떻겠어요?"

"야— 정말 거창한 일을 시작하실라 카네요. 조개 양식이 그렇게 쉽은 일인 줄 아능교?"

"물론 쉬운 일은 아닐 거예요. 그러나 다른 데서도 하는데, 이곳이라고 못할 것이 있겠어요. 기어이 한번 성공시켜 볼 생각이에요."

"조개 양식을 어떻게 하는 긴지 아시능교?"

"몰라요."

"그러면서 우예……."

"각오만 단단히 서면 그런 건 문제가 아니에요. 배우면 되지 않아요."

"누구한테요?"

"직접 조개 양식으로 성공을 한 마을을 한번 찾아가 보든지, 아니면 책을 구해서 읽어보든지……, 아마 그런 방면의 기술서적이 있을 거예요."

"물론 있겠지요. 참!"

백 선생은 무슨 생각이 떠올랐는지,

"저…… 얼마 전 신문 몬 보셨능교?"

하고 묻는다.

"무슨 신문인데요?"

"무슨 신문이더라…… 좌우간 신문에 새마을 수기를 모집한 기 실렸는데, 당선작이 굴 양식인가 뭔가 좌우간 그런 깁디더. 읽어보지는 안 했지만……."

"그래요? 그런데 나는 왜 못 봤을까…… 며칠날쯤 신문인데요?"

"며칠날쯤일까…… 좌우간 얼매 안 됐심더. 새마을 선생님이 우째 그런 걸 빠띠맀능교?"

"글쎄 말이에요."

그러면서 송인순은 얼른 가서 신문철을 하나하나 뒤지기 시작한다. 중앙지가 두 가지, 지방지가 한 가지, 따로따로 잘 철해져 있다.

"아, 여깄군요!"

중앙지였다.

전국적으로 새마을운동 실천 수기를 모집한 것인데, 당선작이 하나, 가작이 다섯 편이다. 당선작은 바로 그 지면에 전문이 실려 있다.

'양식이 안겨준 영광'이라는 제목인데, 전남 고흥군 남양면 남양리의 손우현이라는 분의 수기다.

송인순은 얼른 그것을 읽기 시작한다.

이미 여러 해 전에 지나가버린 시련의 한 토막입니다.

땅 임자들이 달려들어 나의 옷을 마구 찢어버렸습니다.

뭇매를 맞지 않은 것만도 요행이었다는 생각이 듭니다. 정말 혼이 났습니다.

물론 이유가 있었습니다. 굴 및 바지락 양식장까지 길을 통하게 하려 했기 때문입니다. 폭 오 미터, 길이 일 킬로미터의 도로였습니다. 몇몇 사람들의 땅 일부가 이 도로에 흡수되기 때문이었습니다.

마을 전체를 위한 길이었건만 막무가내였습니다. 마을이고, 공동이고, 안 된다는 것이었습니다. 모두가 얼마 안 되는 목전의 손해만을 생각했기 때문입니다.

고얀 놈, 못된 놈 하고 욕설을 퍼부으며 달려들어 옷까지 찢어 버리는 것이었습니다만, 결국 나는 이 길을 완성시키고 말았습니다. 다소의 토지 대금을 보상하면서 설득을 했던 것입니다.

나는 결코 그들을 원망하지는 않습니다. 그런대로 끝내는 길을 만들게 해주었으니 말입니다.

고흥군 남양면 남양리. 농가 백육 호가 살고 있었습니다. 농경지는 고작 98.8 헥타르밖에 안 되었습니다. 군내에서 가장 수리시설이 나쁜 곳이었습니다.

해를 거듭할수록 아이들은 무작정 태어나는데, 경지 면적을 확장해 볼 만한 방안은 전무했습니다. 따라서 마을 사람들의 생활은 점차 더 궁핍해갔습니다.

단위면적당 생산량을 높여보려고 온갖 노력을 다 기울여봤으나, 별다른 성과가 없었습니다. 다소 생산량을 올릴 수는 있었지만, 그것만으로는 해결이 될 수 없었습니다.

이러한 입지조건하에서는 뭔가 다른 방법을 강구해야만 했습니다. 농업만이 아닌 다른 방도가 있어야 했습니다.

마을을 수십 차례 돌아보며 무슨 좋은 방법이 없을까 하고 궁리했습니다. 아무래도 뾰족한 수가 생각나지 않았습니다.

하루는 무심코 걷는 발길에 조개껍데기가 채었습니다. 마을 뒷산의 길을 걷다가였습니다. 상당히 오래된 조개껍데기이었습니다. 옛 조상들도 바다에서 조개를 캐어 생활에 보탰던 것이 틀림없습니다.

'그렇지! 바다를 이용해야지. 굴도 기르고 조개도 양식하면…… 이것을 몰랐다니…….'

조상들이 버리고 간 조개껍데기에서 계시를 받은 것입니다.

마을에서 일 킬로미터쯤만 가면 바다가 있었습니다.

우선은 자연산의 굴이나 바지락 등을 보호하기로 했습니다. 본격적인 양식을 위해서 씨앗으로 마련해두어야 했기 때문입니다.

1964년의 일이었습니다. 부락 총회를 열어 나의 계획을 설명하였습니다. 부락민 전체의 참여를 곁들여 호소하였습니다.

그러나 뜻하지 않은 반발에 봉착했습니다. 첫 번째 시련이었습니다. 당장 조개를 캐지 못하게 하고, 굴을 따지 못하게 하면 어떻게 살아가느냐고 덤벼들었습니다.

부락민들은 틈틈이 바다에 나가 조개를 잡아서 생활에 보태어 오고 있는 형편이었던 것입니다. 그런데 양식용 씨앗을 마련하기 위해 조개를 잡지 못하게 했으니 반발을 하는 것도 무리가 아니었습니다.

반대하는 사람들의 집을 일일이 찾아다니며 끈질기게 설득을 했습니다. 그래서 마침내 부락민 전체의 동의를 얻는 데 성공하였습니다.

대신 이번에는 나 자신이 초조해지기 시작했습니다. 일이 잘 안 되는 날에는 부락민 전체에 대한 책임을 어떻게 질 것인가 불안했기 때문입니다.

어떻든 이제는 최선을 다해 천운을 기다리는 수밖에 없었습니다.

그해 봄, 굴 투석식(投石式) 양식장 사 헥타르를 우선 마련하기로 결심했습니다.

우선 돌을 모아야 했습니다. 십 일 동안 십팔 킬로그램 이상짜리의 돌을 주워 모았습니다. 마을의 남자들이 총동원되었습니다. 연인원 칠천오백 명이 이 일을 위해 참가했습니다.

이렇게 해서 자연석 팔만 개를 확보했습니다.

갑자기 돌산 하나가 생겨났습니다. 마을 사람들은 스스로의 힘으로 이렇듯 많은 돌을 모은 것입니다. 서로 합심한 노력의 힘이 이같이 위대한 데 대해 스스로들 놀라워했습니다.

이번에는 그 돌을 바다에 던져 넣어야 했습니다. 작업은 더욱더 어려워져 갔습니다. 무엇보다도 바다에서 작업할 수 있는 시간이 얼마 안 되어 고충이 컸습니다.

돌을 들고 깊은 바다로 뛰어들 수는 없는 일이었습니다. 자연 썰물 때밖에 일할 수가 없었습니다. 우리는 모두가 다 바다 안으로 돌을 운반하였습니다.

여자들도 노동력이 있는 사람이면 솔선해서 나섰습니다. 들어서 운반하기도 하고, 머리에 이고 운반하기도 했습니다.

감격스러운 장면이었습니다. 나는 눈시울이 뜨거워지는 것을 어쩌지 못했습니다.

4월 말, 우리는 투석을 완료하였습니다. 사 헥타르의 바다에 팔만 개의 돌을 집어넣은 것입니다.

나는 불안했습니다. 과연 팔만 개의 돌에 굴이 부착할는지 미지수였기 때문입니다. 마을 사람들도 거의가 반신반의하고 있었습니다.

나는 잠도 제대로 자지 못하였습니다. 근심이 되어서 말입니다.

꿈에도 굴이 보이고, 돌이 나타났습니다. 허탕을 친 꿈이 대부분이었습니다. 깜짝 놀라 깨어보니 꿈이었고, 식은땀이 온몸에서 흐르고 있기도 했습니다.

투석 후, 일 개월이 지난 어느 날이었습니다. 투석했던 돌 몇 개를 건져보았습니다. 돌을 들어 올리는 나의 손이 부들부들 떨렸습니다. 모든 결말이 나는 순간이었습니다. 나는 아무도 모르게 혼자서 돌을 들어 올려 보았던 것입니다.

들어 올린 돌— 그 돌에는 분명히 굴이 부착하여 성장하고 있었습니다. 시험 삼아 들어 올려 본 열 개의 돌에 다 굴이 부착해 있었습니다.

그 기쁨, 그 감격을 무어라고 표현해야 좋을지 모르겠습니다. 마을 사람들도 직접 자신들의 눈으로 굴이 성장해 가는 것을 확인하고는 기뻐서 어쩔 줄을 몰랐습니다. 그리고 진심으로 나의 노력을 위로해 주었습니다. 그들은 나의 뜻에 진정으로 동조하게 된 것입니다.

이듬해인 65년 9월 어느 날, 우리 부락민 전원이 굴을 따기 시작했습니다. 연사흘 동안 굴을 땄습니다. 굴을 따는 마을 사람들은 너나없이 희색이 만면하였습니다.

총 삼백 동이가 되었습니다. 그것이 백오십만 원의 수입을 가져다주었습니다.

비록 많은 돈은 아니었으나, 모두가 합심 노력한 데서 비롯한 소중한 대가였습니다.

이번에는 그 돈을 어떻게 써야 하는지가 문제였습니다. 고루 나누어서 생활에 보태 쓰자는 사람도 상당수가 있었습니다.

그러나 부락 총회의 결의로 부락 공동의 도정공장을 만들게 되었습니다.

이제는 자신이 생겼습니다. 주민들의 협조도 적극적이었습니다.

굴 양식장을 확장해 나갔습니다. 모두가 공동 관리하는 형식을 취했습니다.

한편 이십육 헥타르에 달하는 바지락 양식장도 조성하였습니다. 물론 이것도 공동 관리하게 되었습니다.

그리하여 여기서 나오는 수입으로 부락을 새로 공동 건설하는 기금으로 쓰기로 합의를 보았습니다.

이렇게 해서 66년도에는 바지락을 다시 공동 채취하였습니다.

바지락 양식에서 얻은 첫 수입금이 삼백만 원이 되었습니다.

물론 부락 육성을 위한 공동기금이 된 것입니다.
일부는 양식 사업에 재투자하기도 하였습니다.
69년에는 굴 투석식 양식장 십 헥타르를 더 확장하였습니다. 바지락도 양식장을 확대하고 다른 곳에서 종패를 구입하여 산포하였습니다. 말하자면 자연산에만 의존하던 소극적인 방법을 지양한 것입니다.
그것은 규모가 그만큼 커졌다는 증거이기도 합니다.
현재 우리는 십사 헥타르의 굴 양식장과 이십육 헥타르의 바지락 양식장에서 연간 천이백만 원의 수익금을 올리고 있습니다.
그리하여 우리 마을은 공과금 일체를 거두지 않는 마을이 되었습니다. 양식에서 마련된 기금으로 일체를 대신 내고 있기 때문입니다.
가난이 서서히 도망치고 있습니다. 무엇보다도 하루하루를 보람 속에 보내는 것이 소중합니다. 막혔던 앞이 확 트인 기분 속에 명랑히 살고 있습니다.

다 읽고 난 송인순은 가슴이 벅차오르는 것을 어쩌지 못했다. 정말 놀랍고 감격스럽기까지 한 수기였다.
한 사람의 힘이 이렇게 큰 것이로구나 싶기도 했다. 그 한 분 때문에 가난한 마을이 일약 부촌이 되지 않았는가.
조그마한 시골 한 부락에서 연간 천이백만 원의 소득을 올리고 있다니, 눈이 휘둥그레질 사실이 아닐 수 없다.
그게 바로 기적이고, 신화가 아니고 무엇이겠는가. 사람의 힘으로 이루어낸 기적, 그리고 신이 아니라 사람이 만들어낸 신화가 아니고 무엇이겠는가 말이다.

송인순은 문득 '진뱀이섬의 신화' 생각이 난다. 옥미조 선생이 이루어놓은 진뱀이섬의 신화도 놀랍고 감격스러운 것이지만, 이 '양식이 안겨준 영광'도 그에 못지않은 신화인 것이다.

'진뱀이섬의 신화'가 조그마한 낙도의 주민들을 일깨우고 지도해서, 새로운 생활, 보다 나은 생활을 하도록 하고, 조그마한 분교장 어린이들에게 기쁨과 희망을 안겨준 이야기, 다시 말하면 한 사람의 교사가 조그마한 섬을 낙원처럼 만든 이야기라면, 이 '양식이 안겨준 영광'은 한 사람의 마을 지도자에 의해서 가난하고 우매하기까지 하던 마을 사람들이 엄청난 부를 누리게 된 이야기, 즉 소득 증대의 신화인 셈이다.

'진뱀이섬의 신화'를 읽고 송인순이 벅찬 의욕을 얻었다면, 이 '양식이 안겨준 영광'을 읽고는 의욕과 함께 좋은 교시와 격려를 받은 셈이다.

그렇잖아도 조개 양식을 해볼까 생각한 터인데, 마침 양식으로 기적을 이룬 수기를 읽게 되자 완전히 결심이 굳어지고, 어느 정도의 양식 방법까지 알게 되었으니 말이다.

"먼저 굴 양식을 해봐야지."

송인순은 혼자 중얼거린다.

그리고 그 수기 전문을 가위로 소중히 오린다.

"내용이 뭐 어떤교? 재미있능교?"

백 선생은 그저 대수롭지 않게 묻는다.

"정말 놀라운 일이에요. 한번 읽어 보세요."

"뭐, 조개 양식을 해서 돈을 좀 벌었다는 이야기 아니겠능교. 뻔한 기지 뭐. 내사 안 읽어봐도 다 아느마."

그런 거 뭐 그다지 흥미 없다는 투다.

"돈을 벌어도 엄청나게 벌었어요. 일 년에 천이백만 원의 소득을 올리고 있다는 거예요."

"후라일*(후라이, '거짓말'의 영천말) 깁니더. 조개 양식을 해서 뭘 그렇게…… 그런 수기는 다 적당히 후라이가 들어 있는 깁니더."

역시 도리가 없다. 타고난 성품은 할 수가 없는 모양이다.

그리고 송인순에 의해서 새마을운동에 나서고는 있지만, 스스로 우러나서 하는 일이 아니니, 다시 말하면 피동적이니 그 일에 애정이 느껴질 턱이 없는 것이다.

새마을운동에 애정을 느끼고, 정열을 기울이는 사람 같으면 입에서 그런 투의 말이 나올 수가 없는 것이다.

그런 수기는 다 적당히 후라이가 들어 있는 것이라니…… 송인순은 어이가 없어서 입을 다물어 버린다. 더 뭐라고 말을 하고 싶지가 않은 것이다.

신 선생이 성냥개비로 이를 다 쑤시기라도 한 듯 이제 어슬렁어슬렁 출근을 한다.

3

그날 점심시간에 송인순은 서울의 동생 인주에게 편지를 썼다. 패류 양식에 관한 기술서적을 한 권 구해서 보내라는 사연이었다.

그리고 방과 후에는 외수리로 나갔다.

오늘은 새마을사업을 하는 날이 아니지만, 좋은 일은 서두르라는 말과 같이 하루라도 빨리 일을 시작하고 싶어 가만히 있을 수가 없었던 것이다.

이번에는 저번처럼 그렇게 마을 사람들을 전부 모아놓고 계몽을 하는 식으로 할 것이 아니라, 먼저 박 이장을 설득해서 그가 정말 눈을 번쩍 뜨도록 하고, 그리고 마을 유지라고 할까, 말깨나 하는 사람들만 모아서 설명을 하고, 권유를 하는 식으로 나가야겠다고 송인순은 생각했다.

박 이장이 정말 하고 싶은 의욕을 가지게 되고, 또 유지급이 찬동을 하기만 하면 일은 문제없이 진행될 것이 아니겠는가. 그들로써 추진위원회 같은 것을 만들어서 해나가면 되는 것이다.

공연히 여러 사람들을 모아놓고 떠들어댈 필요가 없는 것이다.

그리고 송인순은, 이번 일은 의외로 순조롭게 잘될 것이라는 생각이 들었다. 전번의 해바라기 심기 때와는 달리 말이다.

이번 사업은 해바라기 농사와는 달리 마을 사람들의 지금까지의 생업과도 직결될 뿐 아니라, 공동으로 잘 노력만 하면 일 년에 천이백만 원이라는 거금을 벌어들일 수가 있는데, 마다 할 사람이 누가 있겠는가. 물론 한두 해에 그렇게 되는 것은 아니겠지만.

그리고 실제로 갯벌에 조개가 적어져서 재미를 못 보는 형편이니, 누가 시키지 않아도 부락민 스스로 그런 사업을 벌여야 할 처지가 아닌가.

그런데 도대체 왜 반대를 하겠는가 말이다.

마을에 도착한 송인순은 먼저 박 이장을 찾았다.

박 이장은 밭에서 일을 하고 있었다.

일을 하고 있는 밭으로 송인순이 찾아가니, 박 이장은 일하던 연장을 놓고 또 무슨 일인가 싶은 듯, 그러나 귀찮아하지는 않는 표정으로 밭가로 나왔다.

"일하시는데 찾아와서 미안하군요."

"아닙니더. 벨말씀을……."

"잠시 좀 시간을 내주실 수 있을까요?"

"지금예?"

"지금 많이 바쁘시면 제가 기다리고요."

"아닙니더, 개않심더."

"다름이 아니라, 이장님한테 뭐 좀 상의드릴 게 있어서요."

"그러지예, 그러지예. 저 그늘에 가서 좀 앉읍시더."

"그게 좋겠군요."

두 사람은 밭 저쪽의 나무 그늘에 가서 자리를 잡고 앉는다.

송인순은 무슨 말부터, 꺼내야 될까 잠시 생각하고 있는데,

"상의라니, 무신 말씀인데예?"

박 이장이 먼저 입을 연다.

"다름이 아니라, 저…… 이장님, 마을 앞 갯벌에 조개가 별로 없다지요?"

"조개요?"

박 이장은 별안간 갯벌에 조개가 별로 없다는 말을 왜 묻는가 싶은 듯 멀뚱한 표정이다.

"예, 조개가 별로 없어서 조개잡이를 나가도 재미가 없다면서요?"

"만날 떼를 지어 나가 잡기만 하니 안 그렇겠능교. 조개가 무진장으로 있는 것도 앙이고…….."

"그럼 그에 대한 대책을 세워야 되지 않겠어요?"

송인순은 두 눈이 반짝거린다. 잘 맞아 들어가는 것이다.

"대책이라니, 어떻게요?"

"좋은 수가 있어요."

"……?"

"조개를 키우는 거예요. 갯벌에다가……."

"키우다니요?"

"자연히 생기는 조개만 잡을 게 아니라, 사람의 힘으로 키운단 말이에요. 대량으로……."

"……."

박 이장은 그게 무슨 말인지 잘 납득이 안 가는 모양이다.

"못 알아들으시겠어요?"

"사람의 힘으로 조개를 우예 키운단 말입니꼬?"

"조개 양식이라고, 인공으로 키울 수가 있는 거예요. 굴 양식이니, 미역 양식이니 그런 말 못 들어보셨어요?"

"아…… 김을 사람의 힘으로 키운다는 말은 얼핏 들었심더. 그러나 조개를 키운다는 말은 금시초문이구마."

"김만 사람의 힘으로 키우는 것이 아니라, 요즘은 여러 가지 해산물을 인공으로 키우고 있어요."

"그래예?"

박 이장은 약간 놀라는 듯한 표정이다.

"그리고 새마을사업으로 그런 것을 해서 큰 소득을 올리고 있는 데가 많아요. 이거 보세요."

송인순은 신문 오린 것을 꺼낸다. '양식이 안겨준 영광' 그 수기를 일부러 가지고 왔던 것이다.

"이게 뭔가 하면, 신문에 당선된 수긴데, 굴 양식과 바지락 양식을 해서 일 년에 천이백만 원이나 수익을 올리고 있다는 거예요."

"예? 천이백만 원예?"

박 이장은 두 눈이 휘둥그레진다.

"해마다 천이백만 원씩이니 그게 어디냐 말이에요."

"정말인가예?"

곧이들리지 않는 모양이다.

"정말이고말고요. 자기가 실지로 한 일을 써서 당선된 수기란 말이어요."

"햐— 일 년에 천이백만 원이나……."

박 이장은 그저 놀랍고 어이가 없기도 한 듯 입이 딱 벌어진다. 귀가 번쩍 뜨이고, 가슴이 두근거리는 이야기가 아닐 수 없는 것이다.

"한번 읽어보세요."

송인순이 그 신문 오린 것을 내밀자, 박 이장은 받아서 큰 제목만 훑어보고,

"나중에 읽어보지요."

하고 도로 준다.

"이 마을도 그전에는 아주 가난한 마을이었다는 거예요. 그런데 이 양반이 조개 양식을 시작해서 지금은 그렇게 엄청난 소득을 올리고 있다지 뭐예요. 그야말로 잘사는 마을을 만든 거죠."

"……."

박 이장은 말없이 침을 한번 꿀꺽 삼킨다.

"이장님."

"예?"

"어떠세요? 우리도 한번 안 해보시겠어요?"

"해봅시더, 해봅시더."

박 이장은 대뜸 찬성이다.

전번에 새마을운동을 시작하자고 했을 때도 대뜸 찬성이더니, 이번 역시 마찬가지다.

그러나 전번에는 너무 수월하게 찬성을 해서 오히려 좀 싱겁고, 어쩐지 신뢰감이 가질 않더니, 이번에는 그렇지가 않다.

이번에는 정말 한번 해보고 싶은 의욕이 역력한 그런 찬성인 것이다. 그 대답하는 목소리와 표정을 보면 대번에 알 수가 있는 것이다.

"고맙습니다."

"고맙기는요, 고맙다는 인사를 할 사람은 접니더. 그런 좋은 생각을 가리쳐 주셔서……."

"아무튼 이장님, 그럼 말이에요, 추진위원회를 만들어야겠어요."

"예, 그럽시더. 그래 가지고 제가 책임지고 한번 해보겠심더."

얼굴에 번질번질 생기까지 떠오른다.

벌써 천이백만 원이라는 거금이 눈앞에 훤하게 다가오기라도 하는 모양이다.

송인순 역시 그저 기쁘다.

"이장님, 마을에서 말이에요. 말깨나 하는 분을 몇 분 선정해 보세요. 그분들로 추진위원회를 구성할까 해요."

"예, 그럽시더."

"추진위원회 회장은 물론 이장님이 맡으시고……."

"예, 예."

서슴없이 대답한다. 그만큼 이번 일은 구미가 당긴다는 뜻이겠다.

"오늘 그분들을 한자리에 좀 모이게 할 수 없을까요?"

"있심더, 있심더. 이따가 우리 집에 모이도록 하지요."

"예, 좀 그래주세요."

"보자…… 김 서방하고, 정 서방하고, 한 생원하고……."

박 이장은 벌써부터 혼자 인선을 해본다.

예상했던 대로 이번 일은 순조롭게 진행이 될 것 같아 송인순은 즐겁다.

혼자 손가락을 꼽아가며 인선을 해보고 있는 박 이장의 모습을 그녀는 미소로 바라본다.

그날 저녁, 박 이장네 집 사랑방에 일곱 사람이 모였다. 박 이장까지 말이다.

송인순까지 합하면 여덟 사람이었다,

박 이장이 인선을 하기는 자기 외에 여덟 사람, 그러니까 모두 아홉 사람이었는데, 그중 두 사람은 사정에 의해서 참석을 못한 것이다.

모인 유지들은 벌써 박 이장한테 대략 이야기를 들어서 알고 있었다. 그리고 모두 좋아하고 있는 것이었다.

송인순은 조심스레 방 안에 들어가 앉았으나, 능히 그런 분위기를 짐작할 수가 있었다. 송인순은 속으로 기뻤다.

그러나 그런 기색을 얼굴에 나타내지 않고 차분한 표정으로 조용조용 입을 열기 시작했다.

"마을의 유지 되시는 여러분들께서 이렇게 한자리에 모여 주셔서 대단히 감사합니다. 여러 유지분들을 이렇게 모여주시라 한 것은 다름이 아니라, 저…… 제가 새마을운동으로 한 가지 새로운 사업을 제의할까 해서입니다. 이장님께 대략 들어서 아실지 모르겠습니다만, 다름이 아니라, 갯벌에다가 조개를 양식하는 사업입니다."

그러자 가만히 듣고 있던 일곱 사람의 얼굴에 벌써 제각기 반응이 나타났다. 모두가 긍정적인 반응이었다.

고개를 끄덕거리는 사람, 빙그레 웃는 사람, 그리고 어떤 사람은,

"좋심더."

하기도 했고,

"찬성이구마."

벌써 찬성 소리를 하기도 했다.

반응이 그러니, 장황하게 이야기를 계속할 필요가 없을 것 같았다. 그러나 송인순은 그들의 의욕을 바짝 돋우어놓기 위해서 조개 양식이 가져오는 엄청난 수익에 대한 이야기를 하지 않을 수 없었다.

"조개 양식이 얼마나 좋은 사업인가를 아시면 아마 여러분들은 놀라실 거예요. 바다에서 자연히 생기는 조개를 잡는 것보다 몇 배 몇십 배의 이득이 있다는 것입니다. 물론 사람의 힘으로 조개를 기르자면 많은 노력이 필요하겠지요. 그러나 노력이 있어야 수익이 있다는 것은 정한 이치가 아니겠어요. 아무 노력이 없었으면 아무 수익도 없는 거죠. 그러니까 보다 많은 노력을 해서 보다 많은 수

익을 올리자는 것입니다. 어떤 마을에서는 조개 양식을 해서 일 년에 천이백만 원이라는 수익을 올리고 있다는 것입니다."

천이백만 원이라는 말에 방 안 분위기는 갑자기 들뜨는 느낌이다.

"천이백만 원이라니, 백이십만 원의 열 배 앙이가."

"그렇지."

"십이만 원의 백 배고."

"햐— 그렇게 많이…… 일 년에……."

"엄청나네, 엄청나."

이렇게 모두 놀라움을 금치 못하는데, 어떤 사람은,

"말이 그렇지, 실지로사 어디 그렇게……."

하고 회의를 나타낸다.

송인순은 재빨리,

"아니에요. 실지로 그런 거예요. 이걸 보세요."

하면서 신문 오린 것을 꺼내 보인다.

"이게 서울의 어떤 신문에서 모집한 수기예요. 새마을운동을 해서 성공한 이야기를 쓴 거죠. 전국에서 수천 편이 응모한 가운데서 이 글이 당선됐는데, 전남 고흥군 남양면 남양리 손우현 씨라는 분이, 자기가 마을 사람들을 계몽해서 조개 양식을 한 이야기예요. 아주 기가 막혀요. 잠시 제가 읽어드릴 테니까 들어보세요."

송인순은 또렷한 목소리로 차근차근 그 수기를 읽기 시작한다.

방 안은 조용해진다. 조용한 방 안에 송인순의 글 읽는 소리만이 낭랑하다.

읽어나가는 수기 내용도 흥미가 있지만, 그것을 읽는 송인순의 모습 역시 매우 흥미가 나는 듯, 모두 그녀의 글 읽는 모습을 가만히 지켜보며 듣는다.

또렷또렷하고 부드러운 목소리, 그리고 한 자도 틀리지 않고 차근차근 읽어 내려가는 그 글 읽는 솜씨, 차분한 그 모습…….

사람들은 또 한번 속으로 감탄을 한다. 서울서 온 여선생이 과연 다르구나 하고.

다 읽고 나자,

"하—"

"호—"

"흠—"

"그것 참……."

"보통 사람 아닌데……."

"그 한 분 때문에 그 마을 사람들 팔자 고쳤구만."

모두 감동어린 한 마디씩을 내뱉는다. 그리고 서로 주고받는다.

"돌을 바다에 집어넣어 가지고 굴을 키우느만."

"굴은 바우에 붙어사는 기니까, 바우가 없으만 대신 돌이라도 넣어야 안 되겠나."

"그것 참, 그럴듯한데……."

"돌을 뭐 팔만 개 집어넣었다제?"

"응."

"팔만 개라…… 그기 보통 일이 아닌데……."

"앙이고 말고. 팔만 개도 그냥 팔만 개 같으만 모르지만, 뭐 몇 킬로 이상?"

"십팔 키로 이상이라던가?"

"십팔 키로만 얼매나 되노?"

"보자…… 저거만은 할 끼라."

방 한쪽 구석에 굴러 있는 커다란 목침을 가리킨다.

"글씨 그런 돌을 팔만 개나 모아서 바다에 집어넣었다니……."

"온 동네 사람들이 몸살깨나 했겠구만."

"고생 끝에 낙 앙이가. 일 년에 천이백만 원이나 벌라 카만 그만한 고생도 없이 우예……."

떠들썩한 분위기를 가라앉히기 위해 송인순이,

"저…… 제 이야기를 마쳐야겠습니다."

하고 약간 큰소리로 말한다.

모두 조용해진다.

"제가 새삼스럽게 말씀 드릴 필요도 없겠지만, 그런 좋은 사업을 우리 마을에서도 시작하자는 것입니다. 그래서 이 외수리도 가난을 벗고, 좀 잘 사는 마을을 만들어보자는 것입니다."

말이 떨어지기가 바쁘게,

"좋심더."

"좋고말고요."

"해야 되고말고요."

"그런 일을 안 하다니요."

"대찬성이구마. 대찬성."

모두가 서슴없이 찬성이다.

먼젓번 마을 전체 회의에서의 찬성과는 판이하게 다르다. 열기가 느껴지는 것이다.

예상했던 대로다. 반대를 할 턱이 없는 것이다.

"감사합니다. 전원이 찬성해 주셔서 정말 기쁩니다. 그럼 이제부터 구체적인 사업 계획을 좌담식으로 서로 의논해 나가기로 할까요?"

"그럽시더."

"좋심더."

방 안 분위기가 한결 부드러워진다.

그렇게 해서 추진위원회가 결성되고, 박 이장이 정식으로 회장이 되었으며, 양식의 종류는 굴로 결정을 했고, 우선 일차 작업으로 돌 모으기 작업을 시작하기로 했다.

돌 모으기 작업도 그냥 아무렇게나 하는 것이 아니라, 호당 책임제로 전 부락민이 참가하기로 했으며, 사업은 어디까지나 공동으로, 그리고 장차의 수익도 전부 공동 기금으로 해서 마을의 공동 발전에 쓰기로, 그런 것까지 합의를 보았다.

말하자면 외수리의 꿈이 비로소 제대로 태동하기 시작한 것이다.

송인순은 자기가 직접 외수리 부락민도 아니면서, 누구 못지않게 기뻐했다.

4

돌 모으기 작업은 시작되었다.

마을에 학생새마을봉사회, 새마을부녀봉사회, 그리고 양식추진위원회, 세 조직이 있게 된 셈인데, 학생봉사회와 부녀봉사회는 자기들 나름의 활동을 일단 중지하고, 돌 모으기 작업에만 힘을 기울이게 되었다. 그러니까 양식추진위원회 산하에 흡수되어버린 거나 마찬가지였다.

전 부락민이 추진위원회의 지시하에 돌 모으기 작업에 총동원된 것이다.

놀랄 만한 일이었다.

그런 현장을 보는 송인순은 가슴이 벅차오르고, 눈시울이 핑 뜨거워지기도 했다.

잘 살아보려는 의욕이 없었던 게 아니라, 지금까지 다만 그 의욕을 올바로 일깨워주지 못했을 뿐이었던 것이다.

돌 목표량은 구만 개였다.

구만 개로 정한 데는 그만한 까닭이 있었다.

그 수기에 나온 마을보다 더 많이 해보겠다는 의욕의 표시이기도 했지만, 그것보다도 추진위원이 모두 아홉 사람이기 때문이었다. 그러니까 위원 한 사람이 일만 개씩 책임지기로 한 것이다. 마을의 전 가호를 균등하게 아홉 조로 나누어서, 한 조씩 맡아 가지고 말이다.

반드시 한 조가 일만 개씩 절대적으로 책임져야 하는 것은 아니고, 또 일만 갠지 어떤지 정확히 알 수도 없는 일이지만, 좌우간 그렇게 일단 책임제로 해야 능률이 오를 것 같았던 것이다. 경쟁심도 작용해서 말이다.

그러니까 마을 옆 갯벌 가에 아홉 개의 돌무더기가 쌓이기 시작한 것이다.

처음에는 조그마하던 무덤이 날이 감에 따라 점점 부풀어 오르는 것이 볼만했다. 대체로 아홉 개의 무더기가 비슷하게 부풀어 올랐으나, 아홉 무더기나 되고 보니 자연히 크고 작은 차이가 없을 수 없었다. 물론 미미한 차이긴 했지만.

　돌의 수효로 보아서는 어쩐지 더 많아 보이는 쪽이 부피로는 작아 보이기도 했고, 그와 반대로 돌의 수효는 적은 것 같은데, 어쩐지 무더기는 더 커 보이는 수도 있었다.

　그러니까 정확한 대소의 비교는 물론 안 되었다.

　그런데, 우리 쪽이 크다, 우리 쪽이 크다 하고 유난히 그런 데에 관심을 가지는 것은 학생들이었다.

　학생들도 제각기 자기 집이 해당되는 조에 속해 있기 때문에 모두 뿔뿔이 갈라져 있었다.

　그래서 학생들은 어떻게든지 자기네 무더기가 더 크기를 바라는 것이었다. 굴 양식을 한다는 자체보다는 돌을 모아서 자기네 무더기를 더 높이는 것이 목적인 듯했다.

　걸핏하면,

　"우리 끼 크네."

　"아니네. 우리 끼 더 크네."

　"어디 더 크노? 보래 우리 끼 훨씬 더 높지."

　"어디 너거 끼 더 높노. 우리 끼 더 안 높나. 잘 보라 말이다."

　"내사 아무리 잘 봐도 우리 끼 높다. 우리 껀 거인이다. 거인……."

　"내사 우리 끼 더 거인이다. 너거 껀 난쟁이다. 난쟁이……."

　"뭐가 우째, 임마!"

　"뭐 임마!"

　서로 주고받다가 곧 주먹질로 들어갈 듯이 험악해지기도 했다.

　그러니 자연 돌 모으기 작업도 열심일 수밖에 없었다.

아침에 눈을 뜨기만 하면 우선 돌무더기 쪽으로 가는 것이었고, 학교에서 돌아오면 책보나 가방을 마루에 내던지기가 바쁘게 돌무더기 쪽으로 향하는 것이었다.

자기네 무더기를 더 높이려고 부지런히 돌을 모으기도 했지만, 그 주위에서 노는 것이었다. 그러니까 아홉 개의 돌무더기는 학생들의 즐거운 놀이터이기도 한 셈이었다.

간혹 가다가는 남의 무더기의 돌을 살짝 자기네 무더기로 갖다 놓는 고약한 녀석도 더러 있었다. 그래서 발각이 되어 얻어맞기도 하는 것이었다.

그러니까 학생들은 자기네 무더기를 더 크게 하는 데만 신경을 쓰는 것이 아니라, 자기네 무더기 돌을 지키는 데도 신경을 써야 했다.

아무튼 학생들은 마치 무슨 자기들 세상이나 만난 것처럼 좋아서 야단이었다.

학생들보다는 물론 덜하지만, 처녀들 역시 좋아했다.

돌을 모아서 바다에 집어넣어 굴을 기르다니, 신기하기도 하고, 또 막대한 돈이 생기게 된다니, 희한하기도 한 것이었다.

그래서 처녀들 역시 학생들 못지않게 경쟁심을 발휘해가며 부지런히 돌을 모아 자기네 무더기가 우뚝해지도록 애를 썼다.

처녀들 가운데서도 유난히 좋아서 야단인 것은 요안나였.

요안나는 자기가 바라던 일이 바로 이거라는 듯이 누구보다도 기뻐했고, 누구보다도 많이 웃었고, 그리고 누구보다도 돌을 많이 주워 모았다.

요안나네 집은 두 자매와 늙은 외조부, 외조모, 이렇게 네 식구뿐이었기 때문에 가장 노동력이 있는 요안나가 주로 자기 집 몫을 해내는 것이었다. 물론 학교에 갔다 오면 세레나도 도왔지만.

강 영감과 뜸실댁도 굳이 일을 하려고 들면 하루에 그만한 돌 몇 개야 주워 나를 수 있는 문제였지만, 숫제 요안나가 말렸다. 자기가 다 할 테니까 아무 염려 마시라는 것이었다.

그리고 사실 부락민 총동원이라고는 하지만, 늙은이들까지 나서지는 않았다. 노동력이 희박한 늙은이들까지 동원하면 일에 크게 보탬도 안 되고, 자칫하면 오히려 비난만 생길 것 같아 추진위원회에서도 나오지 않기를 바라고 있는 것이었다. 굳이 자진해서 나오는 것까지 말리지는 않았지만.

그렇게 자기 집 몫을 세레나의 도움을 받으며 거의 혼자서 거뜬히 감당해 나가던 요안나는 어느 날, 송인순에게 말했다.

그날 마침 송인순이 부락에 나왔던 것이다.

그녀까지 매일 외수리에 와서 돌 작업을 하는 것은 아니었으나, 독려를 하는 의미에서 자주 걸음을 해서 조금 일을 돕기도 하는 것이었다.

돌무더기 옆에서 요안나는 유난히 속눈썹이 긴 두 눈에 반짝 웃음을 담으며,

"선생님예."

하고 불렀다.

"왜?"

"저…… 이 돌덩거리는 인제 정말로 금덩거리가 되는 기지예?"

"금덩어리가 되다니?"

"안 그렇습니꺼, 선생님. 이 돌덩거리를 바다에 집어넣어서 굴을

기르면 그기 돈이 되니까, 결국 돌덩거리가 금덩거리로 바뀌는 기나 마찬가지 아닙니꺼."

"맞다, 맞다. 하하하……."

송인순은 절로 웃음이 나온다.

정말 묘한 계집애라는 생각이 새삼스럽게 든다. 전번에는 조개껍데기 무더기를 보고 저게 다 반짝거리는 오십 원짜리, 백 원짜리 같았으면 좋겠다고, 동화 속의 소녀 같은 소리를 하더니, 이번에는 울툭불툭한 돌덩어리가 금덩어리로 바뀔 것이라는 말을 하니…… 참 재미있는 계집애가 아닐 수 없다.

동화적인 기발한 상상력을 가지고 있는 게 틀림없다.

"요안나."

"예?"

"이 돌덩어리가 전부 바다 속에 들어가 금덩어리가 되면 그때는 너희 마을도 아주 잘 사는 마을이 되는 거야."

"일 년에 천이백만 원씩 나온다메예?"

"꾸준히 잘해 나가면 나중에는 그렇게 되지."

"햐— 신난다."

요안나는 두 눈의 긴 속눈썹을 반짝 치켜든다.

"그러면 그때는 너희 집을 마을의 공동구매소로 만들 생각이야."

"공동구매소가 뭔데예?"

"말하자면 상점이지, 그러나 다른 상점과 다른 것이, 마을 사람들이 필요한 물건을 직접 공장 같은 데 가서 헐케 사와서 다른 상점보다 헐케 파는 거야. 그러면 마을 사람들이 전부 너희 집에서 사게 될 게 아니야."

"그러면 주막은 안 해도 되겠네예?"

"물론이지. 주막보다 그게 낫겠지?"

"예, 주막은 정말 지랄입니더."

"하하하…… 그래, 지랄이지. 그래서 주막 대신 공동구매소를 하게 해주려는 거야."

"장사 밑천은예?"

"장사 밑천은 다 바다에서 나오지 않니. 바다에서 나오는 금덩어리를 가지고 운영하는 거야."

"선생님, 꼭 그렇게 되도록 해주이소. 물건은 제가 띠 오고, 할부지 할무이는 앉아서 팔면 될 낍니더. 꼭 그렇게 해주이세이. 선생님."

"암, 걱정 말어."

송인순은 흐뭇하면서도 한편 코허리가 찡하기도 했다.

코허리의 찡한 기운이 사라지자,

"요안나."

가만히 부른다.

"예?"

"마을이 아주 부자 마을이 되고, 너희 집이 그렇게 마을의 공동구매소가 돼도 저……."

송인순은 좀 조심스러워지는 듯 잠시 망설이다가,

"그렇게 돼도 너는 미국에 갈 생각이니? 아버지를 찾아서……."

그러자 그만 요안나는,

"하하하하하……."

웃는다. 재미있다는 듯이.

그리고 거침없이 말한다.
"안 가예. 그렇게 되는데 뭐 하로 미국에 갑니꼬. 바다에서 나오는 금덩어리를 우야고예. 안 갑니더. 아부지가 미국 어디 사는지도 모르고……."
"……."
"그렇게 되만 미국보다 우리 마을이 더 좋심더."
"암, 그렇지, 그렇고말고."
송인순은 어쩐지 좀 우습다는 생각이 들어 픽 웃는다. 그러나 기분이 좋다.

5

마침내 아홉 개의 돌무더기는 가히 조그마한 동산이라 할 만큼 되었다.
돌 모으기 작업은 끝난 것이다.
그동안 마을 사람들은 새마을운동이라는 말 대신 흔히 돌모으기운동이라는 말을 썼다. 그러니까 돌모으기운동은 끝난 것이다.
다음은 그 돌덩이들을 전부 바다 속 일정한 넓이에 갖다 깔듯이 집어넣는 작업이었다. 투석식 양식장을 만드는 것이다.
이 작업 역시 돌 모으기 작업에 못지않게 고되고 지겨운 작업인 것이다.
그동안 송인순은 서울의 동생이 부쳐준 『패류양식법』이라는 책으로 제법 굴 양식에 대한 일가견을 가지게 되었다.

물론 아직 경험은 전혀 없는 터이라, 자신이 만만한 것은 아니었지만, 그러나 하면 될 것 같았다. 뭐 그다지 어려울 것도 없는 것이었다.

문제는 돌로써 양식장을 잘 만드는 일이었다.

양식장 장소 선정은 직접 송인순이 하질 않았다. 추진위원들의 의견을 충분히 참작해서 다수의견에 좇았던 것이다.

그래야 아무래도 좋은 성과가 있을 것 같았던 것이다. 자기는 굴이 잘 양식될 만한 장소, 지금 현재도 굴이 비교적 잘 나오는 장소 같은 것을 모르니 말이다.

그리고 나중에 혹시 실패를 할 경우에도 책임이 덜 무거울 테니까 말이다. 물론 책임 회피를 하려고 일부러 그런 것은 아니지만.

양식장을 만들기 시작하는 날, 즉 돌덩이들을 바다 속으로 갖다가 집어넣기 시작하는 날짜도 송인순은 자신이 정하질 않았다. 추진위원들이 정했다. 조수 관계를 참작해야 하니까 말이다.

그리하여 드디어 날짜가 정해졌는데, 마침 일요일이었다. 조수 관계 때문에 음력으로 정했는데, 공교롭게도 일요일이었다.

송인순은 무척 기뻤다.

양식장 만들기를 시작하는 날, 다시 말하면 기공식을 하는 셈인 날에 참가를 못한다는 것은 무척 섭섭한 일이었던 것이다.

그날, 송인순은 아침밥을 먹자 바로 외수리로 나갔다.

좋은 날씨였다.

썰물 때를 기다려서 일이 시작되자, 다시 말하면 기공식이 시작되자 송인순도 번쩍 돌덩이 하나를 들었다. 그리고 맨발로 맨 앞장을 서서 서슴없이 갯벌을 걸어들어 가는 것이었다.

말하자면 기공식의 테이프를 끊은 셈이다.
그러자,
"야—"
"와—"
"가자—"
"가자—"
총동원된 부락민들이 우루루 뒤를 따르기 시작했다.
정말 장관이었다.
돌을 머리에 인 사람, 옆구리에 낀 사람, 두 손으로 받쳐 든 사람…… 남정네들, 아낙네들, 총각들, 처녀들, 그리고 학생들까지 모두가 그저 벙글벙글 웃으며 갯벌을 걸어가는 것이다.
희망에 찬 일대행진이 아닐 수 없었다.
누가 먼저 부르기 시작했는지, 학생들은 목청을 돋우어 '새벽종이 울렸네, 새아침이 밝았네……' 하고 새마을노래를 합창해댄다.
송인순도 조그마한 소리로 '너도 나도 일어나 새마을을 가꾸세……' 하고 따라 부르며 걸어간다.
그런데 갯벌에 서툴러서 처음에는 맨 앞장이던 것이 차츰 떨어져서 어느덧 맨 꽁무니가 되고 말았다.
입으로 노래를 중얼거리며 꽁무니를 따라가고 있는데, 요안나가 서서 기다리다가,
"선생님예."
하고 옆으로 온다.
"응?"
"무겁지 않아예?"

"괜찮아."

미소를 지어 보인다.

"선생님, 저…… 제가 말이지예……."

"응."

"어젯밤에 꿈을 꾸었는데, 어떤 꿈인고 하면 말이지예……."

"……?"

"아 글쎄, 제가 혼자 바닷가에 나와 있는데, 새파란 바닷물 속에서 고기들이 폴짝폴짝 뛰어오르지 않겠어예."

"그래서?"

"그런데 가만히 보니까, 아 글쎄, 그 고기가 전부 금고기 아니겠능교."

"뭐? 금고기?"

"예, 선생님, 참 좋은 꿈이지예."

"하하하……."

송인순은 그만 웃음이 나와 버린다.

또 금 이야기가 나온 게 아닌가. 이번에는 금고기 이야기가…….

어쩌면 꾸며낸 이야긴지도 모른다는 생각이 든다.

그러나 송인순은 조금도 싫지가 않다. 싫기는 고사하고, 오히려 재미있고 좋기만 하다.

잠시 말없이 걸어가던 요인나가 또,

"선생님예."

한다.

"응?"

"나중에 꼭 우리 집 공동구매소 시키주이세이. 민심데이."

"응, 응. 걱정 말어."

송인순은 미소를 짓는다. 그러나 어쩐지 코허리가 찡해진다.

해설

'새마을소설'에 나타난 하근찬 소설의 특질
- 『달섬 이야기』

정홍섭(아주대 교수)

1. '새마을소설'이라는 시류 속의 『달섬 이야기』

육지에서 멀리 떨어진 바다 가운데에 버려진 듯 둥둥 떠 있는 섬이 있다. 달섬이다.
이 조그마한 섬에 언제부터 사람이 와서 살게 되었는지는 아무도 모른다. 그저 언제부터인지 이 섬을 달섬이라고 부르며, 섬의 둘레에 게딱지처럼 몇 개의 어촌을 이루어 살아가고 있다.

장편소설 『달섬 이야기』는 이렇게 시작된다. 이 소설은 '새마을소설'이라는 1970년대 관제 문학 형식의 시류 속에서 쓰였지만, 이 서두에서 보듯이 하근찬 소설 전반의 특질을 엄연히 내포한다. "육지에서 멀리 떨어진 바다 가운데"는 단순히 물리적 거리만을 말하는 것이 아니다. "언제부터 사람이 와서 살게 되었는지는 아무도 모른다"이거나 "그저 언제부터인지 이 섬을 달섬이라고" 부른다는 것 또한 단지 그 '언제'라는 시간의 불확실성을 표현하는 것만은 아니다. 서두의 이 몇 문장에는 이 소설의 시공간 배경을 특정하지 않는 것과 연관된 이 작가의 일관된 주제 의식, 즉 하근찬 소설 전반의 본질을 이룬다고 할 만한 동화적 초월성과 장구한 공동체성이 예외 없이 암시된다. 뒤에서 보겠지만, 동시에 이 소설에는 역시 하근찬 문학의 핵심을 이루는바 전쟁이 밑바닥 민초들에게 남긴 비극에 관한 일관된 문제의식이 엿보인다.

그런데 이것은 대단한 모순이다. 전쟁이 민초들에게 남긴 잔혹한 비극의 본질을 제대로 그리면서, 초월적 무시간성과 보편적 장소성을 본질로 하는 동화의 세계를 당대의 '새마을소설'로 규격화된 일종의 정치적 이념 선전 문학의 시류 또는 유행 속에서 탐구한다는 것 자체가 바로 그 모순이다. 하지만 하근찬 소설의 예의 일관성을 중심에 두고 작품을 다시 읽어보면 이 작가가 그러한 시류를 천연덕스럽게 받아들여 이 작품을 쓴 원동력이 무엇인지 짐작할 수 있다. '새마을소설'이라는 기획의 정치적 의도에 압도되지 않을 수도 있다는 판단, 나아가 이러한 정치적 선전 소설의 형식조차 자신의 일관된 문학적 주제 의식을 담는 도구로 삼을 수 있다는 작가 나름의 자신감이 바로 이 작품 창작의 원동력으로 보인다.

'새마을소설'이라는 명칭에 관해서는 설명이 좀 필요하다. 필자는 오래전에 쓴 논문에서 새마을운동의 본격적 홍보와 유신 체제의 선전을 목적으로 1974년 5월에 (재)창간된 월간지 《새마을》에

실린 소설들을 지칭하기 위해 이 명칭을 사용한 바 있다.* 이 명칭을 『달섬 이야기』에도 쓰는 것이 타당하다고 생각한다. 이 작품 역시 넓게 보자면 잡지 《새마을》의 창간 취지와 마찬가지의 배경하에서 창작되고 출간되었다고 할 수 있기 때문이다. 우선 이 작품이 출간된 시점이 1974년 12월이라는 점, 다른 세 작가의 세 장편소설, 즉 박영준의 『지향(地香)』, 박경수의 『향토기(鄕土記)』, 이문희의 『산향기(山鄕記)』와 더불어 한 출판사에서 모두 전작 장편으로 기획되어 같은 날에 한꺼번에 출간되었다는 점, 박영준과 이문희는 《새마을》 창간호에 각각 「영애의 결혼」과 「술회(述懷)」라는 작품을 실었고, 1961년 5·16 군사쿠데타 직후인 8월 15일에 만들어진 농협의 기관지로서 같은 해 10월에 창간된 잡지이자 《새마을》의 전신이라 할 《새농민》에 박영준은 단골 기고 작가였으며, 이문희, 박경수, 하근찬 역시 이 잡지에 다소간 작품을 실은 바가 있다는 점, 그리고 이 책의 판권란에서 "이 책은 한국문화예술진흥원의 문예진흥기금으로 저작된 것임"을 밝히고 있다는 점이 이러한 판단의 간접 근거이다.** 그러나 무엇보다도 당대의 새마을운동을 작품 소재로 삼는다는 것을 작가가 작품 내용으로써 대놓고 드러낸다는 점이 이 작품에 '새마을소설'이라는 명칭을 붙이는 가장 중요한 근거이다.

---

* 정홍섭, 「'새마을소설'에 나타난 근대화 담론의 자기 모순성」, 『민족문학사연구』 29, 민족문학사학회, 2005.12 참조.
** 이 소설들을 출간한 을유문화사에서는 이 네 편의 소설을 〈한국신작농촌문학전집〉으로 기획했다고 밝히면서 이 전집이 "주제를 농촌문제로 특화한 장편소설이라는 점이 특색이었다"고 자평한다.(『을유문화사 오십년사』, 을유문화사, 1997, 294쪽.)

이 작품의 줄거리를 보자. 월도분교장(月島分校場)은 1학년에서 6학년까지의 200명이 넘는 학생들을 20대 초반의 백남기, 30대의 신영갑, 두 남자 교사가 가르치는 그야말로 낙도의 작은 학교다. 이 학교의 교사 정원은 본래 세 명이지만 늘 교사 한 명은 결원이다. 이 두 남자 교사와 사환 남자아이 봉식, 이렇게 세 사람이 이 학교의 전 직원이다. 세 남자는 이 학교에 여교사가 한 사람 부임해 오기를 고대하는데, 어느 날 이들의 꿈이 실제로 이루어진다. 사흘에 한 번, 그것도 날씨가 좋을 때만 오는 객선을 타고, 서울교대를 갓 졸업한 여교사 송인순이 이 학교로 부임해 온 것이다. 여동생을 제외한 모든 가족 구성원의 반대를 무릅쓰고 송인순이 이 낙도 벽촌의 작은 학교로 오기를 자원한 것은, 대학생으로서 전남 순천의 어느 벽촌으로 농촌봉사대 활동에 참여하여 새마을운동의 바람을 체험한 것이 첫 번째 동기였다. 그러나 송인순이 교대 졸업 후 서울 시내의 초등학교에 발령을 받아 평범하고 단란한 결혼생활을 하겠다는 생각을 버리고 새마을운동에 동참하겠다는 결심을 하게 된 결정적 계기는 이 봉사활동을 마친 후 귀로에서 접하게 된, "박토에서 부를 이룩한, 전국적으로도 이름난 새마을"인 '금촌'의 사람들이 이루어낸 "기적 같은 현실"이었다. 월도분교장에 부임한 이후에도 송인순은 새마을운동에 대한 자신의 신념을 더욱 굳히는 계기를 맞는데, 그것은 교무실 책장에 꽂힌 팸플릿에서 새마을운동 수기 '진뱀이섬의 신화'를 읽게 된 일이었다. 이것은 경남 통영군 한산면 장사도분교 옥미조 교사의 수기인데, 송인순은 옥미조 교사가 헌신해서 이룩한 성과를 두고 "교성(敎聖) 페스탈로치가 무색할 지경"이라고 감탄하면서 자신도 옥 교사의 길을 따르겠다고 결심한다. 한편 동료 교사인 백남기와 신영갑 두 사람은 송인순에 대한 연정을 키우면서 서로를 연적으로까지 느끼게 되지만, 송인순은 자신이 추진하고자 하는 새마을 사업에 두 사람이 동참해줄 것을 설득하면서 두 사람의 연정을 동지적 연대감으로 전환하려 한다. 세 사람은 송인순의 제안대로 우선 자활학교 만들기를 위해 학생 새마을봉사회를 조직하고, 달섬의 세 마을인 외수리, 내수리, 장송리를 각자 한 마을씩 맡아서 새마을 사업을 추진하기로 한다. 송인순은 외수리를 자원해서 맡는데, 이 마을에는 자신이 맡은 학급의 학생 가운데 강세레나라는 흑인 미군 아버지와 한국인 엄마 사이에서 태어난 아이가 있고, 이 아이가 언니인 요안나와 함께 할머니, 할아버지의 집안일을 도와야 하는 사정으로 학교에 나오지 못하고 있기 때문이었다. 이렇게 학교 안팎에서 이루어지는 새마을운동의 봉사활동을 주창하고 주도하는 송인순에 대해 달섬 사람들의 칭송이 점차 번져 나가던 중, 기울어진 학교 운동장을 평평하게 고르는 작업을 하다가 송인순 학급의 한 학생이 내수리 이장 황도석의 아들을 본의 아니게 다치게 하는 사고가 일어난다. 황도석은 송인순을 비롯한 이 학교 교사들에게 학생들을 노력 봉사에 동원하는 것을 중지하고 자기 아들을 다치게 한 아이를 퇴학시킬 것을 요구한다. 송인순은 일시적으로 깊은 좌절감에 빠지지만, 황도석의 집을 날마다 방문하여 황도석의 아들을 정성스럽게 치료해주고, 황도석에게 새마을운동 사업에 동참해줄 것을 강력히 권하고 설득하면서 그의 신뢰를 얻게 된다. 결국 황도석이 자기 마을 사람들을 이끌고 학교로 와서 운동장 고르기 일을 주도하고, 그 뒤에는 다른 마을 사람들이 와서 학교 운동장 고르기 일을 마무리해준다. 한편 송인순은 마을 사람들이 주체가 되는 소득 증대 중심의 새마을운동에 착수하던 차에, 글짓기 시간에 강세레나가 쓴 '조개잡이'라는 글과 모 중앙지에 실렸던 새마을운동 실천 수기 당선작 '양식이 안겨준 영광'이라는 글에서 힌트를 얻고 고무되어, 서울에 있는 동생에게 패류 양식에 관한 기술 서적을 보내 달라고 부탁하고 외수리 이장 박칠룡을 설득하면서 갯벌에서 조개 양식을 하기 위한 돌 모으기 작업을 시작한다. 달섬의 마을 사람들 모두가 자발적으로 협력하여 모은 돌덩어리들을 바다 속으로 집어넣는 양식장 기공식 날, 송인순도 돌덩이 하나를 들고 맨발로 맨 앞장을 서서 갯벌로 걸어 들어갔고, 마을 사람들도 그 뒤를 따랐다. 송인순 옆에 선 요안나는 송인순에게 할머니와 할아버지가 생업으로 운영하는 주막을 마을 공동구매소로 바꿔주겠다고 했던 송인순의 말을 상기시키고, 그 말을 들은 송인순은 코허리가 찡해지며 미소를 짓는다.

다소 긴 줄거리 요약이지만 그 내용은 매우 단순하다. 무엇보다도 이 작품이 새마을소설의 범주에 든다는 게 분명하다는 점이 줄거리 요약만으로도 드러난다. 작품 곳곳에서 새마을운동의 이념을 구체적으로 소개하고 지지하기도 한다. 당시는 정부에서 작가들에게 새마을 시찰을 시키면서, 과거의 "흙의 노예"를 그리던 농민문학이 아닌 "발전해 가는 농촌을 그리는" "새로운 농민문학" 창작이 거의 강제되던 분위기였음을 이해해야 한다.* 그런데 『달섬 이야기』에서는 '새마을운동'이라는 잡지를 읽는 송인순의 생각을 통해

---

* 조풍연, 「신태민·조풍연·문병집 좌담-새마을운동」, 《새농민》, 1972.6, 36쪽.

당시 정부의 새마을운동 이념 선전 내용에 대한 거부감을 내비치기도 한다.

그런데 송인순은 어쩐지 좀 도덕 교과서를 읽는 느낌이다. 하나부터 열까지 다 옳은 말이지만, 어쩐지 몸에 잘 스며들지 않는 것이 도덕 교과서다. (…)
하나부터 열까지 다 옳은 말이지만, 도덕 교과서는 도무지 재미가 없듯이, 이 책도 별로 재미는 없는 것이다.

이러한 거부감은, 송인순이 '진뱀이섬의 신화'라는 수기에서 "생활 개조에 대한 의욕이 용솟음치는 뜨거운 감동", "감동이라기보다도 어쩌면 감격"을 느꼈다고 고백하면서 이 감동과 감격을 달섬에서 새마을사업을 추진하는 실질적 계기로 삼는 데에서 역으로 부각된다. 작가가 유난히 많은 분량을 할애하면서 송인순을 통해 새마을운동의 이념과 간접 대비하며 '진뱀이섬의 신화'의 사례와 '금촌' 사람들의 "기적 같은 현실"을 강조하는 데에는 중요한 메시지가 숨어 있다고 생각된다. 새마을운동 이념이 타당하다 할지언정 그것을 바람직한 방향으로 실현하는 힘은 어떤 정치적 의도를 배경으로 한 이념이 아니라 해당 공동체 민초 자신들의 필요에 의한 자발적 자구책으로서의 실제 노력이 핵심이라는 메시지가 그것이다.
이것은 곧, 뒤에서 재론하겠지만, 유신 체제의 선전이라는 정치적 의도와 긴밀히 연결된 것으로서의 새마을운동 이념과는 무관한 바, 진뱀이섬과 금촌에서 이루어진 일과 마찬가지로 달섬에서 송인순이 추진하고자 하는 사업은 이곳 마을 공동체 사람들이 그야 말로 주체가 되고 이 사람들 자신에게 긴요한 일이라는 메시지이 다. 예컨대, 진뱀이섬과 금촌의 사례와 더불어 송인순에게 달섬 마을 사업에 큰 영감을 주었고 조개 양식이라는 구체적 아이디어까 지 준 '양식이 준 영광'의 사례의 시기는 1964년에서 1965년에 걸 친 때인데, 이때는 새마을운동 훨씬 이전이라는 점이 그 중요한 방 증이다. 다시 말해, 송인순이 달섬에서 이곳 마을 사람들을 실질 적 주체로 하여 추진하고자 하는 일은, 1960년대 당시 양식 사업을 통해 그곳 마을 사람들의 복리(福利)를 추구했던 사례와 마찬가지 로, 특정 정치 이념을 배경으로 한 새마을운동의 시류와 본질상 무 관한 이곳 공동체 민초들의 자구 사업이라는 것이다.

2. 하근찬의 다른 작품들과 겹쳐 볼 때 나타나는 『달섬 이야기』의 의미

하지만 이 작품이 새마을소설의 범주에서 벗어날 만큼 그 정치 적 배경이 되는 이념의 본질을 정면으로 응시하거나 그 내부를 비 판적으로 파헤치는 데까지 나아가지는 않는다. 게다가 새마을운동 의 배경으로 작용한 정치 이념에 하릴없이 포획됐느냐 여부를 떠 나서 송인순이라는 작중 주인공이 새마을운동에 투신하게 되는 과 정의 설득력 또한 확실히 부족하다. 특히 후자의 결함은 소설 내적 인 구성의 문제여서 더욱 도드라져 보인다.

이 문제는 작가가 『달섬 이야기』를 출간하기 1년 남짓 전인

1973년 8월《새농민》에 발표한「옛 제자」의 인물 형상화 문제와 그대로 연결되어 있다. 사범학교 출신으로 지금은 교육 관계 잡지의 편집부장인 훈국이 과거에 초임 발령을 받았던 K국민학교로 연구발표회를 위해 출장을 갔다가 초임 발령 당시에 자신이 가르쳤던 상덕과 옥님이라는 남녀 옛 제자를 만났는데, 그 두 제자가 부부가 되어 자기 마을의 훌륭한 새마을 지도자가 되어 있더라는 것이「옛 제자」의 줄거리이다. 이 작품에서도 새마을 지도자로서의 옛 제자들의 활약상만 설명될 뿐 두 제자가 어떤 우여곡절 끝에 새마을운동에 투신하고 그 과정에서 무슨 파란을 겪으며 지도자로서 단련되었는지가 설득력 있게 제시되지 못한다.* 그러나『달섬 이야기』가「옛 제자」와 공유하는 이 문제점이『달섬 이야기』의 창작과 출간을 둘러싼 외적 제약과 연관되었을 수 있음을 감안한다면, 같은 시기에 작가 하근찬이 그러한 제약이 없는 매체에 발표한 다른 '본격문학' 작품들과 함께 큰 틀에서 이 작품을 살펴보는 것이 이 작품에 대한 좀더 적절한 독법일 수 있다.

『달섬 이야기』를 가운데 두고 바로 앞뒤에 하근찬이 발표한 몇몇 작품 가운데 중요한 작품이『월례소전』(《여성동아》, 1973.6~1975.12)이다. 연재 기간에서 보듯이 작가는『달섬 이야기』의 출간보다 1년 반이나 앞서 이 작품의 연재를 시작하고도『달섬 이야기』의 출간 1년 뒤에나 연재를 끝냈다.『달섬 이야기』가 '새마을소설'로서의 제

---

* 이 분석을 포함하여「옛 제자」와〈내 마음의 풍금〉이라는 영화로까지 만들어져 유명해진 작가 자신의 교사 체험이 반영된 또 다른 작품『여제자』의 비교 분석은 필자의 다음 글 참조. 정홍섭,「1970년대 중반 (농촌)근대화 담론과 농촌/도시소설」,『비평문학』36, 2010.6, 325-326쪽.

약과 동시에 『월례소전』에 담긴 하근찬 소설의 일관된 특질의 자장에서도 벗어날 수 없었으리라는 추정이 가능하다.

그해엔 어찌 된 셈인지 서리가 내리기 전부터 벌써 하늘에 까마귀 떼가 떴다. 어디서 몰려오는지 수없이 많은 까마귀들이 하늘 한쪽을 온통 까만 반점으로 물들이면서 휘휘 회오리를 쳤다.
여느 해는 추수가 끝나고 눈이라도 한두 번 희끗희끗 비친 뒤에야 까마귀 떼가 보이는데 말이다.

『월례소전』의 첫 부분이다. 첫 단락의 묘사에서 하늘색과 강렬하게 대비되는 때아닌 까마귀 떼의 이미지가 섬뜩한 느낌을 자아낸다. 이 묘사가 중요한 것은, 그에 이어지는 문장에서 알 수 있듯이 그 이미지가 확연하게도 이곳 공동체에 대한 어떤 심상치 않은 변고의 조짐으로 보인다는 점이다. 『월례소전』의 이 첫 부분과 『달섬이야기』의 시작 부분을 다시 겹쳐 보면, 앞서 말한 하근찬 소설의 동화적 초월성과 공동체성의 추구가 '새마을소설'로서의 『달섬 이야기』로도 연결되었음을 알 수 있고, 이 점이 두 작품의 공통점이기도 하다.
그러나 일제 말기 태평양전쟁 시기를 배경으로 하는 『월례소전』에서, 경상도 어느 시골 마을의 젊은 여성으로서 동척의 서기인 홍주사와 그 아들 때문에 고난을 겪는 한편으로 담임교사인 임 선생에게 연정을 품던 차에, 정체도 모르는 정신대의 모집에 끌려가면서도 이로써 지긋지긋한 삶의 굴레에서 벗어나 자유를 얻게 될지도 모른다는 허망한 꿈을 꾸었지만 결국 사할린까지 끌려가서

8·15해방 후 거의 30년이 지나도록 고향으로 돌아오지 못하게 되는 월례는, 같은 여성이라는 점을 제외하고는 『달섬 이야기』의 송인순과 모든 면에서 대조된다. 일제강점기의 친일 토호 권력을 상징하는 홍 주사는 물론이고, 타의에 의해서이지만 어쨌건 딸자식을 홍 주사에게 팔아넘기려 하는 자신의 아비까지를 포함하는 남성들의 가부장적 권력에 유린되는 월례와 매우 상반되게도, 그리고 무국적자 사할린 동포 안월례가 망향의 한을 품고 있었을 당시에, 서울에서의 안락한 생활방식을 버리고 달섬이라는 낙도에서 새마을운동 지도자의 삶을 시작하는 젊은 여성 송인순은 그곳의 가부장적 권위주의와 일제 잔재의 사고방식을 상징하는 황도석 이장에게 주눅이 들기는커녕 오히려 그를 자신이 주도하는 마을 사업에 동참케 하는 당차고도 당당한 모습을 보여준다. 학교 운동장을 절반가량이나 일구어서 심은 고구마를 캐는 근로봉사에 동원되는 월례의 모습과, 기어코 온 마을 사람들과 함께 기울어진 학교 운동장을 평평하게 만들고 갯벌에 조개 양식장을 만들어내는 송인순의 모습도 뚜렷이 대비된다. 요컨대 공통점과 함께 이렇게 이 두 작품의 차이점을 겹쳐 읽을 때 『달섬 이야기』에서 적어도 작가가 표현하고자 하는 바가 잘 드러나는데, 그중 가장 중요한 것이 월례로 표상되는 구세대의 여성과 대비되는 새로운 여성상이다.

하근찬 문학의 핵심으로서 전쟁의 비극이라는 공통 소재를 다루는 데에서도 『월례소전』과 『달섬 이야기』는 차이를 보인다. 『월례소전』의 배경이 되는 전쟁은 태평양전쟁이고, 『달섬 이야기』에서는 강세레나와 강요안나를 통해 6·25전쟁의 상흔을 보여준다. 이 두 전쟁은 하근찬의 문단 데뷔작인 「수난이대」의 배경이기도 한데,

『월례소전』과 『달섬 이야기』에서 전쟁이 남긴 비극을 다루는 작가의 태도는 매우 다르다. 『월례소전』에서 월례가 정신대에 끌려가서 결국 고향으로 돌아오지 못하게 되는 태평양전쟁의 비극은 끝내 아무런 희망의 실마리를 보여주지 않는다. 죽기 전에 딸의 얼굴을 한 번만 보게 해 달라고 달님에게 절하며 치성을 드리는 배성녀 노파에게 나타나는 달의 모습은 이렇다.

이 절절한 애원을 듣는지 못 듣는지, 둥글넓적하게 잘생긴 달은 그저 슬금슬금 감나무 가지 위로 솟아오르기만 한다.

『월례소전』의 이 마지막 문장에 등장하는 달의 모습은 「수난이대」에서 아들을 업고 외나무다리를 건너는 만도를 가만히 내려다보는 용머리재의 의연함과도 대비된다. 후자에서 은은히 울리는 어떤 낙관적 느낌과 달리, 전자의 '무심한' 달에게서는 삶의 의지가 될 만한 흔들리지 않는 든든함 같은 것이 느껴지지 않는다.

『달섬 이야기』에서는 전쟁의 비극과 상흔을 대하는 방식이 매우 다르다. 예컨대 하근찬의 대표작 가운데 하나이고 역시 6·25전쟁을 소재로 한 소설 「왕릉과 주둔군」에서 박 첨지의 딸 금례는 미군과 관계해서 낳은 노란 머리, 노란 눈의 아이를 데리고 아버지 앞에 나타나지만, 『달섬 이야기』의 강세레나와 강요안나는 미국으로 가버린 흑인 미군 아버지뿐만 아니라 파주로 떠나간 어머니로부터도 버림받은 처지이다. 그러니 『달섬 이야기』의 두 자매는 『월례소전』의 월례와 「왕릉과 주둔군」의 금례 모자 못지않은 전쟁의 상흔을 태생적 비극으로 안고 사는 셈이다. 그러나 두 자매는 달섬의 마을 공동체 안에서 유별나게 불행해 보이기는커녕 송인순이 추진하고자 하는 마을 사업에 없어서는 안 되었을 영감을 준 존재이다. 송인순은 자신에게 말과 글로 조개 양식의 아이디어를 준 이 자매를 이렇게 생각한다.

세레나의 언니 요안나는 갯벌 가의 조개껍질 무더기를 보고, 저것이 다 돈이라면, 돈이라도 십 원짜리 동전이 아니라, 반짝거리는 오십 원짜리, 백 원짜리라면 얼마나 좋을까 하고, 마치 동화 속의 소녀 같은 소리를 하더니, 이번에는 세레나가 빈터를 개간하여 해바라기 씨를 뿌리듯이, 갯벌에 조개 씨를 뿌렸으면 좋겠다는 생각을 글에 적다니, 좌우간 뭔가 남다른 꿈같은 것을 지니고 있고, 또 그런 묘한 생각이 곧잘 머리에 떠오르는 색다른 자매간인 것이다. 생김새부터가 색다르듯이 말이다.

정말 묘한 계집애라는 생각이 새삼스럽게 든다. 전번에는 조개껍데기 무더기를 보고 저게 다 반짝거리는 오십 원짜리, 백 원짜리 같았으면 좋겠다고, **동화 속의 소녀** 같은 소리를 하더니, 이번에는 울툭불툭한 돌덩어리가 금덩어리로 바뀔 것이라는 말을 하니……. 참 재미있는 계집애가 아닐 수 없다. **동화적인 기발한 상상력**을 가지고 있는 게 틀림없다. (강조 인용자)

한마디로 동화적 상상력의 작가 하근찬에게 『달섬 이야기』에서

이 작가의 페르소나는 송인순이 아닌 이 자매일지도 모를 정도로, 전쟁의 비극을 상징하는 이 두 자매는 『월례소전』의 월례에게서 보는 것과는 전혀 다른 동화적인 낙관적 상상력을 보여준다.

『달섬 이야기』 출간 직전에 연재가 중단된 미완의 장편 「직녀기」(《현대문학》, 1973.9~12, 1974.5)와의 대비를 통해서도 위에서 살펴본 『달섬 이야기』의 특징을 확인할 수 있다. "마치 한 폭의 동양화" 같은 각싯골에 사는 정촌댁의 어린 딸 끝선이가 강동리의 부잣집 정 씨네의 더 어린 신랑과 혼인하고 시집살이를 시작하는 과정을 그린 「직녀기」는 작품 제목부터 동화적이다. 비록 미완이지만, 이 작품은 경상도 어느 산골의 전통적인 혼례 풍속을 매우 세세하고도 박진감 넘치게 그린다. 그런데 정작 이 작품에서 중요한 것은, 이 혼례 풍속의 묘사를 매개로 하여 각싯골에 흘러 들어온 동학 잔당에게 겁탈당하고 헛간 들보에 목을 매고 죽은 옥련을 기리는 열녀비와 관련된 이야기, 친정 나들이를 하던 중 역시 겁탈을 당할 뻔했던 정촌댁이 그 얘기를 들은 한의사 아버지에게서 받은 호신용 손칼로 또 다른 겁탈을 면하고, 그 손칼을 시집가는 끝선이에게 다시 물려주면서 들려주는 이야기, 그리고 자신이 겪은 혹독한 시집살이담을 들려주면서 딸이 앞으로 견뎌내야 할 시집살이를 걱정하는 이야기 등을 통해 작가가 증언하고자 하는 구래의 여인 수난사이다. 이처럼 「직녀기」와의 겹쳐 읽기를 통해서도 『달섬 이야기』의 송인순이라는 새로운 여성상의 의미가 부각된다.

3. '하근찬식 새마을소설'로서의 『달섬 이야기』

『달섬 이야기』를 새마을소설의 범주 안에서 살펴보자면 새마을운동에 관해 다시 생각해보지 않을 수 없다. 그런데 『표준국어대사전』에서도 새마을운동을 "새마을 정신을 바탕으로 생활환경의 개선과 소득 증대를 도모한 지역 사회 개발 운동. 1970년에 박정희 대통령의 제창으로 시작하였다."라고 설명하듯이, 새마을운동이 1970년대에 시작된 것이라고 일반적으로 알려져 있다. 그러나 1961년 쿠데타 직후 박정희가 교육자이자 농촌운동가인 류달영을 여러 차례 만나 재건국민운동 본부장으로 위촉하고, 류달영은 재건국민운동에 군사 정부가 간섭하지 않는다는 조건으로 그 직책을 수락하여 농업 국가 덴마크의 부흥 운동을 모델로 국민운동계획을 수립했다는 사실, 군사 정부가 민간 정권으로 전환되던 1964년에 재건국민운동에 관한 법률이 폐기되고 재건국민운동 본부가 해체되었으나 류달영은 민간 차원의 재건국민운동중앙회를 결성했고, 훗날 새마을운동연수원장이 되는 김준을 비롯해 그의 서울대 농대 제자들이 새마을운동의 주요 간부로 활약했다는 사실을 보면, 새마을운동의 뿌리가 1960년대 초에 류달영이 주도하여 시작한 재건국민운동에 있다는 것을 알 수 있다.*

이런 사실을 보면, 앞서 말한 바와 같이 『달섬 이야기』에서 송인

---

* 이러한 사실을 포함하여 류달영과 그의 스승 류영모와 김교신의 사상적·실천적 관계, 그리고 박정희 정부에 대한 류달영의 평가와 관련해서는 다음을 참조함. 이상국·박영호, 『저녁의 참사람-다석 류영모 평전』, 메디치, 2021, 179-183쪽.

순에게 실질적 소득 증대 사업의 결정적 영감과 아이디어를 준 '양식이 준 영광'이라는 사례가 1960년대 당시의 일이었다는 사소한 점이 다시 특별한 의미로 다가온다. 작가 하근찬이 『달섬 이야기』의 배경이 되는 1970년대의 새마을운동이 1960년대 초의 재건국민운동을 뿌리로 한다는 사실을 당연히 알았을 것이며, 그러한 의식이 이 작품에서 표현되었으리라고 추정해볼 수 있기 때문이다. 그렇다면, "새마을운동은 곧 10월 유신이요, 10월 유신은 곧 새마을운동이다", "새마을운동은 이 이념을 구현하기 위한 실천 도장이다"라는 발언에서 극명하게 드러나듯이, 1970년대의 새마을운동이 1960년대 초에 시작된 재건국민운동의 본래의 취지와 달리 당시 집권 세력의 정치 선전의 장으로 변질된 것을 의식하면서 하근찬은 『달섬 이야기』를 통해 새마을운동의 바람직한 방향에 관해 자기 나름으로 재천착한 것이라고 볼 수도 있다.

설령 『달섬 이야기』가 새마을운동을 특히 초창기의 재건국민운동과 연결 짓고자 하는 위와 같은 의식의 소산이 아니었다 할지라도, 이 작품을 통해 정치권력 중심의 하향식 운동이 아니라 명실상부하게 그 지역 민초들의 오랜 공동체를 주체로 하는 실질적인 민생 사업을 그려보겠다는 작가의 의도는 충분히 읽어낼 수 있다. 적어도 이러한 의도는, 하근찬 문학 전반의 특질을 이루며 이 작품에서도 분명히 나타나는 동화적 천진함의 추구와 모순되지도 않는다. 자신의 소설 창작의 이러한 일관된 원동력을 스스로 신뢰했기에 작가 하근찬은 새마을소설의 외피를 쓴 소설 창작에 별다른 거

---

* 「대통령 각하 유시-전국새마을지도자대회(1973.11.22.)」, 《새마을운동》 창간호, 새마을지도자연수원, 1974.7, 19면.

부감이나 부담감을 느끼지 않은 것 같다. 요컨대 『달섬 이야기』에는 작가 하근찬이 새마을운동과 '새마을소설'을 어떻게 전유하고자 하는지가 잘 나타난다.

그러나 하근찬 문학이 동화적 상상력을 추구한다고 해서 '새마을소설' 또는 새마을운동을 둘러싼 그 시대의 고단한 현실의 양상과 본질을 정밀하게 탐구하지 않아도 되는 것은 아니다. 나아가 현실에 관한 그러한 정밀한 탐구는, 하근찬 문학의 동화적 상상력이 소중하면 소중할수록, 이 작가에게 더욱 긴장된 과제이어야 한다. 『달섬 이야기』에서처럼 새마을 노래가 제창되던 당시에, 그의 동화적 상상력의 천진함을 무색케 하는 온갖 악다구니의 현실이 당시 농촌 안팎의 온 한국 사회에서 실제로 펼쳐지고 있었기 때문이다.* 그런데 『달섬 이야기』를 포함하여 하근찬이 《새마을》과 《새농민》이라는 잡지에 쓴 몇 편의 '새마을소설'은 그러한 현실 탐구가 결여되어 있다.** 이러한 문제점은, 앞서 언급한 적극적 의미를 감안하더라도 특히 송인순과 같은 작중 인물의 형상화에서 집중적으로 나타난다.

따라서, 작가 하근찬에게 역시 '새마을소설'이라는 형식은 그의 문학적 지향을 일관되게 북돋우는 쪽보다는 문학적 완성도를 저해하는 쪽으로 더 강하게 작용했다고 보는 편이 공정한 평가가 아닐까 한다. 이러한 평가는 앞서 적용한 방법을 확장하여 하근찬의 더

---

* 이문구의 연작 장편소설 『우리 동네』(1977~1981)에 담긴 생생한 리얼리티를 떠올려보자.
** 이러한 문제점과 관련하여 하근찬의 또 다른 '새마을소설' 「십오야」(《새농민》, 1976.7~12)에 관한 분석은 다음의 글 참조. 정홍섭, 「1970년대 중반 (농촌)근대화 담론과 농촌/도시소설」, 『비평문학』 36, 2010.6, 326쪽.

많은 '본격' 소설들과 『달섬 이야기』를 비교 검토하는 작업에 의해 그 타당성이 뒷받침될 필요가 있다. 이러한 비교 검토는 '새마을소설'이라는 형식과 그 배후의 정치적 의도가 하근찬 문학을 어떻게 제약하고 변질시키는지를 확인하는 것을 넘어 하근찬 문학의 독특한 본질과 성취를 재확인하는 작업이 되기도 할 것이다.